DU MÊME AUTEUR

Aux Éditions Gallimard

Dans la collection La Noire

FIGHT CLUB, 1999 (Folio Science-Fiction n° 95)

SURVIVANT, 2001 (Folio Policier n° 327)

MONSTRES INVISIBLES, 2003

BERCEUSE, 2004

Aux Éditions Denoël

CHOKE, 2002 (Folio Policier n° 370)

LE FESTIVAL DE LA COUILLE ET AUTRES HISTOIRES VRAIES, 2005

JOURNAL INTIME

CHUCK PALAHNIUK

JOURNAL INTIME

roman

Traduit de l'américain
par Freddy Michalski

nrf

GALLIMARD

Titre original :

DIARY

Où trouvez-vous votre inspiration ?

À mon grand-père, Joseph Tallent,
qui m'a dit d'être tout ce que je désirais.
1910-2003

21 juin — lune au troisième quartier

Aujourd'hui, un homme a appelé de Long Beach. Il a laissé un long message sur le répondeur — à crier et à ronchonner —, il parlait vite et lentement, avec des jurons plein la bouche, et il a menacé d'appeler la police, pour te faire arrêter.

Aujourd'hui, c'est le plus long jour de l'année — mais désormais, c'est vrai de tous les jours que Dieu fait.

Le temps aujourd'hui, c'est souci croissant suivi d'effroi absolu.

L'homme qui a appelé de Long Beach, il dit que sa salle de bains a disparu.

22 juin

Lorsque tu liras ceci, tu seras plus vieux que dans tes souvenirs.

Le nom officiel de tes taches hépatiques est *lentigines hyperpigmentées*. En américain, l'appellation anatomique officielle d'une ride est *rhytide*. Ces plis marqués que tu arbores sur la partie supérieure du visage, les *rhytides* qui te labourent le front et le contour des yeux, ce sont des *rides d'attitude dynamiques*, également appelées *lignes faciales hyperfonctionnelles*, causées par les mouvements des muscles sous-jacents. La plupart des rides de la moitié inférieure du visage sont des *rhytides statiques*, causées par le soleil et la gravité.

Jetons un coup d'œil au miroir. Vraiment, regarde-le, ton visage. Regarde-les, tes yeux, ta bouche.

C'est ça que tu crois connaître le mieux.

Ta peau se définit par trois couches fondamentales. Ce que tu es à même de toucher, c'est le *stratum corneum*, ou couche cornée, une strate de cellules épidermiques mortes repoussées en surface par les cellules neuves qui se trouvent dessous. Ce que tu perçois, cette petite sensation graisseuse sous tes doigts, c'est ton manteau *acide*, ce revêtement d'huile et de sueur qui te protège des microbes et des champignons. Encore en dessous se trouve le derme. Sous le derme, tu as une couche de graisse. C'est sous la graisse que se situent les muscles de ton visage.

Peut-être t'en souviens-tu après ton passage en fac d'arts plastiques, dans le cours d'anatomie de première année. Mais peut-être aussi que tu ne te souviens de rien du tout.

Lorsque tu retrousses ta lèvre supérieure — lorsque tu dévoiles cette canine du haut, celle que le gardien de musée a cassée —, ce que tu mets en œuvre, c'est ton *levator labii superioris,* ton muscle releveur commun de la lèvre et de la narine. Le muscle du rictus. Disons par exemple que tu sens une odeur d'urine rance. Imagine que ton époux vienne de se suicider dans la voiture familiale. Imagine que tu soies forcée de sortir pour aller éponger sa pisse sur le siège du conducteur. Faire comme si tu étais toujours obligée de conduire ce tas de boue et de rouille puant pour aller au boulot, sous les regards de tout un chacun, chacun étant pertinemment au fait des choses, parce que c'est la seule voiture dont tu disposes.

Est-ce que ça t'évoque quelque chose ?

Quand une personne normale, une personne banale innocente et normale qui, nom d'un chien, méritait incontestablement mieux, beaucoup mieux, quand elle rentre à la maison après une journée entière passée à faire la serveuse et qu'elle découvre son mari asphyxié dans la voiture familiale avec sa vessie qui s'est lâchée, et qu'elle hurle, eh bien, il s'agit tout simplement de son *orbicularis oris,* son muscle orbiculaire des lèvres, étiré à son maximum.

Cette marque d'expression profonde qui s'étire de chaque commissure de lèvres jusqu'à ton nez, on appelle ça ton *pli nasogénien.* Parfois dénommé « poche à rictus ». À mesure que tu avances en âge, le petit coussin rond de graisse à l'intérieur de ta joue, eh bien, le terme anatomique officiel en est *coussinet graisseux malaire*, il glisse de plus en plus bas jusqu'à venir reposer contre ton pli nasogénien — en transformant ton visage en rictus permanent.

Il ne s'agit là que d'un petit cours de révision. Une petite reprise progressive pas à pas.

Rien qu'une petite remise à jour. Juste au cas où tu ne te reconnaîtrais pas.

Et maintenant fronce les sourcils. C'est ton muscle *triangularis*, ton muscle triangulaire, qui tire vers le bas les extrémités de ton muscle orbicularis oris.

Fais comme si tu étais une fillette de douze ans qui aime son père à la folie. Tu n'es qu'une petite préadolescente qui a plus que jamais besoin de son papa. Qui comptait que son père soit là, présent, pour toujours. Imagine que tu ailles te coucher en pleurs tous les soirs, les yeux verrouillés, serrés si fort qu'ils gonflent.

Cette texture en « peau d'orange » de ton menton, ces excroissances en « bosselures » sont causées par ton *mentalis*, le muscle de la houppe du menton. Celui qui te fait « faire la moue ». Ces marques de plissure que tu aperçois chaque matin, de plus en plus profondes, qui courent depuis chaque commissure de lèvre jusqu'au bord de ton menton, celles-là, on les appelle les *lignes marionnettes.* Les rides entre tes sourcils, ce sont des *sillons glabellaires.* Cette façon qu'ont tes paupières gonflées de s'affaisser s'appelle une *ptose.* Tes *rhytides palpébrales latérales*, tes « pattes-d'oie », empirent de jour en jour et que le ciel t'en soit témoin, *tu n'as que douze ans, bordel de Dieu.*

Ne fais pas semblant de ne pas savoir de quoi il s'agit, ici.

Il s'agit de ton visage.

Et maintenant, souris — si tu le peux encore.

Là, il s'agit de ton muscle grand zygomatique. Chaque contraction t'écarte les chairs à la manière des embrasses qui tiennent ouverts les rideaux de ton salon. De cette même manière dont les câbles ouvrent les pans d'un rideau de théâtre, le moindre de tes sourires est une soirée d'ouverture. Une première. Tu ôtes tes voiles.

Maintenant, souris comme une mère âgée sourirait lorsque son fils unique se suicide. Souris et tapote doucement la main de ton épouse et de ta fille préadolescente en leur disant de ne pas s'en faire — vraiment, les choses vont s'arranger et tout ira pour le mieux. Contente-toi simplement de continuer à sourire et épingle sur le sommet de ton crâne tes longs cheveux gris. Va jouer au bridge avec les vieilles dames qui sont tes amies. Poudre-toi le nez.

Cet énorme et abominable coussinet de graisse que tu vois pendre sous ton menton, tes bajoues, qui grandissent de jour en jour et sont de plus en plus tremblotantes, ça, c'est la graisse *sous-mentonnière.* Cet anneau gaufré de rides autour de ton cou s'appelle le *bandeau du platysma,* le muscle peaucier du cou. Ce glissement inéluctable tout en lenteur de ton visage, de ton menton et de ton cou est causé par la gravité qui tire et entraîne vers le bas ton *système musculaire aponévrotique superficiel.*

Un air de déjà entendu ?

Si tu as les idées qui se mélangent un peu à ce stade, décontracte-toi. Ne t'en fais pas. Tout ce qu'il te suffit de savoir, c'est qu'il s'agit de ton visage. Ce que tu crois connaître le mieux.

Ce sont là les trois couches de ta peau.

Ce sont là les trois femmes de ta vie.

L'épiderme, le derme et la graisse.

Ton épouse, ta fille et ta mère.

Si tu es en train de lire ceci, bienvenue à ton retour à la réalité. C'est ici que t'a conduit le glorieux potentiel illimité de ta jeunesse. Toutes ces promesses non accomplies. Voici ce que tu as fait de ta vie.

Tu t'appelles Peter Wilmot.

Tout ce qu'il te suffit de comprendre, c'est que tu as fini au bout du compte par devenir un tas de merde plein de regrets.

23 juin

Une femme appelle de Seaview pour dire que son placard à linge a disparu. En septembre dernier, sa maison possédait six chambres, et deux placards à linge. Elle en est sûre et certaine. Et maintenant, il ne lui en reste plus qu'un. Elle vient ouvrir sa maison de plage pour l'été. Elle quitte la ville en voiture avec les gamins, la nounou et le chien, ils débarquent avec leurs bagages, et voilà que toutes leurs serviettes ont joué les filles de l'air. Disparues. Pouf.

Triangulées Bermudes.

À sa voix dans le répondeur, cette manière dont sa voix monte en crissant, haut perchée, jusqu'à n'être plus qu'une sirène d'attaque aérienne avant même la fin de chaque phrase, on sait qu'elle est folle furieuse, qu'elle en tremble de la tête aux pieds, mais que, surtout, elle meurt de trouille. Elle dit : « Est-ce que c'est une mauvaise plaisanterie ? Je vous en prie, dites-moi qu'on vous a payé pour faire une chose pareille. »

Sa voix dans le répondeur, elle dit : « Je vous en prie, je ne vais pas appeler la police. Remettez simplement les choses comme elles étaient, d'accord ? »

Derrière sa voix, en arrière-plan, faiblement, on entend une voix de petit garçon qui dit : « M'man ? »

La femme, à l'écart du téléphone, elle répond : « Tout va très bien se passer. » Elle ajoute : « Allons, pas de panique. »

La météo d'aujourd'hui, c'est une tendance croissante vers le déni.

Sa voix dans le répondeur, elle dit : « Rappelez-moi, vous voulez bien, d'accord ? » Elle laisse son numéro de téléphone. Elle insiste : « Je vous en prie… »

25 juin

Représente-toi comment un petit gamin s'en irait dessiner l'arête centrale d'un poisson — son squelette, avec la tête à une extrémité et la queue à l'autre. La longue colonne vertébrale entre les deux, elle est zébrée par les côtes. C'est le genre de squelette de poisson qu'on verrait bien dans la gueule d'un chat de dessin animé.

Représente-toi ce poisson comme étant une île couverte de maisons. Représente-toi le genre de petits castels qu'une gamine vivant dans un parc de caravanes s'en irait dessiner — de grandes maisons en pierre, chacune avec sa forêt de cheminées, chacune pareille à une chaîne montagneuse de pans de toits aux angles différents, d'ailes, de tourelles et de pignons, qui montent et remontent tous vers le paratonnerre au sommet. Des toits en ardoise. Des clôtures en fer forgé. Des maisons imaginaires, bosselées de lucarnes et de fenêtres en demi-cintres saillants. Avec, tout alentour, des pins parfaits, des jardins de roses et des allées en briques rouges.

Les rêveries éveillées bourgeoises d'une petite gamine de Blancs pauvres.

L'île entière était très exactement tout ce dont une gamine grandissant dans un quelconque parc de caravanes — disons, un trou perdu comme Tecumseh Lake, en Géorgie — irait rêver. Cette gamine éteignait toutes les lumières dans la caravane quand sa maman était au travail. Elle s'allongeait, le dos bien à plat dans le salon, sur la moquette orange à longs poils, tout élimée, du salon. Une moquette qui sentait comme quelqu'un qui aurait marché dans une merde de chien. L'orange fondu noir de-ci de-là par les brûlures de cigarettes. Le plafond marqué d'auréoles d'infiltration. Les bras croisés sur sa poitrine, elle s'imaginait alors une existence dans un endroit comme celui-ci.

À ce moment choisi — tard le soir — lorsque tes oreilles se tendent vers le moindre bruit. Lorsque tu vois mieux les yeux fermés qu'ouverts.

Le squelette de poisson. Depuis la toute première fois où elle a pris un crayon de couleur en main, c'est ça qu'elle a dessiné.

Et pendant tout le temps que cette gamine a grandi, peut-être bien que sa maman n'était jamais à la maison. Elle n'avait jamais connu son papa, et peut-être bien que sa maman avait deux boulots. Le premier dans une usine merdique fabriquant des isolants en fibre de verre, le second à jouer de la louche de service dans une cafétéria d'hôpital. Naturellement, cette gamine rêve d'un endroit comme cette île-ci, un endroit où personne ne travaille vraiment, si ce n'est faire le ménage, cueillir des baies sauvages et ramasser les objets échoués sur les plages. Broder des mouchoirs. Disposer les fleurs en bouquets. Un endroit où chaque jour ne commence pas par une sonnerie de réveil pour se terminer par la télévision. Elle les a imaginées, toutes ces maisons, chacune d'elles, chacune des pièces, jusqu'au bord sculpté de chaque manteau de cheminée. Les différents motifs de lames de parquet. Imaginées à partir de rien. La courbure de chaque applique lumineuse ou de chaque robinet. Chaque tuile, elle était capable de se la représenter. De l'imaginer, tard le soir. Chaque motif de papier peint. Le plus petit bardeau, la plus petite volée d'escalier, la plus petite descente de gouttière, elle les avait dessinés au pastel. Coloriés au crayon de couleur. Chaque allée en briques et chaque haie taillée au carré, elle les avait esquissées. Avant de les emplir de rouge et de vert à l'aquarelle. Elle avait tout vu de ses yeux, elle l'avait mis en images, elle en avait rêvé. Tellement elle le voulait, de toutes ses forces.

Depuis le tout premier jour où elle a été capable de prendre en main un crayon à papier, c'est ça qu'elle a toujours dessiné. Ça, et rien d'autre.

Représente-toi ce poisson avec la tête pointée vers le nord et la queue plein sud. Sur la colonne vertébrale s'entrecroisent seize côtes, vers l'est et l'ouest. La tête, c'est la place du village, avec le ferry qui va et qui vient depuis le port qui est la gueule du poisson. L'œil du poisson serait l'hôtel avec, autour, l'épicerie, la quincaillerie, la bibliothèque et l'église.

Elle peignait les rues avec du givre sur les arbres dénudés. Elle peignait l'île au retour des oiseaux, chacun d'eux ramassant herbes de plage et aiguilles de pin pour bâtir son nid. Puis couverte de digitales en pleine floraison, plus grandes que des humains. Et ensuite avec des tournesols encore plus grands. Et encore ensuite avec les feuilles tournoyant en spirale vers le sol bosselé de noix et de châtaignes.

Elle voyait tout avec une telle clarté. Elle était capable de se représenter chacune des pièces de chaque maison.

Et plus elle se trouvait à même d'imaginer cette île, moins elle appréciait le monde de la vraie vie. Plus elle se trouvait à même d'en imaginer les gens, moins elle appréciait les gens de la vraie vie. Et tout particulièrement sa maman hippie, toujours fatiguée, avec ses relents de frites et de fumée de cigarette.

Les choses en étaient arrivées au point où Misty Kleinman avait de guerre lasse abandonné toute idée d'être un jour heureuse. Tout était tellement laid. Tout était dégueulasse et, tout bonnement… rien n'était à sa juste place.

Elle s'appelait Misty Kleinman.

Au cas où elle ne serait pas dans les parages lorsque tu liras ceci, c'était elle, ton épouse. Au cas où tu ne ferais pas semblant d'être plus bête que tu n'es — ta pauvre épouse, son nom de naissance, c'était Misty Marie Kleinman.

Cette pauvre fille stupide, lorsqu'elle dessinait un feu de joie sur la plage, elle était capable de sentir dans sa bouche le goût des épis de maïs et des crabes bouillis. En dessinant le jardin des simples de la maison, elle était capable de sentir le thym et le romarin.

En dépit de quoi, meilleur devenait son coup de crayon, pire devenait son quotidien — au point que plus rien de sa vraie vie ne finit par lui convenir. Elle en arriva au point où elle n'avait plus sa place nulle part. Les choses en arrivèrent au point où plus personne ne trouvait grâce à ses yeux, par manque de raffinement, par manque de réalité. Ni les garçons du lycée. Ni les autres filles. Rien n'atteignait à la *réalité* de son univers imaginé. Au point qu'elle s'était mise à suivre une thérapie de groupe au lycée et à dérober de l'argent dans le sac de sa maman, de l'argent qu'elle dépensait en came.

Afin que les gens ne la prennent pas pour une cinglée,

elle se mit à construire sa vie autour de son art plutôt que de ses visions. En vérité, tout ce qu'elle voulait, c'était le savoir-faire et la technique pour mieux les transposer. Pour rendre son univers imaginé de plus en plus précis. De plus en plus réel.

Et en fac d'arts plastiques, elle a fait la rencontre d'un garçon du nom de Peter Wilmot. Toi. C'est toi qu'elle a rencontré, ce garçon originaire d'un endroit dénommé Waytansea Island[1].

Et la première fois qu'on la voit, cette île, d'où qu'on vienne, de n'importe quel coin de la planète, on se dit qu'on est mort. On est mort et on a rejoint le paradis, en sécurité, à jamais et pour toujours.

L'arête centrale du poisson est Division Avenue. Les arêtes latérales sont les rues, démarrant par Alder[2], à un pâté de maisons au sud de la place du village. Viennent ensuite Birch[3] Street, Cedar[4] Street, Dogwood[5], Elm[6], Fir[7], Gum[8], Hornbeam[9], dans l'ordre alphabétique jusqu'à Oak[10] et Poplar[11] Streets, juste avant la queue du poisson. C'est là que Division Avenue devient un chemin, gravillons d'abord, boue ensuite, avant de disparaître parmi les arbres de Waytansea Point, la pointe de l'île.

1. Phonétiquement : « l'île attends de voir ».
2. Aulne.
3. Hêtre.
4. Cèdre ou résineux.
5. Cornouiller.
6. Orme.
7. Sapin.
8. Gommier.
9. Charme.
10. Chêne.
11. Peuplier.

La description n'est pas mauvaise. C'est ainsi qu'apparaît le port lorsqu'on débarque pour la première fois du ferry en arrivant du continent. Long et étroit, le pont ressemble effectivement à la gueule d'un poisson en attente, prêt à gober l'arrivant dans un récit de la Bible.

Tu peux descendre Division Avenue sur toute sa longueur, si tu disposes de ta journée. Tu prends le petit déjeuner au Waytansea Hotel puis tu marches vers le sud sur un pâté de maisons en passant devant l'église de Alder Street. Puis devant la Maison Wilmot, la seule habitation sur East Birch, avec ses huit hectares de pelouse qui descendent jusqu'à la mer. Puis devant la Maison Burton sur East Juniper[1] Street. Les zones boisées riches de chênes, chaque arbre immense et tordu comme un éclair de tonnerre moussu. Le ciel au-dessus de Division Avenue, en été, il est vert sous la masse compacte des strates mouvantes du feuillage, érables, chênes et ormes.

C'est la première fois que tu débarques ici, et tu as le sentiment que tous tes rêves ont été exaucés. Ton existence se terminera dans un bonheur perpétuel.

L'important, dans tout ça, c'est que, pour une gamine qui n'a jamais vécu que dans une maison sur roues, cet endroit ressemble à ce lieu spécial, d'une sécurité absolue, où elle vivra, à jamais, aimée et bichonnée.

Pour une gamine qui passait son temps assise sur une moquette à longs poils avec sa boîte de crayons de couleur ou de pastels, à faire des dessins de ces maisons, des maisons qu'elle n'avait jamais vues. Rien que des images de la manière dont elle se les imaginait avec leurs perrons et leurs fenêtres

1. Genévrier.

en vitraux. Pour cette gamine, de parvenir un jour à les voir, ces maisons, pour de vrai… Des maisons qui n'avaient jamais appartenu jusque-là qu'à son imagination…

Du premier jour où elle a été capable de dessiner, la petite Misty Marie connaissait les secrets humides des fosses septiques sur l'arrière de chacune des maisons. Elle savait que les circuits électriques à l'intérieur de leurs murs étaient vieux, dans leurs gaines de tissu, tirés sous tubes de porcelaine avec isolateurs de porcelaine sur les poteaux. Elle était capable de dessiner l'intérieur de chaque porte d'entrée, là où chaque famille de l'île inscrivait les noms et les tailles successives de chaque enfant de la maisonnée.

Aujourd'hui, c'est ainsi que se présente l'île aux yeux de beaucoup de monde. Beaucoup de riches étrangers au lieu.

Pour cette gamine qui n'avait jamais nagé dans autre chose que la minuscule piscine d'un parc de caravanes, aveuglée par l'excès de chlore dans l'eau, pour elle, de prendre le ferry jusqu'au port de Waytansea avec les oiseaux qui chantent et les reflets du soleil qui miroitent, renvoyés par les successions de rangées de fenêtres de l'hôtel… Pour elle, d'entendre l'océan rouler et s'écraser contre le flanc de la digue, et de sentir le soleil si chaud et le vent vif et pur dans ses cheveux, dans le parfum des roses en pleine floraison… du thym et du romarin…

Cette pathétique préadolescente qui n'avait jamais vu l'océan, elle avait déjà peint les caps et les falaises suspendues haut au-dessus des rochers. Et elle les avait rendus à la perfection.

Pauvre petite Misty Marie Kleinman.

Cette fille est arrivée ici comme future épousée, et l'île tout entière était de sortie pour l'accueillir. Quarante, cinquante familles, tout sourires, attendant leur tour de lui serrer la main. Un chœur d'écoliers du primaire a chanté. Ils lui ont jeté du riz. Il y a eu un grand dîner en son honneur à l'hôtel, et tout le monde lui a porté un toast au champagne.

Depuis leur flanc de colline sur les hauteurs au-dessus de Merchant[1] Street, les fenêtres du Waytansea Hotel, sur cinq étages entiers, les rangées de fenêtres et de perrons vitrés, les lignes en zigzag des lucarnes sur le toit pentu, toutes assistaient à son arrivée. Tout le monde était présent pour assister à sa venue et à son installation dans l'une des grandes maisons du ventre ombreux du poisson encadré par les arbres.

Un seul regard à Waytansea Island lui a suffi, et Misty Kleinman s'est dit que ça valait vraiment la peine de faire, sur un dernier baiser, ses adieux à sa maman prolo. Aux crottes de chien et à la moquette à longs poils. Elle s'est juré de ne plus jamais remettre les pieds dans le vieux parc de caravanes. Elle a mis en attente son projet de devenir peintre.

L'important dans tout ça, c'est que, quand tu es gamine, et même quand tu es un peu plus âgée, disons vingt ans, et étudiante en arts plastiques, tu ne sais rien à rien du monde de la vraie vie. Tu as envie de le croire, celui qui te dit qu'il t'aime. Lui, son seul désir, c'est de t'épouser et de t'emmener chez lui vivre dans une île parfaite, un vrai paradis. Une grande maison en pierre sur East Birch Street. Il dit que son seul désir, c'est de te rendre heureuse.

Et non, honnêtement, jamais, jamais il ne te torturera jusqu'à ce que mort s'ensuive.

1. Marchand.

Et cette pauvre Misty Kleinman, elle s'est dit comme ça, ce n'est pas une carrière d'artiste qu'elle voulait. Ce qu'elle voulait vraiment, depuis le tout début, c'était la maison, la famille, la paix.

Ensuite, elle est venue à Waytansea Island, où tout était tellement à sa juste place.

Ensuite, le cours des choses lui a démontré que c'était *elle* qui avait tort.

26 juin

Un homme appelle depuis le continent, depuis Ocean Park, pour se plaindre que sa cuisine a disparu.

Au départ, il est naturel de ne rien remarquer. Quand on a vécu assez longtemps au même endroit, quel qu'il soit — une maison, un appartement, une nation —, tout paraît simplement trop petit.

Ocean Park, Oysterville, Long Beach, Ocean Shores[1], ce sont toutes des villes du continent. La femme au placard manquant. L'homme avec sa salle de bains qui n'est plus là. Ces personnes-là, ce sont toutes des messages sur le répondeur, des gens qui ont fait réaménager leur résidence de vacances. Des endroits sur le continent, des estivants. Tu as une maison de neuf pièces que tu ne vois que deux semaines par an, alors ça peut te prendre quelques saisons avant de remarquer qu'il t'en manque une partie. La plupart de ces gens-là possèdent au moins une demi-douzaine de résidences. Ce ne sont pas à proprement parler des maisons

1. Respectivement : « jardin de l'océan », « ville aux huîtres », « longue plage », « rivages de l'océan ».

où on se sente bien, comme chez soi. Ce sont des investissements. Ces gens-là possèdent des appartements et des copropriétés. Ils possèdent des duplex à Londres et à Hong Kong. Une brosse à dents différente les attend dans chaque fuseau horaire. Un tas de vêtements sales sur chaque continent.

Cette voix qui se plaint sur le répondeur de Peter, le mec dit qu'il y avait une cuisine avec un fourneau à gaz. Un double four encastré dans le mur. Un grand réfrigérateur à deux portes.

À l'écouter ainsi ronchonner, ton épouse, Misty Marie, elle acquiesce de la tête ; jadis, c'est vrai, des tas de choses étaient différentes par ici.

Jadis, tu pouvais prendre le ferry simplement en te présentant à l'embarcadère. Il y en a un toutes les demi-heures, vers le continent et retour. Aujourd'hui, tu prends la queue. Tu attends ton tour. Immobile sur l'aire de stationnement en compagnie d'un tas d'inconnus dans leurs belles voitures de sport rutilantes qui ne sentent pas l'urine. Le ferry a le temps de faire trois ou quatre trajets avant que tu trouves une place à bord. Toi, immobile tout ce temps sous le soleil brûlant, dans cette odeur-là.

Ça te prend toute la matinée rien que pour quitter l'île.

Jadis, tu entrais au Waytansea Hotel pour t'installer à une table avec vue, près de la fenêtre, aucun problème. Jadis, les choses étaient telles que tu ne voyais jamais d'ordures sur Waytansea Island. Ni de circulation. Ni de tatouages. De nez percés. De seringues rejetées sur la plage par le ressac. De préservatifs usagés gluants dans le sable. De panneaux publicitaires. De tags collectifs.

L'homme d'Ocean Park, il raconte comme ça que le mur

de sa salle à manger est parfait, lambrissage de chêne impeccable et papier peint à rayures bleues. Les plinthes, les rails d'accrochage des peintures, les corniches en staff au plafond courent ininterrompus et sans joints apparents d'un coin à l'autre de la pièce. Il a sondé en tapotant, et le mur est massif, plaques de Placoplâtre sur ossature en bois. Au milieu de ce mur parfait se trouve l'emplacement de ce qu'il jure avoir été la porte de la cuisine.

Au téléphone, l'homme d'Ocean Park dit : « Peut-être est-ce moi qui commets l'erreur, mais une maison se doit d'avoir une cuisine ! Je me trompe ? N'est-ce pas un élément de confort exigé par le code des entrepreneurs ou quelque chose de ce genre ? »

La dame de Seaview n'a porté manquant que son placard à linge quand il lui a été impossible de trouver une serviette propre.

L'homme d'Ocean Park, il explique comment il a pris un tire-bouchon dans le buffet de la salle à manger. Il l'a vissé à l'endroit où se trouvait la porte de la cuisine dans son souvenir. Il a pris un couteau à steak dans le buffet et découpé un trou un peu plus grand. Il a une petite lampe torche sur son trousseau de clés, alors il a collé la joue contre le mur et jeté un œil dans le trou qu'il venait de faire. Il a plissé les yeux, et là, dans les ténèbres, se trouvait une pièce avec des mots inscrits sur les murs. Il a re-plissé les yeux, les a laissés s'accommoder, et là, dans le noir, tout ce qu'il a été capable de lire, ç'a été des bribes incomplètes :

« … posez le pied sur l'île et vous mourrez… », disaient les mots. « … fuyez cet endroit aussi vite que vous le pouvez. Ils tueront tous les enfants de Dieu jusqu'au dernier rien que pour sauver les leurs… »

Là où sa cuisine était censée se trouver, ça dit : « … tous autant que vous êtes massacrés… »

L'homme d'Ocean Park déclare : « Vous feriez bien de passer voir ce que j'ai trouvé. » Sa voix dans le répondeur ajoute : « L'écriture à elle toute seule vaut le détour. »

28 juin

La salle à manger du Waytansea Hotel, elle s'appelle la Salle à Manger Bois et Or à cause de ses lambris en noyer et ses tissus en brocart d'or. Le manteau de la cheminée est en noyer sculpté avec chenets en laiton poli. Il est nécessaire d'entretenir la flambée même lorsque le vent souffle depuis le continent ; avant que le foyer ne refoule et ne recrache ses quintes de fumée en façade. Suie et fumées s'infiltrent partout jusqu'à ce qu'il faille ôter toutes les piles des détecteurs. À ce stade, l'hôtel tout entier dégage un peu des relents d'incendie.

Chaque fois que quelqu'un demande la table neuf ou dix près de l'âtre avant de se mettre à râler à cause de la fumée en rouspétant qu'il fait trop chaud, et de demander une autre table, tu as besoin d'un verre. Le sherry de cuisine, ça marche bien pour ta pauvre épouse trop grasse.

Il s'agit ici d'une journée ordinaire dans l'existence de Misty Marie, reine des esclaves.

Encore un autre des plus longs jours de l'année.

C'est là un jeu que n'importe qui peut jouer. Ce n'est rien d'autre que le propre coma personnel de Misty.

Deux verres. Deux aspirines. Et tu remets ça.

Dans la Salle à Manger Bois et Or, à l'opposé de la cheminée, se trouvent les fenêtres avec point de vue sur la côte. La moitié du mastic des vitres s'est desséché et s'effrite au point que le vent froid s'insinue par les interstices. Les fenêtres suent. À l'intérieur des chambres, l'humidité se rassemble sur le verre et dégouline en flaque jusqu'à ce que le plancher soit détrempé et que la moquette sente aussi mauvais qu'une baleine échouée sur la plage pendant les deux dernières semaines de juillet. Quant au panorama, l'horizon est complètement envahi de panneaux publicitaires, toujours les mêmes marques commerciales, fast-food, lunettes de soleil, chaussures de tennis, que l'on retrouve imprimées sur les déchets et les débris qui marquent la limite de la marée haute.

Flottant sur chaque vague, on voit des mégots de cigarettes.

Chaque fois que quelqu'un demande la table quatorze, quinze ou seize, près des fenêtres, avant de venir se plaindre des coulis d'air froid et des relents empuantis de la moquette humide qui couine sous ses pieds, quand ces gens se mettent à geindre pour avoir une nouvelle table, tu as besoin d'un verre.

Ces estivants de passage, leur Sacré Graal, c'est la table parfaite. La position de choix, symbole de pouvoir. L'emplacement. L'endroit où ils se trouvent assis n'est jamais aussi bon que tous les endroits où ils ne sont pas. Il y a tellement de monde, rien que pour traverser la salle à manger, tu te ramasses des coups de coude ou de hanche dans le ventre. Des claques par les sacs à main.

Avant de poursuivre plus avant, peut-être aimerais-tu

enfiler quelques vêtements supplémentaires. Peut-être aimerais-tu faire une réserve de vitamines B. Peut-être même de quelques neurones supplémentaires. Si tu lis ceci en public, arrête et reviens quand tu auras enfilé tes meilleurs sous-vêtements.

Même avant cela, peut-être aimerais-tu t'inscrire sur la liste d'attente des dons d'organes, pour un nouveau foie.

Tu vois où cela nous mène.

C'est ici que la vie tout entière de Misty Marie Kleinman s'est passée.

Il existe d'innombrables manières de se suicider sans *mourir* de sa belle mort.

Chaque fois que quelqu'un du continent débarque en compagnie d'un nouveau groupe d'amis, tous minces et bronzés en train de soupirer d'extase devant le lambrissage en noyer et les nappes blanches, les vases en cristal taillé remplis de roses et de fougères, l'argenterie à foison, et rien qui ne soit pièce d'antiquité, chaque fois que quelqu'un déclare : « Mais vous devriez servir du *tofu* à la place du veau ! » sers-toi un verre.

Ces femmes minces, peut-être que le week-end, tu en verras le mari, court sur pattes et ventru, suant à tel point que la teinture qu'il se colle sur sa calvitie lui dégouline dans le cou. D'épaisses rivières de bouillasse sombre qui lui tachent son col de chemise.

Chaque fois que l'une des tortues de mer du cru débarque en serrant les perles qui ornent son cou flétri, la vieille Mme Burton ou Mme Seymour ou Mme Perry, quand elle aperçoit quelque estivante bronzée et mince comme un fil à sa table personnelle préférée depuis 1865 et dit : « Misty, comment as-tu *pu* ? Tu sais que je suis une habituée ici pour le déjeuner le mardi et le jeudi. Vraiment, Misty… », à ce moment-là, tu as besoin de deux verres.

Quand les estivants demandent des cafés avec du lait moussu ou de l'argenterie chélatée ou de la poudre de caroube ou des trucs à base de soja, prends un autre verre.

S'ils ne donnent pas de pourboire, prends-en un autre.

Ces femmes de l'été. Ces estivantes. Elles ont tellement de mascara qu'on dirait qu'elles portent des lunettes. Elles ont les lèvres dessinées au crayon marron foncé puis elles mangent jusqu'à ce que tout le rouge ainsi cerné ait disparu. Et ne reste plus qu'une tablée d'enfants maigrelets, chacun avec une bouche cerclée d'un anneau sale. Leurs longs ongles crochus couleur pastel d'amandes de Jordanie.

Quand c'est l'été et qu'il te faut encore malgré tout attiser l'âtre fumant, enlève un vêtement.

Quand il pleut et que les fenêtres battent sous les courants d'air froid, renfile un vêtement.

Deux verres. Deux aspirines. Et tu remets ça. Lorsque la mère de Peter arrive en compagnie de ta fille, Tabbi, et attend de toi que tu serves ta belle-mère et ta propre gamine comme si tu étais leur esclave personnelle, prends deux verres. Quand elles s'installent toutes les deux là-bas, à la table huit, Mamie Wilmot disant à Tabbi : « Ta mère serait une artiste célèbre si seulement elle voulait bien *essayer* », prends un verre.

Ces femmes de l'été. Ces estivantes. Leurs bagues, pendants et bracelets-tennis en diamant, les diamants graisseux ternis par l'écran total, quand elles te demandent de chanter « Joyeux anniversaire », prends un verre.

Quand ta gamine de douze ans relève les yeux sur toi et te donne du « M'dame » en lieu et place de M'man…

Quand sa grand-mère, Grace, dit : « Misty chérie, tu gagnerais en argent et en dignité si tu te remettais à peindre… »

Quand toute la salle à manger entend cela…

Deux verres. Deux aspirines. Et tu remets ça.

Chaque fois que Grace Wilmot commande la sélection luxe de sandwiches pour le thé, garnis de fromage à tartiner, fromage de chèvre et noix concassées menues en pâte fine étalée sur toasts aussi minces que des feuilles à cigarette, elle n'en prend que deux bouchées et laisse le reste, et pour faire quoi ? Pour t'abandonner l'addition en cadeau. Sans oublier la théière d'Earl Grey et une part de gâteau aux carottes, elle t'abandonne l'addition et tu ne te rends compte de rien jusqu'à la réception de ton chèque de paie, d'un montant de soixante-quinze *cents*, à cause de toutes les déductions. Certaines semaines, tu te retrouves en fait à devoir de l'argent au Waytansea Hotel, et tu prends conscience que tu n'es qu'une métayère, prise au piège de la Salle à Manger Bois et Or, probablement pour le restant de tes jours, alors, à ce moment-là, prends cinq verres.

Chaque fois que la salle à manger est bondée avec chacun des petits sièges en brocart d'or occupé par une femme, du cru ou du continent, et que toutes râlent et rouspètent comme quoi la traversée en ferry prend trop de temps, qu'il n'y a pas assez de places de stationnement sur l'île, que, jadis, jamais on n'avait besoin de réserver de table pour le déjeuner, et comment se fait-il que certains ne se contentent pas tout simplement de rester chez eux parce que, vraiment, trop c'est trop, tous ces coudes, toutes ces voix stridentes en manque qui te demandent leur chemin, qui te demandent des substituts de crème sans lactose et des robes bain de soleil taille trente-quatre, et que la cheminée doit encore flamber à tout-va parce que c'est la tradition de l'hôtel, en ce cas, ôte un autre vêtement.

Si à ce stade tu n'es pas ivre et à moitié nue, c'est que tu ne fais pas attention.

Lorsque Raymon, le chasseur, te surprend dans le congélateur de plain-pied en train de siffler une bouteille de sherry à la régalade et dit : « Misty, *cariño. Salud!* »

Lorsque la chose se produit, porte-lui un toast à la bouteille, en disant : « À mon époux au cerveau mort. À la fille que je ne vois jamais. À notre maison, sur le point d'être prise par l'Église catholique. À ma fêlée de belle-mère, qui grignote ses sandwiches-mouillettes au brie et aux oignons verts… » et dis ensuite : « *Te amo,* Raymon. »

Ensuite, sers-toi un verre de rab. Cadeau.

Chaque fois que quelque vieille croûte fossilisée issue de bonne vieille famille insulaire essaie d'expliquer qu'elle est une Burton mais que sa mère était une Seymour et son père un Tupper mais que sa mère à lui était une Carlyle, ce qui, d'une certaine façon, fait d'elle ta seconde cousine au deuxième degré, juste avant de te déposer mollement sur le poignet une main froide, douce, flétrie, alors même que tu essaies de desservir les assiettes à salade sales, et qu'elle te déclare : « Misty, pourquoi ne peins-tu plus ? », quand tu ne te vois plus que vieillissant chaque jour un peu plus et rien d'autre, ta vie tout entière en chute libre, spiralant droit vers la benne à ordures, alors prends deux verres.

Ce que l'on ne t'enseigne pas en arts plastiques à la fac, c'est de ne jamais, au grand jamais, dire aux gens que tu désires être artiste. Que tu saches simplement que pour le restant de ta vie les gens vont te torturer en te disant combien tu adorais dessiner jadis, quand tu étais jeune. Jadis, tu adorais peindre.

Deux verres. Deux aspirines. Et tu remets ça.

Pour information, juste au cas où, sache qu'aujourd'hui, ta pauvre épouse, elle laisse tomber un couteau à beurre dans la salle à manger de l'hôtel. Lorsqu'elle se penche pour le ramasser, quelque chose se reflète sur la lame en argent. Il s'agit de quelques mots rédigés sous le plateau de la table six. À quatre pattes, elle soulève le bord de la nappe. Là, sur le bois, en compagnie du chewing-gum desséché et des particules de suie, ça dit comme ça : « Ne les laissez pas vous prendre au piège une nouvelle fois. »

Rédigé au crayon à papier, ça dit : « Choisissez n'importe quel livre à la bibliothèque. »

L'immortalité fabrication maison d'un quidam quelconque. Son dernier effet, destiné à lui survivre. C'est là leur vie après la mort.

À noter qu'aujourd'hui le temps se marine partiellement d'éclats occasionnels de désespoir et d'irritation.

Le message sous la table six, cette inscription passée au crayon à papier, elle est signée *Maura Kincaid.*

29 juin — nouvelle lune

À Ocean Park, l'homme vient ouvrir, avec, à la main, un verre à bordeaux contenant une sorte de vin orange brillant qui remonte jusqu'à son index. Il porte un peignoir en éponge de couleur blanche avec, brodé sur la pochette de poitrine, « Angel ». Il porte une chaîne en or entortillée dans ses poils de poitrine gris et il sent la poussière de plâtre. Son autre main tient une torche électrique. Il boit son vin jusqu'au niveau de son majeur, et son visage a l'air bouffi sous son chaume de barbe sombre au menton. Ses sourcils sont décolorés ou alors épilés au point qu'il n'en reste presque plus rien.

À noter que c'est ainsi qu'ils se sont rencontrés, M. Angel Delaporte et Misty Marie.

En arts plastiques, à la fac, tu apprends que la peinture de Léonard de Vinci, *La Joconde*, elle n'a pas de sourcils parce que ce sont les derniers détails que l'artiste a ajoutés. À la peinture fraîche sur une peinture sèche. Au dix-septième siècle, un restaurateur a utilisé le mauvais solvant et il les a effacés à jamais.

Une pile de valises se dresse juste à l'intérieur de la porte d'entrée, des valises en vrai cuir, tu vois le genre, et l'homme pointe le bras un peu plus loin, vers l'intérieur de la maison, la torche à la main, et lance : « Vous pourrez dire à Peter Wilmot que sa grammaire est abominable. »

Ces estivants, Misty Marie leur apprend que les charpentiers et menuisiers inscrivent toujours des choses à l'intérieur des murs. Chaque homme a toujours la même idée, celle d'écrire son nom et la date avant de sceller le mur au Placoplâtre. Il leur arrive parfois d'y laisser le quotidien du jour. Par tradition, on laisse aussi une bouteille de vin ou de bière. Les couvreurs écrivent sur l'isolant de toiture avant de le couvrir de papier goudronné et de shingles. Les maçons écrivent sur le matériel de doublage des murs avant de le couvrir de bardeaux ou d'enduit au stuc. Leur nom et la date. Une petite part d'eux-mêmes que quelqu'un découvrira dans l'avenir. Peut-être une réflexion. Nous étions ici. C'est nous qui avons construit cela. Un souvenir de leur passage.

Appelle ça coutume ou superstition ou feng shui.

C'est une sorte de tendre immortalité simple et sans recherche.

En histoire de l'art, on t'enseigne que le pape Pie V a demandé au Greco de peindre par-dessus les silhouettes dénudées dont Michel-Ange avait orné le plafond de la chapelle Sixtine. Le Greco a accepté, à condition qu'on lui laisse repeindre le plafond dans son intégralité. On t'enseigne que le Greco ne doit sa célébrité qu'à son astigmatisme. C'est la raison pour laquelle il déformait les corps des humains, parce qu'il était incapable de bien voir, aussi étirait-il les bras et les jambes de tout le monde et a été rendu célèbre par l'effet dramatique ainsi créé.

Depuis les artistes fameux jusqu'aux entrepreneurs de travaux publics, tous autant que nous sommes, nous voulons laisser notre signature. Notre dernier effet. Destiné à nous survivre. Ta vie après la mort.

Tous, nous voulons nous expliquer. Personne ne veut être oublié.

Ce jour-là, à Ocean Park, Angel Delaporte montre à Misty la salle à manger, le lambrissage et le papier peint à rayures bleues. À mi-hauteur d'un mur se trouve un trou éclaté avec papier déchiré qui pèle et poussière de plâtre.

Les maçons, lui apprend-elle, ils abandonnent un charme scellé au mortier, une médaille religieuse sur sa chaînette qu'ils suspendent dans la cheminée pour empêcher les mauvais esprits de descendre dans le conduit.

Au Moyen Âge, les maçons emmuraient un chat vivant dans un bâtiment nouvellement construit en signe de bon augure. Ou une femme vivante. Pour donner une âme à la bâtisse.

Misty, elle a les yeux fixés sur le verre de vin. C'est à lui qu'elle parle plutôt qu'au visage du monsieur, elle suit ses mouvements du regard, dans l'espoir que le bonhomme la remarquera et lui offrira un verre.

Angel Delaporte met son visage bouffi, ses sourcils épilés, contre le trou, et dit : « ... les habitants de Waytansea Island vous tueront de la même manière qu'ils ont tué tout le monde par le passé... » Il colle sa torche tout à côté de sa tête pour que le faisceau éclaire les ténèbres. Les clés en laiton et argent miroitant lui descendent jusqu'à l'épaule, brillantes comme des strass de théâtre. Il dit : « Vous devriez voir ce qu'il y a d'écrit ici. »

Lentement, à la manière d'un enfant qui apprend à lire,

Angel Delaporte plonge le regard dans l'obscurité et poursuit : « … maintenant je vois mon épouse qui travaille au Waytansea Hotel, elle fait les chambres et se transforme en un putain de gros tas, une pétasse sous uniforme en plastique rose… »

M. Delaporte continue : « … Elle rentre à la maison et ses mains sentent les gants de latex qu'elle est obligée d'utiliser pour ramasser vos préservatifs usagés… ses cheveux blonds virent au gris et sentent la merde dont elle se sert pour récurer de vos toilettes les cuvettes quand elle se glisse à côté de moi dans le lit… »

« Hmmm », conclut-il, et il boit son vin jusqu'au niveau de son annulaire. « Le complément est mal placé. »

Il lit : « … ses nénés pendouillent sur sa poitrine comme deux carpes mortes. Nous n'avons pas eu de rapports sexuels depuis trois ans… »

Le silence est tel, soudain, que Misty lâche un petit rire.

Angel Delaporte tend la torche. Il boit son vin orange brillant jusqu'au niveau de son petit doigt posé sur l'extérieur du verre, hoche la tête en direction du trou, et il fait comme ça : « Lisez par vous-même. »

Son trousseau de clés est tellement lourd que Misty est obligée de crisper le biceps pour soulever la petite torche, et quand elle colle son œil au petit trou sombre, les mots inscrits sur le mur opposé disent :

« … vous mourrez en regrettant d'avoir jamais posé le pied sur… »

Le placard à linge disparu à Seaview, la salle de bains envolée à Long Beach, le séjour à Oysterville, chaque fois que les gens se mettent à fouiner un peu, voilà ce qu'ils découvrent. Toujours les mêmes crises de rage de Peter.

Tes bonnes vieilles crises de rage, les mêmes.

« … vous mourrez et le monde n'en sera que meilleur pour… »

Dans toutes ces maisons du continent sur lesquelles Peter a travaillé, tous ces investissements, c'est toujours les mêmes saletés rédigées de sa main et scellées à demeure.

« … mourrez en hurlant dans de teribles… »

Et dans son dos, Angel Delaporte déclare : « Dites à M. Wilmot qu'il a fait une faute d'orthographe à *terrible.* »

Ces estivants, la pauvre Misty, elle leur explique, depuis à peu près un an, que M. Wilmot n'était plus lui-même. Il ignorait qu'il avait une tumeur au cerveau depuis — nous ne savons pas depuis quand. Le visage collé contre le trou dans le papier peint, elle explique à cet Angel Delaporte que M. Wilmot a fait quelques travaux au Waytansea Hotel et que, maintenant, les numéros de chambre passent de 312 à 314. À l'emplacement d'une chambre de jadis, il y a aujourd'hui un couloir absolument parfait, sans raccords visibles, avec moulures à mi-hauteur, plinthes et prises de courant neuves tous les deux mètres, du boulot de première qualité. Le tout aux normes, comme l'exige le code des entrepreneurs, excepté la pièce scellée à l'intérieur.

Et cet homme d'Ocean Park fait tourner son vin dans son verre et dit : « J'espère que la chambre 313 n'était pas occupée quand la chose s'est produite. »

Dans la voiture de Misty, il y a une pince à décoffrer. Il leur suffira de cinq minutes pour rouvrir cette embrasure de porte. Ce n'est qu'une cloison sèche, non porteuse, dit-elle à l'homme. C'est juste M. Wilmot qui perdait la boule, rien de plus.

Lorsqu'elle colle son nez au trou et renifle, le papier peint a l'odeur d'un million de cigarettes qui seraient venues mourir là. À l'intérieur du trou, on sent la cannelle, la poussière, la peinture. Quelque part dans l'obscurité, on entend le bourdonnement d'un réfrigérateur. Le tintement d'une horloge.

Rédigé tout à l'entour des murs, partout, c'est toujours le même délire. Dans toutes ces maisons de vacances. Rédigé en immense spirale qui démarre au plafond et tourbillonne jusqu'au sol, sur tout le périmètre de la pièce, de sorte que tu es obligé de te poster en son beau milieu et de tourner et de tourner jusqu'à en avoir le vertige. Jusqu'à en avoir la nausée. À la lumière du trousseau de clés, ça dit :

« … assassinés en dépit de tout votre argent et de votre position sociale… »

« Écoutez », lâche-t-elle. « Votre fourneau, il est là. Exactement à l'endroit où vous le pensiez. » Elle se recule alors et lui tend la petite lampe torche.

Tous les entrepreneurs, lui explique Misty, ils signent leur ouvrage. Marquent leur territoire. Les ouvriers chargés des finitions écrivent sur les dalles de sol avant d'y poser le parquet en bois de feuillu ou la moquette. Ils écrivent sur les murs avant le papier peint ou le carrelage. C'est cela qu'on trouve à l'intérieur des murs de tout un chacun, ces archives de photos, de prières, de noms. De dates. Des capsules temporelles. Ou pis encore, on pourrait trouver des tuyauteries en plomb, de l'amiante, des moulures toxiques, un câblage électrique défectueux. Des tumeurs au cerveau. Des bombes à retardement.

Preuve s'il en est qu'aucun investissement n'appartient à son propriétaire pour l'éternité.

Ce que l'on ne veut pas forcément savoir — mais on n'ose pas oublier.

Angel Delaporte, le visage collé au trou, il lit : « … j'aime mon épouse et j'aime ma petite fille… » Il lit : « … je ne veux pas voir ma famille descendre l'échelle de plus en plus bas à cause de vous, parasites de bas étage… »

Il se penche au plus près du mur, le visage tout tordu contre le trou, et déclare : « Cette écriture est tout à fait irrésistible. La manière dont il écrit les *p* dans "posé le pied" et "putain et pétasse", la boucle est tellement longue qu'elle chapeaute le reste du mot. Ce qui signifie que c'est un homme plein d'amour, et très protecteur. » Il ajoute : « Vous avez vu le *t* de "vous tueront" ? La longueur de la tige de la lettre montre qu'il avait des soucis. »

Écrasant son visage contre le trou, Angel Delaporte lit : « … Waytansea Island tuera jusqu'au dernier des enfants de Dieu rien que pour sauver les siens… »

Il poursuit : la manière dont les *J* majuscules sont minces et pointus prouve que Peter a une intelligence aiguë mais qu'il a une peur bleue de sa mère.

Ses clés tintent chaque fois qu'il déplace sa petite torche et il lit : « … j'ai dansé avec votre brosse à dents fourrée dans mon trou du cul tout sale… »

Son visage a soudain un recul devant le papier peint, et il dit : « Ouais, pas de doute, il s'agit bien de mon fourneau. » Il boit le restant de son vin et s'en rince la bouche, bruyamment, à plusieurs reprises. Il l'avale, en disant : « Je savais bien que je disposais d'une cuisine dans cette maison. »

La pauvre Misty, elle explique qu'elle est désolée. Elle va dégager l'huisserie de la porte. M. Delaporte, probable qu'il voudra se brosser les dents cet après-midi. Un bon brossage, et peut-être aussi une injection antitétanique. Et une gammaglobuline, pourquoi pas, pour faire bon poids.

D'un doigt, M. Delaporte touche un grand barbouillis humide tout à côté du trou dans le mur. Il porte son verre de vin à la bouche et finit par loucher en s'apercevant qu'il est vide. Ce barbouillis sombre et humide sur le papier peint bleu, il le touche. Avant de faire la grimace et de s'essuyer le doigt sur le côté de son peignoir, en disant : « J'espère que M. Wilmot est solidement assuré avec une bonne garantie financière. »

« M. Wilmot est à l'hôpital, ces derniers jours, il a sombré dans l'inconscience », explique Misty.

Il glisse la main dans sa poche de peignoir, en extrait un paquet de cigarettes et en sort une d'une secousse, avant d'annoncer : « Donc c'est vous qui dirigez maintenant son entreprise de rénovation ? »

Et Misty essaie de rire.

« C'est moi, le gros tas, la pétasse », dit-elle.

Et l'homme, M. Delaporte, dit :

« Je vous demande pardon ? »

« Je suis madame Peter Wilmot. »

Misty Marie Wilmot, l'authentique, le monstre, la garce, la mégère, en chair et en os. Elle lui répond : « Je travaillais au Waytansea Hotel ce matin lorsque vous avez appelé. »

Angel Delaporte hoche la tête en contemplant son verre vide. Tout graisseux de sueur, couvert de marques de doigts. Il le lève entre elle et lui et demande : « Vous voulez que je vous offre un verre ? »

Il regarde l'endroit où elle a pressé son visage contre le mur de sa salle à manger, l'endroit où elle a laissé couler une larme en barbouillant son papier peint à rayures bleues. Une empreinte humide de son œil, les pattes-d'oie à son entour, son *orbicularis oculi* derrière des barreaux. Toujours avec sa cigarette non allumée à une main, il prend de l'autre la ceinture de son peignoir en éponge et frotte la tache de la larme. Et il dit : « Je vais vous donner un livre. Il s'intitule *Graphologie*. Vous savez, l'analyse de l'écriture. »

Et Misty, qui croyait vraiment que la maison Wilmot, les huit hectares sur Birch Street étaient synonymes de vie heureuse à tout jamais, elle dit : « Ça vous dirait, qui sait, de *louer* un endroit pour l'été ? » Elle contemple le verre à vin et ajoute : « Une grande maison en pierre. Pas sur le continent, mais sur l'*île* ? »

Et Angel Delaporte, il se retourne et la regarde par-dessus l'épaule, il regarde les hanches de Misty, puis ses seins sous son uniforme rose, puis son visage. Il plisse les paupières, secoue légèrement la tête et dit : « Ne vous en faites pas, vos cheveux ne sont pas si gris. »

Sur la joue et la tempe, et tout le pourtour d'un œil, il est poudré de poussière blanche de plâtre.

Et Misty, ton épouse, elle tend le bras vers lui, les doigts écartés. Elle tient la paume en l'air, la peau marquée et rougeâtre, et elle lui fait comme ça : « Hé, si vous ne me croyez pas, elle lui dit, sentez-la donc, ma main. »

30 juin

Ta pauvre épouse, elle est en train de cavaler de la salle à manger au salon de musique, à attraper à la volée chandeliers en argent, petits cartels dorés pour manteaux de cheminées et figurines de Dresde, qu'elle fourre dans un oreiller. Misty Marie Wilmot, après son service de petit déjeuner, là elle est en train de dévaliser la grande maison Wilmot sur Birch Street. Pareille à une foutue cambrioleuse à son propre domicile, elle est en train de piquer boîtes à cigarettes, boîtes à pilules et boîtes à priser, toutes en argent. Aux manteaux des cheminées et aux tables de nuit, elle dérobe salières et babioles en ivoire sculpté qu'elle entasse. Elle traîne derrière elle l'oreiller, lourd et brinquebalant de saucières en bronze doré et de plateaux en porcelaine peinte à la main.

Encore dans son uniforme en plastique rose, des taches de sueur sous chaque bras. Avec son badge d'identité épinglé à la poitrine, ça permet à tous les inconnus dans l'hôtel de l'appeler Misty. Ta pauvre épouse. Elle travaille dans le même genre de restaurant merdique que sa maman avait toujours connu.

Malheureuse à jamais et pour toujours.

Après cela, elle court jusqu'à la maison pour faire ses valises. Elle se trimballe un trousseau de clés aussi bruyant que des chaînes d'ancre. Un anneau de clés pareil à une grappe de raisins en fer. Il y a là des clés longues et des clés courtes. Des passe-partout aux encoches tarabiscotées. Des clés en laiton et en acier. Certaines sont à cylindre, évidées comme un canon d'arme à feu, d'autres grosses comme des pistolets, du genre de celles qu'une épouse faisant la gueule serait capable de se glisser sous la jarretière afin d'aller coller une balle à un mari imbécile.

Misty est occupée à fourrager dans les serrures pour voir si ses clés acceptent de tourner. Elle essaie les serrures des secrétaires et des portes de placard. Elle essaie clé après clé. Elle enfonce et elle vrille. Elle plante et fait levier. Et chaque fois qu'une serrure s'ouvre sur un claquement, elle expédie l'oreiller dans la pièce, les cartels de cheminée dorés, les ronds de serviette en argent, les compotiers en cristal au plomb, et elle verrouille la porte.

Aujourd'hui, c'est le jour du déménagement. Encore un des plus longs jours de l'année.

Dans la grande maison sur Birch Street, tout le monde est censé faire ses bagages, mais non. Ta fille descend avec finalement rien à se mettre pour le restant de son existence. Ta givrée de mère, elle est encore en train de faire le ménage. Elle se trouve quelque part dans la maison, à traîner derrière elle l'antique aspirateur, à quatre pattes, occupée à extraire bouts de fil et fragments de peluches des tapis pour en nourrir le tuyau de l'aspirateur. Comme si on en a quelque chose à fiche de l'allure des tapis. Comme si la famille Wilmot va jamais revenir vivre ici.

Ta pauvre épouse, cette fille stupide qui est venue ici il y a un million d'années, droit sortie d'un parc de caravanes en Géorgie, elle ne sait pas par où commencer.

Et on ne peut pas dire que la famille Wilmot n'aurait pas pu voir le vent tourner. On ne se réveille pas tout bonnement un jour pour découvrir que les caisses sont vides. Tout l'argent de la famille disparu.

Il n'est que midi, et elle essaie de retarder le plus possible son deuxième verre. Le deuxième n'est jamais aussi bon que le premier. Le premier est d'une telle perfection. Juste de quoi reprendre son souffle. Un répit. Un petit quelque chose pour lui tenir compagnie. Il ne reste que quatre heures avant que le locataire débarque pour prendre les clés. M. Delaporte. Avant qu'il leur faille évacuer les lieux.

Et il ne s'agit même pas d'un coup à boire, un vrai de vrai. Ce n'est qu'un verre de vin, et elle n'en a bu qu'une gorgée, peut-être deux. Malgré tout, rien que le fait de savoir qu'il est là, à portée de main. Rien que le fait de savoir qu'il est encore à moitié plein. C'est un réconfort.

Après le deuxième verre, elle prendra deux aspirines. Encore deux verres de plus, et deux autres aspirines, et c'est ainsi qu'elle tiendra jusqu'à la fin de la journée d'aujourd'hui.

Dans la grande maison Wilmot sur East Birch Street, juste derrière la porte de l'entrée, tu trouveras ce qui ressemble à des graffitis. Ton épouse, elle est en train de traîner son butin sous oreiller quand elle les aperçoit — quelques mots gribouillés sur l'arrière de la porte de l'entrée. Les traces de crayon à papier, les noms et les dates sur la peinture blanche. Démarrant à hauteur de genoux, on aperçoit de petites lignes sombres et, sur chaque ligne, un nom et un numéro.

Tabbi, âge cinq ans.

Tabbi, qui a aujourd'hui douze ans et des *rhytides* palpébrales latérales autour des yeux à force de pleurer.

Ou : Peter, âge sept ans.

C'est *toi, ça, âge sept ans.* Le petit Peter Wilmot.

Un air de déjà-vu ?

Ça te rappelle quelque chose ?

Ces lignes de crayon, la crête d'une marée haute. Les années 1795... 1850... 1979... 2003. Les anciens crayons étaient de minces bâtonnets de cire mélangée à de la suie et enveloppés de ficelle pour éviter de se salir les mains. Avant cela, il n'y a que des encoches et des initiales creusées dans le bois épais et la peinture blanche de la porte.

Certains parmi les autres noms à l'arrière de la porte, tu ne les reconnaîtras pas. Herbert, Caroline, Edna, des tas d'inconnus qui ont vécu ici, y ont grandi et sont disparus. D'abord bébés, puis enfants, adolescents, adultes, puis morts. Ton lignage, ta famille, mais des inconnus néanmoins. Ton héritage. Disparu mais pas disparu. Oublié mais toujours là, attendant d'être redécouvert.

Ta pauvre épouse, elle est là, debout, juste à l'intérieur de la porte d'entrée, elle regarde les noms et les dates une toute dernière fois. Son propre nom ne se trouvant pas parmi eux. Pauvre Misty Marie, née pauvre parmi les pauvres Blancs, avec ses mains rougeâtres pleines de marques et la peau de son crâne rose qui se voit sous ses cheveux.

Toute cette histoire et cette tradition dont elle pensait jadis qu'elles la garderaient en sécurité. L'isoleraient du reste, à jamais.

Elle n'a rien d'un cas d'espèce. Ce n'est pas une picoleuse. S'il est besoin de remettre les pendules à l'heure, elle encaisse des tonnes de stress. Quarante et une putains d'années, et aujourd'hui, elle n'a plus de mari. Pas de diplôme universitaire. Pas de véritable expérience professionnelle — sauf s'il faut y inclure le récurage des toilettes... l'enfilage des canneberges pour le sapin de Noël des Wilmot... Tout ce qu'elle a, c'est une gamine et une belle-mère à charge. Il est midi, et il lui reste quatre heures pour emballer tous les objets de valeur de la maison. En commençant par l'argenterie, les peintures, la porcelaine. Tout ce qu'on ne peut pas laisser au vu et au su d'un locataire.

Ta fille, Tabitha, descend du premier. Douze ans, et ses bagages se limitent à une petite valise et une boîte à chaussures serrée par des élastiques. Pas un seul vêtement ni chaussures d'hiver. Elle s'est juste pris une demi-douzaine de petites robes bain de soleil, des jeans, et son maillot de bain. Une paire de sandales, les chaussures de tennis qu'elle a aux pieds.

Ton épouse, elle est en train de piquer une maquette de navire ancien hérissé de mâts, ses voiles raidies et jaunies, ses haubans aussi fins que des toiles d'araignée, et elle dit : « Tabbi, tu sais que nous ne revenons pas. »

Tabitha se plante dans le vestibule de l'entrée et hausse les épaules. Elle dit : « Mamie dit que si. »

Mamie, c'est le nom qu'elle donne à Grace Wilmot. Sa grand-mère, ta mère.

Ton épouse, ta fille, et ta mère. Les trois femmes de ta vie.

Occupée à fourrer un présentoir à toasts en argent fin dans son oreiller, ton épouse hurle : « Grace ! »

Le seul bruit est le rugissement de l'aspirateur depuis les profondeurs de la maison. Le salon, peut-être le solarium.

Ton épouse traîne son oreiller dans la salle à manger. Se

saisissant d'un plat à desservir en cristal, ton épouse hurle : « Grace ! Il faut qu'on parle ! Immédiatement ! »

Au dos de la porte, le nom « Peter » grimpe aussi haut que dans le souvenir de ton épouse, un tout petit peu plus haut que n'arrivent ses lèvres quand elle les étire, perchée en hauts talons noirs sur la pointe des pieds. Écrit là, ça dit : « Peter, âge dix-huit ans. »

Les autres noms, Weston, Dorothy, Alice, sont presque effacés sur la porte. Barbouillés de marques de doigts, mais non repeints. Des reliques. Immortelles. L'héritage qu'elle est sur le point d'abandonner.

Forçant sa clé d'une torsion dans la serrure d'un placard, ton épouse jette la tête en arrière et hurle : « Grace ! »

Tabbi dit : « Qu'est-ce qui ne va pas ? »

« C'est cette foutue clé, répond Misty, elle refuse de marcher. »

Et Tabbi dit : « Fais-moi voir ça. » Elle dit : « Du calme, M'man. Ça, c'est la clé pour remonter la comtoise. »

Et quelque part, le rugissement de l'aspirateur fait silence.

Au-dehors, une voiture descend la rue, lentement, sans grand bruit, le conducteur plié en deux sur son volant. Les lunettes de soleil remontées haut sur le haut du visage, il étire le cou en tous sens, cherchant un endroit pour se garer. En lettres au pochoir sur le flanc de sa voiture, ça dit : « SILBER INTERNATIONAL — SOYEZ PLUS QUE VOUS-MÊME. »

Serviettes en papier et gobelets en plastique volent depuis la plage au son du grondement sourd et du mot « Fuck » rythmant une musique *dance*.

Debout à côté de la porte d'entrée, se trouve Grace Wilmot, embaumant l'huile citronnée et la cire à parquets. Son imposante chevelure lisse et grise s'arrête juste au-dessous de la taille de ses quinze ans. Preuve qu'elle rétrécit. On pourrait prendre un crayon et faire une marque derrière le sommet de sa tête. On pourrait écrire : « Grace, âge soixante-douze ans. »

Ta pauvre épouse si amère contemple une boîte en bois entre les mains de Grace. En bois pâle sous un vernis jauni, avec coins en laiton et ferrures ternies jusqu'à en être presque noires, la boîte en question a des pieds qui se déplient de chaque côté et la transforment en chevalet.

Grace offre la boîte, serrée entre ses deux mains bleues pleines de bosselures, et dit : « Tu auras besoin de tout ça. » Elle secoue la boîte. Remuent à l'intérieur les brosses raidies, les vieux tubes de peinture desséchée, les pastels cassés. « Pour te mettre à peindre, précise Grace. Quand le moment sera venu. »

Et ton épouse, qui ne dispose pas du temps nécessaire pour piquer une furie, elle se contente de répondre : « Laisse-la là. »

Peter Wilmot, ta mère ne sert foutrement à rien de rien.

Grace sourit et écarquille les yeux. Elle lève la boîte, en disant : « N'est-ce pas là ton rêve ? » Sourcils dressés, son muscle frontal en pleine action, elle dit : « Depuis que tu es toute petite, ton plus cher désir n'a-t-il pas toujours été de peindre ? »

Le rêve de toutes les filles en fac d'arts plastiques. Où l'on t'enseigne tout ce qu'il faut savoir sur les pastels gras, l'anatomie, les rides.

Pourquoi Grace Wilmot ne s'occupe-t-elle pas de son ménage, Dieu seul le sait. Ce qu'il leur faut, là, c'est faire leurs bagages. Cette maison. Ta maison : les couverts en argent fin, les fourchettes et les cuillères aussi grosses que des outils de jardinage. Au-dessus du manteau de la cheminée de la salle à manger se trouve une peinture à l'huile d'un Quelconque Wilmot Décédé. Au sous-sol se trouve un musée de miroitements empoisonnés, confitures et gelées pétrifiées, vins de fabrication maison remontant au déluge, poires fossilisées dans un sirop ambré datant de l'époque coloniale. Les résidus gluants de la richesse et de l'oisiveté.

De tous les objets hors de prix abandonnés à jamais, c'est cela que nous sauvons. Ces petites créations artisanales. Ces indices de la mémoire. Ces souvenirs inutiles. Rien qui se vendrait aux enchères. Les cicatrices que le bonheur laisse derrière lui.

Au lieu d'emballer un objet de valeur quelconque, quelque chose qu'elles pourraient vendre, Grace apporte cette vieille boîte à peinture. Tabbi a son carton à chaussures plein de bijoux de pacotille, ses bijoux des jours de fête, broches, colliers, bagues. Une couche de diamants en toc et de perles en vrac roulent dans le fond du carton. Une boîte d'épingles effilées et rouillées et de morceaux de verre cassé. Tabbi est debout, appuyée au bras de Grace. Derrière elle, juste au niveau du sommet du crâne de Tabbi, la porte dit : « Tabbi, âge douze ans » et le millésime de l'année est rédigé en rose au feutre fluorescent.

Les bijoux en toc, les bijoux de Tabbi, ils appartenaient à ces noms.

Tout ce que Grace a emballé, c'est son journal intime. Son journal intime en cuir rouge ainsi que quelques vêtements d'été légers, pour la plupart des chandails pastel tricotés main et des jupes plissées en soie. Le journal intime, son cuir rouge est tout craquelé, avec une petite serrure en laiton pour le tenir fermé. Estampée en lettres d'or, la couverture dit : « Journal intime ».

Grace Wilmot, elle est sans cesse sur le dos de ton épouse pour qu'elle démarre un journal.

Grace dit : Reprends la peinture.

Grace dit : Allez. Sors et passe plus souvent à l'hôpital.

Grace dit : Souris aux touristes.

Peter, ta pauvre ogresse d'épouse, le front soucieux, regarde tes mère et fille et elle déclare : « Seize heures. C'est l'heure à laquelle M. Delaporte passe prendre les clés. »

Ce n'est pas leur maison, ce n'est plus leur maison. Ton épouse, elle dit comme ça : « Quand la grande aiguille sera sur le douze et la petite sur le quatre, si les bagages ne sont pas faits et si tout n'est pas bouclé, vous ne reverrez plus jamais rien. »

Misty Marie, son verre de vin contient au moins encore deux gorgées. Et de le voir posé là sur la table de la salle à manger, il ressemble à la réponse. Il ressemble au bonheur, à la paix, au confort. Exactement à l'image de Waytansea Island jadis.

Debout contre l'intérieur de la porte, Grace sourit et répond : « Aucun Wilmot ne quitte cette maison pour toujours. » Elle ajoute : « Et parmi ceux qui viennent ici, personne de l'extérieur ne reste bien longtemps. »

Tabbi se tourne vers Grace et demande : « Mamie, *quand est-ce qu'on revient ?* »

Et sa grand-mère répond : « *Dans trois mois* », en lui tapotant la tête. Ta vieille mère inutile retourne alimenter l'aspirateur en peluches et en moutons.

Tabbi s'apprête à ouvrir la porte d'entrée pour emporter sa valise jusqu'à la voiture. Ce tas de boue et de rouille qui pue la pisse de son père.

Ta pisse.

Et ton épouse lui demande : « Qu'est-ce que ta grand-mère vient de te dire ? »

Et Tabbi se retourne. Elle roule les yeux au ciel et dit : « Seigneur ! Du calme, M'man ! Elle a juste dit que tu étais jolie ce matin. »

Tabbi ment. Ton épouse n'est pas stupide. Par les temps qui courent, elle sait exactement de quoi elle a l'air.

Ce qu'on ne comprend pas, on peut lui faire dire n'importe quoi.

Alors, à nouveau seule, Mme Misty Marie Wilmot, quand il n'y a plus personne pour la voir, ton épouse, se redresse sur la pointe des pieds et étire les lèvres vers le dos de la porte. Ses doigts écartés en appui sur les années et les ancêtres. La boîte de peintures mortes à ses pieds, elle embrasse l'emplacement sale sous ton nom, là où elle se souvient que se trouveraient tes lèvres.

1er *juillet*

Pour information, juste au cas où, sache, Peter, que c'est vraiment dégoûtant cette manière que tu as de raconter à qui veut l'entendre que ton épouse est femme de chambre dans un hôtel. Ouais, peut-être bien qu'il y a deux ans, elle était femme de chambre.

Aujourd'hui, il se trouve qu'elle est régisseuse adjointe du personnel de service de la salle à manger. Elle est « l'Employée du Mois » au Waytansea Hotel. C'est elle, ton épouse, Misty Marie Wilmot, la mère de ton enfant, Tabbi. Elle a presque, pratiquement, à un poil près, un diplôme de premier cycle en arts plastiques. Elle vote et paie ses impôts. Elle, c'est la reine de ces putains d'esclaves, et toi, un légume au cerveau mort, avec un tube dans le cul, en plein coma, connecté à un milliard de gadgets très coûteux qui te maintiennent en vie.

Cher et tendre Peter, tu n'es nullement en position de qualifier quiconque de putain de gros tas.

Avec le genre de coma qui est le tien, tous tes muscles se contractent. Tes tendons se crispent, de plus en plus resserrés. Tes genoux remontent contre ta poitrine. Tes bras se replient, au plus près de ton bide. Tes pieds, tes mollets se contractent jusqu'à ce que les orteils pointent vers le bas, bien droits, de quoi hurler, douloureux rien qu'à les voir. Tes mains, tes doigts se recourbent vers l'intérieur avec les ongles qui t'entaillent l'intérieur de chaque poignet. Chaque muscle, chaque tendon se raccourcissant un peu plus. Les muscles de ton dos, ceux qui te redressent l'échine, ils se rétrécissent et te tirent la tête en arrière jusqu'à lui faire quasiment toucher ton cul.

Est-ce que tu le sens, ça ?

Tu es complètement tordu et noué, et c'est ça le foutoir que Misty passe voir à l'hôpital après trois heures de voiture. Et c'est sans compter le trajet en ferry. C'est toi le foutoir auquel Misty est mariée.

Il s'agit là du pire moment de sa journée, de rédiger tout ça. Ç'a été ta mère, Grace, qui a eu la brillante idée de convaincre Misty de tenir un journal du coma. C'est ce que les marins et leurs épouses faisaient, jadis, a expliqué Grace, tenir un journal de toutes les journées de leur séparation. C'est une vieille tradition chérie dans la marine. Une vieille et précieuse tradition de Waytansea Island. Après tous ces mois de séparation, quand ils se retrouvent, les marins et les épouses, ils échangent leur journal intime et se mettent au courant de tout ce qu'ils ont raté. Comment les enfants ont grandi. Le temps qu'il a fait et ses conséquences. Une archive de tout et de rien. Voici les merdes du quotidien avec lesquelles vous pourriez vous barber l'un l'autre, toi et Misty, au cours du dîner. Ta mère a déclaré que ça te ferait du bien, que ça t'aiderait dans le processus de guérison. Un jour, si Dieu le veut, tu ouvriras les yeux et tu prendras Misty dans tes bras et tu l'embrasseras, ta tendre épouse aimante, et tu auras là toutes tes années perdues, rédigées jusqu'au plus tendre détail, tous les détails de ta gamine grandissant et de ton épouse se languissant de toi, et tu pourras t'installer sous un arbre avec une bonne citronnade et passer un bon moment à te remettre à jour.

Ta mère, Grace Wilmot, il faudrait peut-être qu'elle se réveille de son propre coma bien à elle.

Cher et tendre Peter. Et ça, est-ce que tu le sens ?

Tout le monde vit son propre coma bien à lui.

Ce dont tu te souviendras d'avant, personne ne le sait. Une possibilité, c'est que toute ta mémoire aura été effacée. Triangulée Bermudes. Ton cerveau a subi des dégâts. Tu naîtras comme un individu tout neuf. Différent mais identique. Une renaissance.

Pour information, juste au cas où, sache que Misty et toi, vous vous êtes rencontrés en fac d'arts plastiques. Tu l'as mise enceinte et, tous les deux, vous êtes revenus vivre avec ta mère sur Waytansea Island. S'il s'agit là de trucs que tu connais déjà, saute les pages. Lis en diagonale.

Ce qu'on ne t'enseigne pas en fac d'arts plastiques, c'est comment toute ta vie peut se terminer quand tu tombes enceinte.

Il existe d'innombrables moyens de se suicider sans vraiment *mourir* de sa belle mort.

Et juste au cas où tu aurais oublié, tu n'es qu'un merdaillon sans valeur. Une merde égoïste et sans tripes, un paresseux sans couilles. Au cas où la mémoire te ferait défaut, tu as démarré cette putain de bagnole dans ce putain de garage et tenté d'asphyxier tes regrets merdeux aux gaz d'échappement, mais non, même ça, tu n'as pas été capable de le faire bien. Ça aide quand, au départ, on a le réservoir plein.

Et rien que pour que tu saches à quel point tu ressembles à un désastre, n'importe quel individu plongé dans un coma supérieur à deux semaines, les médecins appellent ça un état végétatif persistant. Tu as le visage qui se bouffit et vire au rouge. Tes dents se mettent à tomber. Si on ne te retourne pas à quelques heures d'intervalle, tu développes des escarres.

Aujourd'hui, ton épouse est en train de rédiger ceci à ton centième jour de survie à l'état de légume.

Quant aux seins de Misty qui ressembleraient à deux carpes mortes, tu peux parler.

Un chirurgien t'a implanté une sonde stomacale pour t'alimenter. Tu as un mince tube inséré dans le bras pour mesurer ta pression artérielle. Il mesure aussi l'oxygène et le dioxyde de carbone dans tes artères. Tu as un autre tube inséré dans le cou qui surveille la pression sanguine dans les veines qui reviennent au cœur. Tu as un cathéter. Un tube entre tes poumons et ta cage thoracique draine les fluides susceptibles de s'accumuler. De petites électrodes rondes collées à ta poitrine contrôlent ton cœur. Des écouteurs sur tes oreilles t'envoient des ondes sonores destinées à stimuler ta moelle épinière. Un tube enfoncé de force dans ton nez pulse l'air dans ton organisme depuis un respirateur. Un autre tube est branché à tes veines, et en dégouttent fluides et médicaments. Pour les empêcher de se dessécher, tes yeux ont été fermés au sparadrap.

Uniquement pour que tu saches comment tu paies tout cela, Misty a promis la maison aux sœurs de la Pitié et de la Miséricorde. La grande vieille maison sur Birch Street et ses huit hectares, à la seconde où tu décèdes, c'est l'Église catholique qui en reçoit l'acte de propriété. Un siècle de ta précieuse histoire familiale, et ça va droit dans sa poche.

À la seconde où tu cesses de respirer, ta famille n'a plus de toit.

Mais ne te fais pas de bile, entre le respirateur, la sonde pour t'alimenter et les médicaments, tu ne vas pas mourir. Tu ne pourrais pas même mourir si tu le voulais. Ils vont te garder en vie jusqu'à ce que tu sois un squelette desséché avec ces machines qui envoient air et vitamines dans l'organisme.

Cher et tendre stupide Peter. Et ça, est-ce que tu le sens ?

En outre, quand les gens discutent d'éventuel *débranchement*, c'est une façon de parler plus qu'autre chose. Tous ces trucs m'ont l'air d'avoir des connexions solides et bien câblées. En plus il y a les groupes électrogènes de soutien, les alarmes à sécurité intégrée, les batteries, les codes secrets à dix chiffres, les mots de passe. Il faudrait une clé spéciale pour éteindre le respirateur. Il faudrait une ordonnance du tribunal, un ordre écrit dégageant toute responsabilité civile en cas de faute professionnelle, cinq témoins, le consentement de trois médecins.

Alors ne t'emballe pas. Personne ne va rien débrancher jusqu'à ce que Misty trouve un moyen de se sortir du foutoir merdique dans lequel tu l'as laissée.

Juste au cas où la mémoire te ferait défaut, chaque fois qu'elle vient te rendre visite, elle arbore une de ces vieilles broches de pacotille en faux brillants que tu lui as données. Misty la dégrafe de son manteau et en ouvre l'épingle. Qui est stérilisée à l'alcool, bien entendu. À Dieu ne plaise que tu te retrouves avec des cicatrices ou une infection aux staphylocoques. Elle enfonce l'aiguille de l'horrible vieille broche — lentement, très lentement — dans la viande de ta main ou de ton pied ou de ton bras. Jusqu'à ce qu'elle touche un os ou ressorte de l'autre côté. À la première goutte de sang, Misty nettoie.

Tout ça a un tel parfum de nostalgie.

Lors de certaines visites, elle enfonce l'aiguille en toi, elle te poignarde, encore et encore. Et elle murmure : « Et ça, tu le sens ? »

Ce n'est pas comme si c'était la première fois que tu te faisais piquer par une aiguille.

Elle murmure : « Tu es toujours en vie, Peter. Et *ça*, ça te fait quoi ? »

Et toi en train de déguster ta citronnade, en lisant ça sous un arbre à douze ans d'ici, à cent ans d'ici, il faut que tu saches que le meilleur moment de chaque visite, c'est cette aiguille qui s'enfonce.

Misty, elle t'a donné les meilleures années de sa vie. Misty ne te doit rien, rien qu'un bon gros divorce bien soldé. Stupide et minable connard que tu étais, tu allais l'abandonner avec un réservoir d'essence vide, comme tu le fais toujours. En plus de ça, tu as laissé des messages haineux dans les murs de tout le monde. Tu avais promis d'aimer, d'honorer et de chérir. Tu avais dit que tu ferais de Misty Marie Kleinman une artiste célèbre, mais tu l'as abandonnée, pauvre, détestée et seule sans personne.

Et ça, tu le sens ?

Cher et tendre menteur imbécile. Ta Tabbi envoie à son papa de gros câlins et plein de baisers. Elle aura treize ans dans deux semaines. Une adolescente.

Le temps aujourd'hui est partiellement furieux avec d'occasionnels accès de rage.

Au cas où la mémoire te ferait défaut, Misty t'a apporté des bottes en peau d'agneau pour te tenir les pieds au chaud.

Tu portes des bas de contention orthopédiques pour forcer le sang à remonter vers ton cœur. Elle te garde tes dents à mesure qu'elles tombent.

Il est à noter qu'elle t'aime toujours. Elle ne se donnerait pas la peine de te torturer si ce n'était pas le cas.

Espèce de connard. Et ça, tu le sens ?

2 juillet

D'accord, d'accord. Putain.

Pour information, juste au cas où, sache qu'une large part de ce foutoir est la faute de Misty. La pauvre petite Misty Marie Kleinman. Ce petit produit du divorce, avec sa clé de porte autour du cou, sans aucun parent à la maison la plupart du temps.

Tout le monde à la fac, toutes ses amies de la section arts plastiques, tous lui disaient :

Ne fais pas ça.

Non, disaient ses amies. Pas Peter Wilmot. Pas Peter, pas « la queue sur deux jambes ».

L'Eastern School of Art, la Meadows Academy of Fine Arts, le Wilson Art Institute, la rumeur voulait que Peter Wilmot se soit fait virer des trois établissements.

Tu t'étais fait virer.

Chaque école d'art de onze États, Peter s'y était inscrit et jamais il n'avait suivi aucun cours. Jamais il n'avait mis le pied dans son atelier. Il fallait que les Wilmot soient riches parce qu'il était étudiant depuis presque cinq ans, et son classeur d'œuvres personnelles restait vide. Peter se contentait de compter fleurette aux jeunes femmes à plein temps. Peter Wilmot, il avait de longs cheveux noirs et portait des chandails à grosses mailles tout déformés couleur de terre bleue. Une couture d'épaule était toujours défaite et le pull descendait bas sous l'entrejambe.

Femmes grosses, minces, jeunes ou vieilles, Peter portait ses chandails bleus minables et passait ses journées vautré sur le campus, flirtant avec toutes les étudiantes. Peter Wilmot le taré. Les amies de Misty, elles le lui ont désigné un jour, son chandail perdant ses mailles aux coudes et aux côtes de l'ourlet.

Ton chandail.

Les reprises avaient cédé et des trous apparaissaient dans le dos, révélant le T-shirt noir que Peter portait dessous.

Ton T-shirt noir.

La seule différence entre Peter et un malade mental libre de sortie, sans domicile fixe et accès limité au savon, était ses bijoux. Peut-être pas, en fait. Ce n'était en réalité que d'étranges vieilles broches dégueulasses et des colliers en faux diamants. Encroûtés de perles fausses et de strass, ce sont en réalité de gros amas de verre coloré qui griffent, grattent et pendouillent sur le plastron du chandail de Peter. De grosses broches de grand-mère. Une broche différente au quotidien. Certains jours, c'était un énorme soleil d'émeraudes factices. Ensuite venait un flocon de neige fait de diamants et de rubis en verroterie, ébréchés au sertissage métallique et ayant viré au vert sous sa sueur.

Sous ta sueur.

De la joncaille. De la camelote.

Pour information, juste au cas où, sache qu'à leur première rencontre, Peter se trouvait à une exposition des œuvres d'étudiants de première année où Misty et quelques amies contemplaient une peinture de vieille maison en pierre grossièrement taillée. Un côté de la maison ouvrait sur une grande pièce vitrée, une serre pleine de palmiers. Par les fenêtres, on pouvait voir un piano. On apercevait un homme lisant un livre. Un petit paradis privé. Les amies de Misty disaient combien c'était mignon, toutes ces couleurs et tout ça, et alors quelqu'un a dit : « Ne vous retournez pas, mais la queue sur deux jambes se dirige par ici. »

Misty a dit : « La quoi ? »

Et une voix a répondu : « Peter Wilmot. »

Une autre a ajouté : « Ne croisez pas son regard. »

Toutes ses amies ont dit, Misty, n'essaie même pas de l'encourager. Chaque fois que Peter entrait dans la salle, toutes les femmes se trouvaient une raison pour sortir. Il ne puait pas à proprement parler, mais on essayait malgré tout de se cacher derrière ses mains. Il ne vous regardait pas les yeux dans les yeux, mais la plupart des femmes n'en croisaient pas moins les bras sur la poitrine. En observant celles qui parlaient à Peter Wilmot, on voyait combien leur frontalis, le muscle frontal, leur plissait le front, preuve qu'elles avaient la trouille. Les paupières supérieures à moitié en berne, Peter paraissait plus furieux qu'en instance de coup de foudre.

Puis les amies de Misty, ce soir-là, dans cette galerie, elles se sont dispersées.

Et elle s'est retrouvée seule, debout au côté de Peter, le cheveu graisseux, son chandail, ses vieux bijoux de pacotille, qui se balançait sur les talons, mains sur les hanches, et contemplant la peinture, il a fait : « Alors ? »

Sans regarder Misty, il a lancé : « Vous allez vous dégonfler et fuir comme vos petites amies ? »

Il a dit ça en bombant le torse. Ses paupières supérieures étaient à moitié closes et sa mâchoire allait et venait, d'avant en arrière. Ses dents grinçaient. Il s'est retourné et laissé retomber contre le mur avec une telle force que la toile s'en est retrouvée de guingois. Il s'est appuyé, les épaules bien carrées contre le mur, les mains fourrées dans les poches de devant de son jean. Peter a fermé les yeux et pris une profonde inspiration. Il a relâché l'air, lentement, il a ouvert les yeux pour la fixer sans ciller et il a dit : « Alors ? Qu'en pensez-vous ?

— De quoi ? De la peinture ? » a demandé Misty. La vieille maison en pierre. Elle a tendu la main et remis la toile droite.

Et Peter a regardé de côté sans tourner la tête. Ses yeux ont roulé au plafond pour voir la toile juste au-dessus de son épaule et il a dit : « J'ai grandi dans la maison voisine de celle-ci. Le mec au livre, c'est Brett Peterson. » Puis, d'une voix forte, il a ajouté, d'une voix trop forte : « Je veux savoir si vous acceptez de m'épouser. »

C'est ainsi que Peter a formulé sa demande en mariage.

Ainsi que tu as formulé ta demande en mariage. La première fois.

Il était originaire de l'île, disait-on. Le musée de cire de Waytansea Island, toutes ces belles et vieilles familles insulaires qui remontaient au Mayflower Compact[1]. Ces beaux vieux arbres généalogiques où tout le monde était cousin au deuxième degré de tout le monde. Où personne n'avait été obligé d'acheter d'argenterie depuis deux siècles. Ils man-

1. Accord de gouvernement établi par les pèlerins dans la cabine du Mayflower, le 11 novembre 1620.

geaient un truc avec de la viande à chaque repas, et tous les fils paraissaient arborer les mêmes vieux bijoux décatis. Leur manière à eux, en quelque sorte, de revendiquer le costume de leur région d'origine. Leurs vieilles demeures de famille, pierre et bardeaux, se dressaient sur tout Elm Street, Juniper Street, Hornbeam Street, patinées juste comme il faut par l'air salin.

Jusqu'à leurs golden retrievers, qui étaient cousins du même sang.

Les gens disaient que tout sur Waytansea Island était qualité musée juste comme il fallait. Le vieux ferry-boat comme on n'en faisait plus et qui contenait six voitures. Les trois pâtés de maisons en brique rouge le long de Merchant Street, l'épicerie, la bibliothèque et son antique tour avec horloge. Les bardeaux blancs et les vérandas sur toute la périphérie du vieux Waytansea Hotel fermé. L'église de Waytansea, tout en granit et vitraux.

Là, dans la galerie de la fac d'arts plastiques, Peter portait une broche faite d'un cercle de fausses pierres bleu sale. Avec à l'intérieur un cercle de fausses perles. Quelques-unes des pierres bleues avaient disparu, et leurs emplacements vides paraissaient menaçants, tout pointus avec leurs petites dents acérées. Le métal était de l'argent, mais tordu et virant au noir. La pointe de la longue épingle, elle ressortait de sous un bord, avec apparemment des fossettes de rouille.

Peter tenait une grande chope en plastique pleine de bière dont le flanc était orné au pochoir du nom d'une équipe sportive, et il a bu une gorgée. Il a précisé : « Si vous n'envisagez pas un instant de m'épouser, il n'y a aucune raison pour que je vous invite à dîner, pas vrai ? » Il a regardé le plafond puis il l'a regardée elle, et il a ajouté : « Je trouve que cette approche du problème fait gagner à tout le monde une chiée de temps.

— Pour information, juste au cas où, sachez, lui a répondu Misty, que cette maison n'existe pas. Je l'ai inventée de toutes pièces. »

Misty te l'a dit.

Et tu as déclaré : « Vous vous souvenez de cette maison parce que vous l'avez toujours dans le cœur. »

Et Misty a répondu : « Putain de merde, mais vous en savez quoi de ce que j'ai dans le cœur, nom de Dieu ? »

Les grandes maisons en pierre. La mousse sur les arbres. Les vagues de l'océan qui sifflent et éclatent sous les falaises de roches brunes. Tout ça, elle l'avait dans son petit cœur de petite Blanche née pauvre parmi les pauvres.

Peut-être parce que Misty se trouvait toujours là, peut-être parce que tu pensais qu'elle était grosse et solitaire et qu'elle n'avait pas pris la poudre d'escampette, tu as baissé les yeux sur la broche épinglée à ta poitrine et tu as souri. Tu as regardé cette jeune femme et tu as demandé : « Elle vous plaît ? »

Et Misty a voulu savoir : « Elle est vieille ? »

Et tu as répondu : « Très vieille. »

« C'est quoi, comme pierres, ça ? » elle a demandé.

Et tu as répondu : « Bleues. »

Pour information, juste au cas où, sache qu'il n'était pas facile de tomber amoureuse de Peter Wilmot. De toi.

Misty a dit : « D'où la tenez-vous ? »

Et Peter a légèrement secoué la tête, avec un sourire à l'adresse du plancher. Il s'est mordillé la lèvre inférieure. Il a jeté un œil alentour aux quelques rares personnes qui restaient dans la galerie, les yeux rétrécis, puis il a regardé

Misty, et il a fait comme ça : « Vous me promettez que vous ne serez pas dégoûtée si je vous montre quelque chose ? »

Elle a regardé ses amies par-dessus l'épaule ; elles se trouvaient de l'autre côté de la salle devant une toile, mais elles ne la quittaient pas des yeux.

Et Peter a murmuré, les fesses toujours collées au mur, il s'est penché en avant vers elle et il a murmuré : « Il va falloir que vous souffriez avant de faire de l'art digne de ce nom. »

Pour information, juste au cas où, sache qu'un jour Peter a demandé à Misty si elle savait la raison pour laquelle elle aimait l'art qu'elle aimait. La raison pour laquelle une horrible scène de bataille comme le *Guernica* de Picasso peut être belle, alors qu'une toile représentant deux licornes en train de s'embrasser dans un jardin fleuri peut ressembler à de la merde.

Est-ce que quiconque connaît véritablement la raison pour laquelle il apprécie quelque chose ?

Pourquoi les gens font-ils des choses ?

Là-bas, dans la galerie, avec ses amies qui l'épiaient, une des toiles devait être l'œuvre de Peter, aussi Misty a-t-elle demandé : « Ouais. Montrez-moi donc de l'art digne de ce nom. »

Et Peter a bu quelques gorgées de bière avant de lui tendre la chope en plastique. Il a repris : « Souvenez-vous. Vous avez promis. » De ses deux mains, il a saisi l'ourlet effiloché de son chandail et il l'a remonté. Un rideau de théâtre qui se lève. Un dévoilement. Le chandail montrait son ventre maigre avec quelques poils en son milieu. Puis son nombril. Les poils s'écartaient latéralement autour de deux tétons roses qui commençaient à apparaître.

Le chandail s'est arrêté, le visage de Peter caché derrière

lui, et un de ses tétons se redressait en longue pointe depuis sa poitrine, rouge et plein de cicatrices, adhérant à l'envers du vieux chandail.

« Regardez, a dit Peter derrière elle, la broche est épinglée à mon téton. »

Quelqu'un a lâché un petit cri, et Misty a pivoté aussi vite pour regarder ses amies. La chope en plastique lui est tombée des mains, se fracassant sur le sol dans une explosion de bière.

Peter a rabaissé son chandail en disant comme ça : « Vous avez promis. »

C'était elle. L'épingle rouillée était piquée sous un rebord du téton et s'enfonçait sur toute sa longueur pour ressortir de l'autre côté. La peau alentour, barbouillée de sang. Les poils tout collés aplatis par le sang séché. C'était Misty. C'est elle qui avait crié.

« Je fais un trou différent tous les jours », a expliqué Peter, et il s'est plié en deux pour ramasser la chope. Il a précisé : « De manière que chaque jour je sente une douleur nouvelle. »

Avec le recul, le chandail tout autour de la broche était raidi, encroûté et plus foncé de tout le sang séché. Néanmoins, c'était la fac d'arts plastiques, non ? Elle avait vu pire. Mais peut-être pas.

« Vous, a déclaré Misty, vous êtes givré. » Sans raison apparente, peut-être sous le choc, elle a ri et ajouté : « Je suis sérieuse. Vous êtes méprisable. » Elle, les pieds gluants dans ses sandales éclaboussées de bière.

Qui sait la raison pour laquelle nous aimons ce que nous aimons ?

Et Peter a lâché : « Vous avez jamais entendu parler de la

peintre Maura Kincaid ? » Il a tordu la broche épinglée dans les chairs de sa poitrine pour la faire scintiller sous la lumière blanche de la galerie. Pour la faire saigner. « Ou de l'école de peinture de Waytansea ? » a-t-il demandé.

Pour quelle raison faisons-nous ce que nous faisons ?

Misty s'est retournée vers ses amies, elles l'ont regardée en retour, le sourcil interrogateur, prêtes à bondir à sa rescousse.

Et elle a regardé Peter et dit : « Je m'appelle Misty », et elle lui a tendu la main.

Et lentement, les yeux de Peter toujours rivés aux siens, il a relevé le bras et ouvert le fermoir au dos de la broche. Son visage a fait la grimace, tous ses muscles crispés l'espace d'une seconde. Les yeux cousus serrés au milieu de leurs ridules, il a dégagé la longue épingle de son chandail. De la chair de sa poitrine.

De la chair de ta poitrine. Barbouillée de ton sang.

Il a replacé l'épingle dans le fermoir et a posé la broche dans la paume de ta main.

Il a dit : « Voulez-vous m'épouser ? »

Il a prononcé ces mots sur un ton de défi, comme s'il cherchait la bagarre, comme un gant qu'il lui aurait jeté aux pieds. Comme pour dire chiche. Un duel. De ses yeux, il l'a palpée de la tête aux pieds, ses cheveux, ses seins, ses jambes, ses bras et ses mains, à croire que Misty Kleinman était le restant de son existence.

Doux et tendre Peter, et ça, est-ce que tu le sens ?

Et cette petite idiote sortie de son parc de caravanes, elle a pris la broche.

3 juillet

Angel dit de serrer le poing. Il dit : « Tendez votre index comme si vous vous apprêtiez à vous curer le nez. »

Il prend la main de Misty, au doigt dressé bien raide, et il la tient de telle sorte que le bout de l'ongle touche la peinture noire sur le mur. Il déplace le doigt de manière à lui faire suivre comme à la trace les giclures de peinture noire, les fragments de phrases et de gribouillages, les dégoulinements et les barbouillis, et Angel demande : « Vous ressentez quelque chose ? »

Pour information, juste au cas où, sache qu'il y a là un homme et une femme debout dans une petite pièce obscure. Ils se sont faufilés au travers d'un trou dans le mur, et la propriétaire de la maison attend derrière la cloison. Uniquement pour que tu sois au courant de ce petit détail pour l'avenir, Angel porte un pantalon en cuir marron moulant qui dégage la même odeur qu'un cirage à chaussures. Cette même odeur que des sièges de voiture en cuir. Cette même odeur que ton portefeuille, détrempé par la sueur pour avoir séjourné dans ta poche revolver, après une chaude journée d'été que tu avais passée au volant de ta voiture. Cette odeur dont Misty prétendait qu'elle la détestait, c'est l'odeur du pantalon en cuir d'Angel collé à elle.

De temps à autre, régulièrement, la propriétaire qui attend derrière la cloison, elle donne un coup de pied au Placo et s'écrie : « Vous voulez bien me dire ce que vous fabriquez là-dedans tous les deux ? »

Le temps aujourd'hui est chaud et ensoleillé avec quelques rares nuages et un propriétaire a appelé depuis Pleasant Beach [1] pour annoncer que son coin petit déjeuner a disparu, et vaudrait mieux que quelqu'un vienne voir immédiatement. Misty a appelé Angel Delaporte, il l'a retrouvée quand le ferry a accosté et ils sont partis ensemble sur les lieux en voiture. Il apporte avec lui son appareil photo et un sac plein d'objectifs et de pellicules.

Angel, tu t'en souviens peut-être, il habite à Ocean Park. Voici un indice pour te mettre sur la voie : c'est toi qui lui as muré sa cuisine. Il dit qu'à voir la façon dont tu écris tes *m*, avec le premier jambage plus large que le second, cela prouve que tu places ton opinion personnelle au-dessus de l'opinion générale. La façon dont tu fais tes *h* minuscules, avec la jambe qui recoupe la ligne et revient en arrière, montre que tu n'es jamais prêt au compromis. C'est de la graphologie, et c'est une vraie science, dit Angel. Après avoir vu ces mots dans sa cuisine disparue, il a demandé à voir les autres maisons.

Pour information, juste au cas où, il explique aussi qu'à la façon dont tu écris tes *g* et tes *y* minuscules, avec la boucle inférieure qui tire sur la gauche, ça montre que tu es très attaché à ta mère.

1. Plage agréable.

Et Misty lui a déclaré : là-dessus, il ne se trompait pas.

Angel et elle, ils se sont rendus en voiture à Pleasant Beach, et c'est une femme qui a ouvert la porte. Elle les a regardés, la tête rejetée en arrière de sorte qu'elle les contemplait dans l'axe de son nez, le menton repoussé en avant, les lèvres pincées, minces, avec le muscle de chaque côté du maxillaire, chaque muscle masséter noué en petit poing, et elle a lâché : « Est-ce que Peter Wilmot est trop paresseux pour se pointer ici ? »

Ce petit muscle qui s'étend de sa lèvre inférieure jusqu'à son menton, le mentalis, le muscle carré, il était tellement tendu que son menton avait l'air creusé d'un million de minuscules fossettes, et elle a ajouté : « Mon mari n'a pas cessé de se gargariser depuis ce matin. »

Le muscle carré du menton, le platysma, le peaucier sous-jacent, tous ces petits muscles du visage, ce sont là les premières choses que l'on apprend en anatomie au cours d'arts plastiques. Après cela, on est capable de distinguer un sourire factice parce que le risorius et le platysma, les muscles qui tirent vers le bas, ouvrent la lèvre inférieure presque en carré, exposant la mâchoire inférieure. Dans la cuisine de la dame, le papier peint jaune est pelé aux abords d'un trou près du sol. Le carrelage jaune par terre est couvert de journaux et de poudre de plâtre. Tout à côté du trou est posé un sac de courses déformé par des fragments de Placoplâtre éclaté. Des rubans de papier peint jaune déchiré sortent en torsades des débris. Jaune, moucheté de petits tournesols orange.

La femme s'est postée près du trou, les bras croisés sur la poitrine. Elle a eu un signe de tête vers le trou et elle a dit : « C'est là-dedans, très exactement. »

Les monteurs en charpentes métalliques, lui a appris Misty, ils nouent une branche au sommet le plus élevé d'un nouveau pont ou d'un gratte-ciel pour célébrer le fait que personne n'a été tué pendant sa construction. Ou pour apporter la prospérité au nouveau bâtiment. On appelle ça « couronner le faîtage ». Une tradition bien étrange.

Ils sont pleins de superstitions irrationnelles, les entrepreneurs de travaux publics.

Misty a dit à la propriétaire de ne pas s'en faire.

Ses muscles corrugateurs lui tirent les deux sourcils au-dessus de son nez. Son *levator labii superiosis*, le muscle releveur commun superficiel de la lèvre et de la narine, étire sa lèvre supérieure en rictus et lui dilate les narines. Son *depressor labii inferioris*, son muscle triangulaire des lèvres, fait descendre sa lèvre inférieure et révèle la dentition du bas, et elle dit : « C'est vous qui devriez vous en faire. »

À l'intérieur du trou, la petite pièce obscure est encadrée sur trois de ses côtés par des bancs intégrés de couleur jaune, du genre box de restaurant sans table. C'est ce que la propriétaire appelle un coin petit déjeuner. Le jaune est du vinyle jaune et les murs au-dessus des bancs sont en papier peint jaune. Barbouillé à travers tout le décor, ça dit : « … sauver notre monde en tuant cette armée d'envahisseurs… »

Il s'agit de la peinture noire en bombe de Peter, ses phrases et ses gribouillis incomplets. Ses griffonnages distraits. La peinture fait des boucles à la surface des cadres, des coussins en dentelle, des sièges des bancs en vinyle jaune. Sur le sol gisent des bombes de peinture vides. Chacune porte la trace noire des mains de Peter, et les spirales de ses empreintes donnent l'impression qu'il les tient encore entre les doigts.

Les mots vaporisés passent par-dessus les petits cadres de

fleurs et d'oiseaux. Les mots en noir viennent traîner à la surface des petits oreillers en dentelle. Les mots courent tout alentour de la pièce dans toutes les directions, sur le sol carrelé, sur le plafond.

Angel dit : « Donnez-moi votre main. » Et il roule en boule les doigts de Misty qu'il change en poing d'où ne ressort que l'index tendu raide. Il place l'extrémité de l'ongle contre les lettres noires sur le mur et l'oblige à retracer chaque mot.

Sa main serrée autour de la main de Misty guidant son index. Le suintement sombre de la sueur autour du col et des aisselles de son T-shirt blanc. Son haleine avinée qui se dépose sur le cou de la femme. Cette façon dont les yeux d'Angel restent posés sur elle tandis qu'elle garde ses yeux rivés sur les mots peints en noir. Voilà la sensation qui se dégage de la pièce tout entière.

Angel tient le doigt de Misty contre le mur, le déplace le long des mots qui s'y trouvent peints, et il dit : « Pouvez-vous ressentir ce que ressentait votre époux ? »

Aux dires des graphologues, si l'on prend son index pour suivre les déliés de l'écriture d'un individu, si l'on prend, qui sait, une cuillère en bois ou une baguette de restau chinois et que l'on récrive les mots déjà inscrits, on peut ressentir exactement ce qu'a ressenti celui qui a rédigé au moment où il l'a fait. Il faut étudier la pression et la rapidité de l'écriture, en appuyant aussi fort que celui qui a écrit. En écrivant aussi rapidement qu'il semble que les mots aient été écrits. Angel dit que tout cela ressemble au jeu des comédiens pratiquant la Méthode. Ce qu'il appelle la méthode des actions physiques de Konstantin Stanislavski.

L'analyse de l'écriture manuscrite et le jeu de la Méthode,

Angel explique que les deux pratiques sont devenues populaires au même moment. Stanislavski avait étudié les recherches de Pavlov et de son chien bavant et les travaux du neurophysiologiste I.M. Sechenov. Avant cela, Edgar Allan Poe avait étudié la graphologie. Tout le monde cherchait à établir un lien entre le physique et l'émotionnel. Le corps et l'esprit. Le monde et l'imaginaire. Ce monde-ci et l'autre à venir.

Déplaçant le doigt de Misty sur le mur, il lui fait tracer les mots : « … la marée humaine que vous représentez, avec vos appétits sans limites et vos exigences tonitruantes… »

Murmurant, Angel dit : « Si l'émotion est capable de créer une action physique, alors la duplication de l'action physique peut re-créer l'émotion. »

Stanislavski, Sechenov, Poe, tout le monde cherchait une méthode scientifique à même de produire des miracles à la demande, dit-il. Une manière de répéter l'accidentel à l'infini. Une chaîne de montage capable de prévoir et de fabriquer le spontané.

C'est la rencontre du mystique et de la Révolution industrielle.

Cette odeur que dégage le chiffon une fois que tu as ciré tes chaussures, c'est ça que sent toute la pièce. Cette odeur qui monte de l'intérieur d'un lourd ceinturon. D'un gant de receveur au base-ball. D'un collier de chien. L'odeur faiblement vinaigrée de ton bracelet de montre chargé de sueur.

Le bruit de la respiration d'Angel, le côté du visage de Misty tout moite de ses chuchotements. Ses doigts crispés et durs comme un piège autour d'elle, à lui serrer la main comme elle fait. Avec ses ongles qui s'enfoncent dans la peau de Misty. Angel dit : « Sentez. Sentez et ressentez, et dites-moi ce que votre époux a ressenti. » Les mots : « … votre sang est notre or… »

À quel point lire quelque chose peut vous revenir à la figure comme une gifle.

À l'extérieur du trou, la propriétaire lâche quelques mots. Elle cogne au mur et dit, plus fort : « Quoi que vous ayez à faire, mieux vaudrait que vous soyez en train. »

Angel murmure : « Dites-le. »

Les mots disent : « … toi, une peste, à traîner tes échecs et tes ordures… »

Forçant les doigts de ton épouse le long de chaque lettre, Angel murmure : « Dites-le. »

Et Misty dit : « Non. » Elle dit : « Ce ne sont que des mots sans queue ni tête. »

Dirigeant les doigts de Misty enveloppés par les siens, Angel insiste, d'une bourrade de l'épaule, en expliquant : « Ce ne sont que des mots. Vous pouvez les prononcer. »

Et Misty dit : « Ils sont malfaisants. Ils n'ont aucun sens. »

Les mots : « … de vous massacrer tous que vous êtes comme autant d'offrandes, toutes les quatre générations… »

La peau chaude et serrée à l'entour de ses doigts à elle, il murmure : « Alors pour quelle raison êtes-vous venue les voir ? »

Les mots : « … les jambes grasses de mon épouse sont nouées de varices… »

Les jambes grasses de ton épouse.

Angel murmure : « Pourquoi vous donner la peine de venir ? »

Parce que son cher et tendre stupide époux, il n'a pas laissé de petit mot pour expliquer son suicide.

Parce qu'il s'agit là d'une part de lui qu'elle n'avait jamais connue.

Parce qu'elle veut comprendre celui qu'il était. Elle veut découvrir ce qui s'est passé.

Misty répond à Angel : « Je ne sais pas. »

Les entrepreneurs de travaux publics de l'ancienne école, elle lui explique, jamais ils n'auraient commencé les travaux d'une nouvelle maison un lundi. Uniquement un samedi. Une fois les fondations coulées, ils vous balancent une poignée de graines de seigle. Au bout de trois jours, si les graines n'ont pas germé, ils construiront la maison. Ils enterreront une vieille Bible dans le sol ou alors la scelleront dans un mur. Ils vous laisseront toujours un mur sans peinture jusqu'à l'arrivée des propriétaires. De cette manière, le diable ne connaîtra pas la maison avant qu'elle ait été habitée.

D'une poche latérale de sa sacoche photo, Angel sort quelque chose de plat et argenté, de la taille d'un livre de poche. L'objet est carré et il brille, une flasque, incurvée de sorte que ton reflet côté concave apparaît mince et élancé. Ton reflet côté convexe est trapu et gros. Il la tend à Misty, et le métal est lisse et lourd avec, à une extrémité, une capsule ronde. Quelque chose clapote à l'intérieur et l'équilibre s'en modifie. Sa sacoche photo est en tissu gris éraillé couvert de fermetures à glissière.

Sur le flanc mince et élancé de la flasque, leurs doigts se frôlent. Contact physique. Flirt.

Pour information, il est à noter que le temps aujourd'hui est partiellement soupçonneux avec risques de trahison.

Et Angel dit : « C'est du gin. »

La capsule se dévisse et se balance au bout d'une petite attache qui la maintient fixée à la flasque. Ce qu'il y a à l'intérieur a un parfum de bon moment, et Angel dit : « Buvez », et ses empreintes de doigts recouvrent le mince reflet élancé sur le polissage brillant. Au travers du trou dans le mur, on aperçoit les pieds de la propriétaire chaussés de mocassins en daim. Angel pose sa sacoche photo de manière à en masquer le trou.

Quelque part au-delà de tout cela, on entend l'océan qui siffle et éclate. Siffle et éclate.

Les graphologues disent que les trois aspects d'une personnalité se révèlent dans notre écriture. Tout ce qui descend sous la base d'un mot, la queue d'un *g* ou d'un *y* minuscules, par exemple, c'est une allusion à ton inconscient. Ce que Freud appellerait ton *ça*. Il s'agit de ton côté le plus animal. Si la queue de la lettre dérive sur la droite, cela signifie que tu es tourné vers l'avenir et le monde qui t'est extérieur. Si elle dérive vers la gauche, cela signifie que tu es prisonnier de ton passé et que c'est toi que tu regardes.

Toi en train d'écrire, toi en train de marcher dans la rue, ta vie tout entière se révèle dans la moindre de tes actions physiques. Ta manière de tenir tes épaules, dit Angel. Tout ça, c'est de l'art. Dans tout ce que tu fais de tes mains ou avec elles, tu es toujours en train de trahir l'histoire de ta vie.

C'est du gin dans la flasque, et du bon, celui que tu sens glisser comme un filet mince et froid sur toute la longueur de ta gorge.

Angel dit qu'à la manière dont tes lettres sont formées au-dessus de la ligne, tout ce qui dépasse les *e* ou *x* minuscules standard, ces hautes lettres sont des allusions à ton moi spirituel le plus intense. La manière dont tu rédiges tes *l* ou tes *h* ou dont tu mets les points sur les *i* révèle ce que tu aspires à devenir.

Tout ce qui se place entre les deux, la plupart de tes minuscules, celles-là révèlent ton ego. Selon qu'elles seront resserrées et pleines de pointes, ou alors bien séparées et tout en boucles, celles-là te révèlent, toi, ordinaire et quotidien.

Misty tend la flasque à Angel et il boit une gorgée.

Et il demande : « Est-ce que vous ressentez quelque chose ? »

Les mots de Peter disent : « … c'est avec votre sang que nous préservons notre monde pour les générations à venir… »

Tes mots. Ton art.

Les doigts d'Angel s'ouvrent autour des siens. Ils disparaissent dans l'obscurité et on entend les fermetures à glissière de la sacoche photo qui s'ouvrent. Cette odeur de cuir marron qui est la sienne s'écarte d'elle également et le voilà avec ses clic et flash, clic et flash, qui prend des clichés. Il bascule la flasque contre ses lèvres, et le reflet de Misty glisse de haut en bas sur le métal entre ses doigts.

Les doigts de Misty filant sur les murs, l'écriture dit : « … J'ai fait ma part. Je l'ai trouvée… »

Elle dit : « … Ce n'est pas mon boulot de tuer quiconque. Elle est l'exécutrice… »

Afin d'obtenir l'exacte image de la représentation de la douleur, Misty explique comment le sculpteur le Bernin faisait l'esquisse de sa propre figure tout en se brûlant la jambe à la chandelle. Lorsque Géricault a peint *Le Radeau de la Méduse*, il s'est rendu dans un hôpital pour ses croquis de visages d'agonisants. Il a rapporté des têtes et des bras sectionnés jusqu'à son atelier afin d'étudier par le détail de quelle façon la peau changeait de couleur à mesure qu'elle pourrissait.

Le mur résonne d'un coup sourd. Il résonne à nouveau,

la cloison sèche et la peinture frissonnant sous le toucher de Misty. De ses mocassins en daim, la propriétaire de l'autre côté de la cloison donne un autre coup de pied dans le mur et les fleurs et oiseaux sous cadre tremblotent sur le papier peint jaune. Sur les gribouillages de peinture noire à la bombe. Elle s'écrie : « Vous pouvez dire à Peter Wilmot qu'il va aller en prison pour ses conneries. »

Au-delà de tout cela, les vagues de l'océan sifflent et éclatent.

Ses doigts suivant toujours le tracé de tes mots, essayant de ressentir ce que tu ressentais, Misty demande : « Avez-vous jamais entendu parler d'une femme peintre, dans notre région, dénommée Maura Kincaid ? »

De derrière son appareil photo, Angel répond : « Pas beaucoup », et clic fait l'obturateur. Il ajoute : « Est-ce que Kincaid n'avait pas quelque chose à voir avec le syndrome de Stendhal ? »

Et Misty prend une nouvelle gorgée, une coulure brûlante qui lui fait monter les larmes aux yeux. Elle veut savoir : « Elle en est morte ? »

Et toujours occupé à ses photos au flash, Angel la regarde à travers son objectif et lâche : « Écoutez un peu. » Il poursuit : « Ce que vous avez dit, comme quoi vous étiez artiste ? Vos trucs d'anatomie ? Souriez donc d'un vrai sourire. Comme il se doit. »

4 juillet

Uniquement pour que tu saches, ça paraît tellement charmant. C'est Independence Day, et l'hôtel est plein. La plage, elle grouille. Le hall de l'hôtel est bourré d'estivants qui traînent là en attendant le début du feu d'artifice sur le continent.

Ta fille, Tabbi, elle porte un morceau d'adhésif sur chaque œil. Aveugle, elle cherche à tâtons son chemin par tout le hall en s'accrochant aux prises de passage. Depuis le bureau de la réception jusqu'à la cheminée, elle avance et murmure : « … huit, neuf, dix… », comptant ses pas au départ de chaque repère jusqu'au suivant.

Les étrangers estivants, ils sursautent un peu, surpris par ses petites mains qui les pelotent au passage. Ils lui offrent un sourire en lame de couteau et s'écartent. Cette petite fille en robe bain de soleil écossaise rose pâle et jaune, sa chevelure sombre nouée en arrière par un ruban jaune, c'est l'enfant parfaite de Waytansea Island. Tout en rouge à lèvres et vernis à ongles rose. En train de jouer à un petit jeu adorable et démodé.

Elle court, la main ouverte tout le long d'un mur, palpant au passage une toile encadrée, laissant courir ses doigts sur un rayonnage de bibliothèque.

Au-dehors, au-delà des fenêtres du hall, se produit un grand éclair suivi d'un boum. Les feux d'artifice explosent depuis le continent, en arcs de cercle dans le ciel, objectif l'île. Comme si l'hôtel était soumis à une attaque.

De grandes roues de flammes orange et jaunes. Des brasiers rouges qui explosent. Des traînées et des étincelles de bleu et de vert. Le boum arrive toujours avec du retard, de la même manière que le tonnerre suit les éclairs. Et Misty s'approche de sa gamine et dit : « Chérie, ç'a commencé. » Elle dit : « Ouvre les yeux et viens voir le spectacle. »

Les yeux toujours fermés à l'adhésif, Tabbi répond : « Il faut que je me familiarise avec la pièce quand elle est pleine de monde. » Cherchant son chemin à tâtons d'inconnu en inconnu, tous figés comme des statues au visage tourné vers le ciel, Tabbi compte le nombre de ses pas vers la porte du hall et la véranda extérieure.

5 juillet

Au cours de votre véritable premier rancard, à toi et Misty, tu lui as monté une toile sur un châssis.

Peter Wilmot et Misty Kleinman, en rancard, assis dans les hautes herbes d'un grand terrain vague. Abeilles et mouches estivales voletant alentour. Assis sur une couverture écossaise que Misty a apportée de son appartement. Sa boîte à peintures, en bois pâle sous un vernis jauni avec des coins en laiton et des charnières ternies presque noires. Misty en a déplié les pieds pour la transformer en chevalet.

Si c'est des trucs dont tu te souviens déjà, saute les pages.

Si tu te souviens, les herbes étaient tellement hautes que tu as été obligé de leur marcher dessus pour les aplatir et faire une niche au soleil.

C'était le trimestre de printemps, et tout le monde sur le campus semblait avoir eu la même idée. Sertir un lecteur de CD ou une tour d'ordinateur d'un tressage en vannerie en ne se servant que de tiges et d'herbes indigènes. De fragments de racines. De cosses de graines. On sentait une forte odeur de colle Néoprène dans l'air.

Personne ne tendait de toile sur un châssis, ni ne peignait

de paysage. Aucune recherche et pas le moindre piquant dans ce genre d'activité. Mais Peter s'était assis sur la couverture au soleil. Il a ouvert sa veste et tiré l'ourlet de son chandail démesuré. À l'intérieur, contre la peau de sa poitrine et de son ventre, se trouvait une toile de lin vierge agrafée à un châssis.

Au lieu d'écran total, tu t'étais frotté au fusain le dessous de chaque œil et l'arête de ton nez. Une grande croix noire au beau milieu de ton visage.

Si tu en es à lire ceci, Dieu seul sait depuis combien de temps tu te trouves dans le coma. La dernière chose au monde que ce journal intime est censé faire, c'est te barber.

Lorsque Misty t'a demandé la raison pour laquelle tu avais transporté la toile sous tes vêtements, bien engoncée sous ton chandail comme…

Peter a répondu : « Pour être sûr que la taille serait la bonne. »

C'est ça que tu as répondu.

Si tu te souviens, tu sauras que tu as mâchonné un brin d'herbe. Que tu en as senti le goût dans ta bouche. Les muscles de tes mâchoires bien marqués et carrés, d'abord sur un côté, puis sur l'autre tandis que tu mastiquais à n'en plus finir. D'une main, tu as creusé entre les herbes, piochant des morceaux de gravier ou des mottes de terre.

Toutes les amies de Misty, elles étaient occupées à leur stupide tissage de brins d'herbe. En train de fabriquer quelque chose d'utile qui ait l'air suffisamment réel pour être un objet recherché digne d'un bel esprit plein de piquant. Sans que la vannerie se défasse. S'il n'avait pas l'air authentique d'un véritable appareil de divertissement high-tech remontant à la préhistoire, l'ironie serait sans effet.

Peter lui a offert le châssis vierge et a déclaré : « Peignez quelque chose. »

Et Misty a répondu : « Personne ne peint plus de peinture aujourd'hui. »

Si des gens de sa connaissance continuaient à faire de la peinture encore aujourd'hui, ils la faisaient avec leur propre sang ou leur sperme. Et ils peignaient sur des chiens vivants sortis des refuges de la SPA, ou sur des desserts moulés à la gélatine, mais jamais sur toile.

Et Peter a dit : « Je parierais que vous continuez à peindre sur toile. »

« Pourquoi ? a demandé Misty. Parce que je suis débile ? Parce que je ne sais rien faire d'autre ? »

Et Peter a répondu : « Contentez-vous de peindre, bordel. »

Ils étaient censés avoir dépassé l'art figuratif. La fabrication de jolies images. Ils étaient censés apprendre le sarcasme visuel. Misty a dit que leurs études coûtaient trop cher pour qu'ils ne mettent pas en pratique les techniques de l'ironie qui porte. Elle a dit qu'une jolie image n'enseignait rien au monde.

Et Peter a rétorqué : « On n'est pas encore en âge de boire de la bière, alors qu'est-ce qu'on peut bien enseigner au monde ? » Allongé qu'il était, là, sur le dos, dans leur nid d'herbes, un bras sous la nuque, Peter a ajouté : « Tous les efforts du monde n'auront aucune espèce d'importance si on n'est pas inspiré. »

Au cas où tu n'aurais pas été foutu de le remarquer, espèce de gros crétin, Misty cherchait vraiment à se faire apprécier de toi. Pour information, juste au cas où, sache que sa robe, ses sandales et son chapeau de paille informe, c'était pour toi, elle s'était mise sur son trente et un. Si seulement tu lui avais frôlé les cheveux, tu les aurais entendus crépiter de laque.

Elle s'était inondée d'une telle quantité de parfum Wind Song[1] qu'elle en attirait les abeilles.

Et Peter a posé le châssis vierge sur le chevalet de Misty. Il a déclaré : « Maura Kincaid n'a jamais mis les pieds dans aucune putain de fac d'arts plastiques. »

Il a craché un glaviot de bave verte, pris une nouvelle tige d'herbe et se l'est collée dans la bouche. La langue souillée de vert, il a dit : « Je parie que si vous peigniez ce que vous avez dans le cœur, on pourrait accrocher la toile dans un musée. »

Ce qu'elle avait dans le cœur, a dit Misty, se résumait en pratique à des merdes stupides.

Et Peter s'est contenté de la regarder. Il a dit : « Alors à quoi sert de peindre des choses que vous n'aimez pas ? »

Les choses qu'elle aimait, lui a signifié Misty, ne se vendraient jamais. Les gens ne les achèteraient pas.

Et Peter de faire comme ça : « Vous seriez peut-être surprise. »

C'était là la théorie de Peter sur l'expression personnelle. Le paradoxe d'être artiste professionnel. Cette manière dont nous passons nos existences à essayer de bien nous exprimer, mais nous n'avons rien à dire. Nous voulons que la créativité soit un système de cause et d'effet. Avec résultats à la clé. Avec produits commercialisables. Nous voulons que l'engagement et la discipline soient synonymes de reconnaissance et de récompense. Nous nous engageons dans notre galère

1. « Chanson du Vent ».

universitaire, notre programme de second cycle en vue de l'obtention d'une maîtrise en arts plastiques, et c'est parti, de la pratique, de la pratique, de la pratique avant toute chose. Avec toute l'excellence et les superbes talents qui sont les nôtres, rien de particulier ne mérite d'être étayé, pièces à l'appui. Aucun domaine précis ne justifie que nous y fassions nos preuves. Aux dires de Peter, rien ne nous emmerde plus que quand un camé shooté jusqu'aux yeux, un clodo paresseux ou un pervers pleurnichard créent un chef-d'œuvre. Comme par accident.

Un quelconque imbécile qui n'a pas peur de dire ce qu'il aime vraiment.

« Platon », explique Peter, et il tourne la tête pour expédier un glaviot de bave verte dans les herbes. « Platon a dit : "Celui qui approche le temple des Muses sans inspiration aucune, convaincu que la maîtrise du savoir-faire à elle seule suffit, ne sera jamais qu'un piètre artisan et sa poésie présomptueuse sera obscurcie par les chants des déments." »

Il s'est collé un nouveau brin d'herbe dans la bouche qu'il a mâchonné en disant : « Et qu'est-ce donc qui fait de Misty Kleinman une démente ? »

Ses maisons et rues pavées imaginaires. Ses mouettes tournant en cercles au-dessus des barques à leur retour de parcs à huîtres qu'elle n'avait jamais vus. Les jardinières aux fenêtres débordant de gueules-de-loup et de zinnias. Putain de Dieu, pas question qu'elle aille un jour peindre ces merdes.

« Maura Kincaid, explique Peter, n'avait jamais tenu une brosse à peindre avant l'âge de quarante et un ans. » Il s'est mis à sortir les pinceaux de la boîte en bois pâle avant d'en tordre les soies pour les redresser. Il a dit : « Maura s'est mariée avec un bon vieux charpentier de Waytansea Island et ils ont eu deux enfants. » Il a sorti ses tubes de couleurs, qu'il a posés à côté des brosses, là, sur la couverture.

« Il a fallu attendre le décès de son époux, a précisé Peter. Ensuite Maura est tombée malade, gravement malade, la tuberculose ou quelque chose d'autre. À cette époque-là, quarante et une années faisaient de vous une vieille dame. »

Il a fallu attendre le décès d'un de ses enfants, a-t-il ajouté, pour que Maura Kincaid peigne la première toile de sa vie. Il a précisé : « Peut-être que les gens doivent réellement souffrir avant de pouvoir courir le risque de faire ce qu'ils aiment. »

Tu as raconté tout ça à Misty.

Tu as expliqué que Michel-Ange était un maniaco-dépressif qui s'était représenté en martyr flagellé dans une de ses peintures. Henri Matisse a abandonné l'idée d'être avocat à cause d'une appendicite. Robert Schumann n'a commencé à composer qu'après que sa main droite se fut paralysée, mettant ainsi fin à sa carrière de pianiste de concert.

Tu étais occupé à fourrager dans ta poche en expliquant ça. En train d'en extirper quelque chose.

Tu as parlé de Nietzsche et de sa syphilis tertiaire. De Mozart et de son urémie. De Paul Klee et de la sclérodermie qui lui a rétréci les articulations et les muscles jusqu'à ce que mort s'ensuive. De Frida Kahlo et du spina-bifida qui lui couvrait les jambes d'ulcères. De lord Byron et de son pied bot. Des sœurs Brontë et de leur tuberculose. De Mark Rothko et de son suicide. De Flannery O'Connor et de son lupus. L'inspiration exige maladie, blessure, folie.

« Aux dires de Thomas Mann, a expliqué Peter, les grands artistes sont de grands invalides. »

Et là, sur la couverture, tu as déposé quelque chose. Là, au beau milieu des tubes de couleurs et des brosses à peindre, est apparue une grosse broche en fausses pierres. Aussi grosse qu'un dollar d'argent, avec des brillants en verre transparent, de minuscules miroirs polis sertis en rosace de jaune et d'orange, tous voilés et marqués d'éclats. Là, sur la couverture écossaise, elle semblait faire exploser les rayons du soleil en myriades d'étincelles. Le métal était d'un gris terne, agrippant les fausses pierres de ses minuscules dents pointues.

Peter a demandé : « Est-ce que vous entendez ce que je dis ? »

Et Misty s'est saisie de la broche. L'éclat s'est réfléchi droit dans ses yeux, et elle a été aveuglée, éblouie. Déconnectée de tout ce qui se trouvait là, le soleil et les herbes.

« Elle est pour vous, a dit Peter, pour l'inspiration. »

Misty, son reflet apparaissait fracassé des dizaines de fois dans chaque faux brillant. Un millier de fragments de son visage éclaté.

Aux couleurs étincelantes qu'elle tenait à la main, Misty a déclaré : « Alors dites-moi. » Elle a demandé : « Comment le mari de Maura Kincaid est-il décédé ? »

Et Peter, ses dents toutes vertes, il a craché vert dans les hautes herbes alentour. Sa croix noire sur la figure. Il a léché ses lèvres vertes de sa langue verte, et Peter a répondu : « Un meurtre. » Peter a précisé : « Ils l'ont assassiné. »

Et Misty s'est mise à peindre.

6 juillet

Pour information, juste au cas où, sache que la vieille bibliothèque dégueulasse avec son papier peint qui pèle à chaque raccord et ses mouches mortes à l'intérieur des globes en verre givré du lampadaire au plafond, tout ce dont tu es capable de te souvenir est toujours là. Si tu es capable de t'en souvenir. Le même globe terrestre minable, jauni couleur de soupe. Les continents entaillés à des endroits comme la Prusse et le Congo belge. Ils ont toujours le panneau encadré qui dit : « QUICONQUE SERA PRIS À VANDALISER LES OUVRAGES DE LA BIBLIOTHÈQUE SE VERRA POURSUIVI EN JUSTICE. »

La vieille Mme Terrymore, la bibliothécaire, elle porte toujours les mêmes tailleurs en tweed, sauf que maintenant elle arbore un insigne au revers aussi gros que sa figure qui dit : « REJOIGNEZ UN NOUVEL AVENIR GRÂCE AUX SERVICES FINANCIERS OWENS LANDING ! »

Ce qu'on ne comprend pas, on peut lui faire dire n'importe quoi.

À travers toute l'île, les gens portent le même genre d'épinglette ou de T-shirt, vantent et vendent une marque quelconque. Ils y gagnent une petite récompense ou un peu d'argent liquide s'ils sont vus en train de les arborer. De transformer leurs corps en panneaux publicitaires. De se coiffer de casquettes de base-ball ornées de numéros de téléphone : 1-800.

Misty est ici en compagnie de sa fille, à essayer de dénicher des ouvrages sur les chevaux et les insectes, des livres que le professeur de Tabbi veut que la petite ait lus avant d'entamer son année de cinquième à la rentrée d'automne.

Pas d'ordinateurs. Pas de connexions à l'Internet ou à des terminaux de bases de données signifie pas d'estivants sur les lieux. Les *latte*, des cafés au lait non autorisés. Pas de cassettes vidéo ni de DVD à emprunter. Tout ce qui dépasse le murmure n'est pas autorisé. Tabbi est partie dans le rayon enfants, et ton épouse se trouve dans son propre coma personnel : la section des livres d'art.

Ce que l'on t'enseigne en arts plastiques, c'est que les vieux maîtres célèbres comme Rembrandt, le Caravage et Van Eyck, ils se contentaient de tracer. Ils dessinaient de cette manière dont la maîtresse interdit la pratique à Tabbi. Hans Holbein, Diego Velázquez, ils s'asseyaient sous une tente de velours dans les ténèbres obscures et croquaient le monde extérieur brillant au travers d'une petite lentille. Ou se reflétant à la surface d'un miroir concave. Ils projetaient le monde extérieur sur l'écran de leur toile. Canaletto, Gainsborough, Vermeer, ils restaient là, dans le noir, des heures ou des jours durant, traçant les contours d'un bâtiment ou d'un modèle nu sous le soleil éclatant du dehors. Parfois, il leur arrivait même de déposer leurs couleurs directement sur les couleurs ainsi projetées, faisant correspondre au mieux le miroitement d'un tissu tel qu'il retombait en plis projetés. Ils peignaient un portrait parfaitement exact en l'espace d'un seul après-midi.

Pour information, juste au cas où, sache que *camera obscura* est l'expression latine pour « chambre obscure ».

Là où la chaîne de montage recoupe le chef-d'œuvre. Un appareil photo utilisant de la peinture en lieu et place d'oxyde d'argent. De la toile de lin en lieu et place de pellicule.

Elles passent là toute la matinée, et à un moment donné, Tabbi revient se poster auprès de sa mère. Tabbi tient en main un livre ouvert et dit : « M'man ? » Le nez toujours collé à la page, elle demande à Misty : « Savais-tu qu'il faut un feu ou une température de huit cent soixante-dix degrés pendant sept heures pour réduire en cendres un corps humain moyen ? »

Le livre présente des photographies en noir et blanc de victimes brûlées « en position de pugiliste », leurs bras calcinés ramenés devant le visage. Leurs mains se serrent en poings, cuites par la chaleur du brasier. Des boxeurs calcinés noirs. L'ouvrage s'intitule *Incendies : enquêtes de médecine légale.*

Pour information, le temps aujourd'hui est dégoût agacé avec velléités d'inquiétudes.

Mme Terrymore relève les yeux de son bureau. Misty dit à Tabbi : « Remets-le en rayon. »

Aujourd'hui, à la bibliothèque, dans la section art, ton épouse touche des livres au hasard sur les rayonnages de référence. Sans raison aucune, elle ouvre un livre, et il explique comment, lorsqu'un artiste se servait d'un miroir pour projeter une image sur la toile, l'image se trouvait inversée. C'est la raison pour laquelle, dans un si grand nombre de toiles de vieux maîtres, les personnages sont gauchers. Lorsqu'ils se servaient d'une lentille, l'image était cul par-dessus tête.

Quelle que fût la manière dont ils voyaient l'image, celle-ci était déformée. Dans ce livre, une vieille gravure sur bois montre un artiste traçant une projection. À travers la page, quelqu'un a écrit : « Vous pouvez faire cela avec votre esprit. »

C'est la raison pour laquelle les oiseaux chantent, pour marquer leur territoire. C'est la raison pour laquelle les chiens pissent.

C'est pareil pour le dessous de la table dans la Salle à Manger Bois et Or, le message de Maura Kincaid, son message d'une vie au-delà de la mort.

« Choisissez n'importe quel livre de la bibliothèque », a-t-elle écrit.

Son dernier effet de crayon. Son immortalité fabrication maison.

Ce nouveau message est signé *Constance Burton.*

« Vous pouvez faire cela avec votre esprit. »

Au hasard, Misty sort un autre livre et le laisse s'ouvrir de lui-même. Il traite de l'artiste Charles Meryon, graveur français très brillant devenu schizophrène et mort dans un asile. Sur unc dc ses gıavures représentant le ministère de la Marine français, le bâtiment, de facture classique derrière une rangée de colonnades à cannelures, est rendu à la perfection, jusqu'à ce qu'on remarque une nuée de monstres descendant du ciel.

Et, rédigé à la surface des nuages au-dessus des monstres, ça dit : « Nous sommes leur appât et leur piège. » Signé Maura Kincaid.

Les yeux fermés, Misty fait défiler ses doigts à la surface des reliures sur le rayonnage. Sentant au toucher les nerfs de cuir, de papier et de tissu, elle dégage un livre sans le regarder et le laisse s'ouvrir de lui-même dans sa main.

Voici Francisco Goya, empoisonné par le plomb de ses couleurs éclatantes. Des couleurs qu'il appliquait à l'aide de ses doigts et de ses pouces, en les prenant dans des pots de sa main en écope jusqu'à en attraper une encéphalopathie au plomb, qui l'a conduit à la surdité, à la dépression et à la folie. Ici sur la page se trouve une peinture du dieu Saturne dévorant ses enfants — un mélange de noir ténébreux autour d'un géant aux yeux exorbités en train de mordre les bras d'un corps sans tête. Dans la marge blanche de la page, quelqu'un a écrit : « Si vous avez trouvé ceci, vous pouvez encore vous sauver vous-même. »

C'est signé *Constance Burton.*

Pour se tester, ton épouse traverse la bibliothèque, elle passe devant la vieille bibliothécaire qui surveille derrière ses petites lunettes rondes à monture noire en fil d'acier. Dans ses bras, Misty porte les livres sur Watteau, Goya, la camera obscura, tous ouverts et nichés au creux du suivant de la pile. Tabbi relève la tête et la suit des yeux, depuis sa table où s'entassent les livres d'enfant. Dans la section littérature, Misty ferme à nouveau les paupières et marche, laissant filer ses doigts sur les antiques reliures. Sans raison aucune, elle s'interrompt et sort un ouvrage.

Il s'agit d'un livre sur Jonathan Swift, qui explique comment celui-ci a développé le syndrome de Ménière, sa vie détruite par les vertiges et la surdité. Dans son amertume, il a écrit les sombres satires des *Voyages de Gulliver* et d'une *Modeste Proposition*[1], suggérant que les Britanniques pour-

1. *Modeste Proposition pour empêcher les enfants des pauvres en Irlande d'être à la charge de leurs parents ou de leur pays et pour les rendre utiles au public,* 1729.

raient survivre en mangeant le flot croissant des enfants irlandais. Ses meilleures œuvres.

Le livre s'ouvre à une page où quelqu'un a écrit : « Ils vous feraient tuer tous les enfants de Dieu pour sauver les leurs. » C'est signé Maura Kincaid.

Ton épouse, elle coince ce nouveau livre à l'intérieur du dernier, et ferme à nouveau les paupières. Chargée de sa cargaison de bouquins, elle tend le bras pour en toucher un autre encore. Misty fait défiler ses doigts de dos en dos sur les reliures. Les paupières closes, elle fait un pas en avant… et se cogne dans un mur mou et l'odeur d'un visage poudré de blanc. Une casquette verte barrant le front, au-dessus d'une tête de cheveux gris et bouclés. Imprimé sur la casquette, ça dit : « Appelez le 1-800-555-1785 pour une *Complète* Satisfaction. » En dessous de tout ça, des lunettes en fil d'acier noir. Un tailleur en tweed.

« Excusez-moi », dit une voix, et c'est Mme Terrymore, la bibliothécaire. Elle est plantée là, les bras croisés.

Le rouge à lèvres rouge foncé lâche : « J'aimerais beaucoup que vous ne cassiez pas les livres en les empilant les uns sur les autres comme vous le faites. »

Pauvre Misty, elle lui répond qu'elle est désolée. Toujours l'étrangère, elle va les mettre sur une table.

Et Mme Terrymore, les mains ouvertes, ses griffes déjà refermées sur leurs proies, elle dit : « S'il vous plaît, permettez-moi de les remettre sur les rayonnages. S'il vous plaît. »

Misty répond : non. Pas tout de suite. Elle précise qu'elle aimerait les emprunter, et tandis que les deux femmes bataillent à qui s'emparera de la brassée d'ouvrages, un livre glisse et tombe à plat par terre. Avec un bruit de gifle en pleine figure. Il s'écrase, ouvert à une page, où l'on peut lire : « Ne leur peignez pas leurs toiles. »

Et Mme Terrymore précise alors : « Je crains que ce ne soit des livres de référence. »

Et Misty rétorque : non, ce n'est pas vrai. Pas tous. On peut y lire les mots : « Si vous avez trouvé ceci, vous pouvez encore vous sauver vous-même. »

À travers ses lunettes en fil d'acier noir, la bibliothécaire voit ça et dit : « Toujours plus de vandales. Chaque année. » Elle regarde une haute comtoise dans son bâti en noyer sombre, et elle dit : « Eh bien, si vous le voulez bien, nous avons fermé tôt aujourd'hui. » Elle consulte sa montre et compare l'heure à la comtoise, en disant : « Nous avons fermé il y a dix minutes. »

Tabbi a déjà emprunté ses livres à elle. Elle est debout près de la porte d'entrée, elle attend, et s'écrie : « Dépêche-toi, M'man. Il faut que tu ailles travailler. »

Et d'une main, la bibliothécaire farfouille dans la poche de sa veste en tweed et en extrait une grosse gomme rose en caoutchouc.

7 juillet

Les fenêtres en vitraux de l'église de l'île, la petite Misty Marie Kleinman, née Blanche, pauvre entre les pauvres, elle était capable de les dessiner avant même de savoir lire ou écrire. Avant même d'avoir vu le moindre vitrail. Jamais elle n'avait mis les pieds dans une église, n'importe quelle église. La petite mécréante Misty Kleinman, elle était capable de dessiner les pierres tombales du cimetière du village tout là-bas sur la pointe de Waytansea, écrivant les dates et les épitaphes avant même de savoir qu'il s'agissait de chiffres et de lettres.

Aujourd'hui, assise ici au beau milieu d'un office religieux, il lui est difficile de se rappeler et de faire la part de ce qu'elle avait imaginé au départ et de ce qu'elle a découvert dans la réalité après son arrivée. La nappe de l'autel mauve. Les épaisses poutres en bois noires de vernis.

C'est exactement tout ce qu'elle avait imaginé gamine. Mais c'est une chose impossible.

Grace à son côté sur le banc, qui prie. Tabbi à côté de Grace, toutes deux agenouillées. Les mains jointes.

La voix de Grace, ses paupières closes et ses lèvres murmurant au creux de ses mains, elle dit : « S'il te plaît, autorise ma belle-fille à retourner à l'art qu'elle aime tant. Ne la laisse pas dilapider en vain le glorieux talent que Dieu lui a donné… »

Chaque vieille famille de l'île autour d'elles, qui murmure ses prières.

Derrière elles, une voix murmure : « … s'il te plaît, Seigneur, donne à l'épouse de Peter ce dont elle a besoin pour reprendre son ouvrage… »

Une autre voix, Dame Petersen la vieille, est en train de prier : « … puisse Misty nous sauver avant que les étrangers ne deviennent pis… »

Même Tabbi, ta propre fille, est en train de murmurer : « Seigneur, fais en sorte que ma maman retrouve ses esprits et reprenne son art… »

Toutes les statues de cire de Waytansea Island sont à genoux autour de Misty. Les Tupper, les Burton, les Nieman, ils sont tous là, paupières baissées, à nouer leurs doigts en demandant à Dieu de faire en sorte qu'elle peigne. Tous autant qu'ils sont, convaincus qu'elle a quelque talent secret salvateur.

Et Misty, ta pauvre épouse, la seule personne saine d'esprit en ce lieu, elle veut juste — tout ce qu'elle veut, c'est un verre.

Deux verres. Deux aspirines. Et tu remets ça.

Elle veut leur hurler à tous de la fermer, tout simplement, et de les arrêter, leurs foutues prières.

Lorsque tu as atteint le milieu de ta vie et que tu constates que jamais tu ne seras la grande et célèbre artiste que tu as rêvé de devenir, que jamais tu ne peindras quelque chose qui touchera et inspirera les gens, qui les touchera vraiment et qui saura les émouvoir, qui changera leur vie. C'est simple, ce talent-là, tu ne l'as pas en toi. Tu n'as pas l'intelligence ni l'inspiration. Tu n'as rien de ce qui est nécessaire à la création d'un chef-d'œuvre. Si tu comprends clairement à quel point ton dossier d'œuvres personnelles ne se compose que de maisons en pierre majestueuses et de vastes jardins fleuris profonds comme des oreillers — tous les rêves bruts et nus d'une petite fille de Tecumseh Lake, en Géorgie — si tu comprends clairement à quel point tout ce que tu pourrais peindre ne serait qu'une merde médiocre de plus dans un monde déjà envahi de merdes médiocres. Si tu te rends compte que tu as quarante et un ans et que tu as atteint la fin du potentiel que Dieu t'avait donné, eh bien, à ta santé.

À la tienne, Étienne ! Cul sec.

À l'intelligence qui est la tienne, et qui a atteint ses limites.

Si tu te rends compte que tu ne disposes d'aucun moyen pour offrir à ton enfant un niveau de vie meilleur que le tien — nom de Dieu, tu n'es même pas capable de donner à ton enfant la qualité de vie que ta mère dans son parc à caravanes t'avait donnée — ce qui sous-entend pas d'études universitaires pour elle, pas de rêves, rien, hormis servir les clients à leurs tables comme sa maman…

Ben, ça y est, cul sec, c'est passé dans le gosier.

Il s'agit là de la vie au quotidien de Misty Marie Wilmot, reine des esclaves.

Maura Kincaid ?

Constance Burton ?

L'école des peintres de Waytansea. Ils étaient différents, nés différents. Ces artistes qui ont fait paraître ça tellement facile. Il faut savoir que quelques personnes ont du talent, mais ce n'est pas vrai de la majorité. La plupart d'entre nous, nous allons faire notre sortie sans gloire, sans avoir rien gratté au passage. Les personnes comme Misty Marie, ce sont des limite-crétins sans envergure, mais c'est quand même loin de suffire pour leur garantir une place de parking pour handicapés. Ou pour avoir droit à des jeux Olympiques particuliers. Elles se contentent de payer le plus gros des impôts mais ce n'est pas pour ça qu'elles ont droit à un menu spécial au restau. Ou à des cabinets super grande taille dans les toilettes. Ou à un siège spécial à l'avant du bus. Ou à des lobbies politiques pour les défendre.

Non, le boulot de ton épouse sera d'applaudir d'autres personnes qu'elle.

En arts plastiques, une fille que Misty a connue, elle a fait fonctionner un mixer de cuisine plein de béton mouillé jusqu'à ce que le moteur grille dans un nuage de fumée âcre. Ç'a été sa déclaration d'intention personnelle sur la vie d'une ménagère au foyer. En cet instant précis, cette fille vit probablement dans un loft en dégustant du yaourt bio. Elle est riche et elle peut croiser les jambes au genou.

Une autre fille que Misty a connue en arts plastiques, elle a exécuté une pièce en trois actes avec des marionnettes, dans sa bouche. Sa bouche à elle. Il s'agissait de tout petits costumes qu'on pouvait enfiler sur la langue. On tient les costumes de réserve dans le creux de la joue, exactement comme dans les coulisses d'une scène de théâtre. Entre les changements de décor, on se contente de refermer les lèvres comme un rideau de théâtre. Tes dents, c'est la rampe et l'avant-scène. Et tu glisses la langue dans le costume suivant. Après avoir exécuté sa pièce en trois actes, elle avait des gerçures tout autour de la bouche. Son orbicularis oris tout étiré et complètement déformé.

Un soir dans une galerie, en exécutant une version minuscule de *La Plus Grande Histoire jamais contée*, cette fille a failli mourir quand un dromadaire minuscule a glissé dans le fond de sa gorge. Par les temps qui courent, elle doit probablement rouler sur l'or de ses bourses d'études.

Peter, avec ses louanges devant toutes les jolies maisons de Misty, il était tellement dans l'erreur. Peter, qui disait qu'elle devrait venir se cacher sur l'île, de ne peindre que ce qu'elle aimait, ses conseils étaient tellement foireux.

Tes conseils, tes louanges étaient tellement mais tellement foireux.

Selon tes dires, Maura Kincaid a lavé des poissons dans une conserverie pendant vingt ans. Elle a appris à ses gamins à se servir du pot, elle a désherbé son jardin, et après ça, un jour, elle s'assied et peint un chef-d'œuvre. La salope. Pas de diplôme universitaire, pas de travail en atelier, et la voilà aujourd'hui célèbre à jamais. Adulée par des millions de gens qui ne la rencontreront jamais.

Pour information, juste au cas où, sache que le temps aujourd'hui est amer avec des accès occasionnels de furie jalouse.

Uniquement pour que tu saches, Peter, ta mère est toujours une salope. Elle travaille à mi-temps pour un service qui déniche aux gens des articles de porcelaine une fois que la gamme n'est plus produite. Un jour, elle a entendu par inadvertance une estivante riche assise à sa table de déjeuner, encore un de ces squelettes hâlés vêtu d'une robe pastel décolletée sans manches en tricot de soie, qui déclarait : « À quoi sert d'être riche s'il n'y a rien à acheter ? »

Depuis que Grace a entendu ça, elle tarabuste ton épouse pour qu'elle se mette à peindre. Pour qu'elle offre aux gens quelque chose qui leur permettra de clamer qu'ils en sont les propriétaires. Exactement comme si, d'une certaine façon, Misty était capable de se sortir un chef-d'œuvre du cul et regagner ainsi la fortune de la famille Wilmot.

Exactement comme si elle allait pouvoir sauver ainsi toute l'île.

L'anniversaire de Tabbi approche, ses fameux treize ans, et il n'y a pas un centime pour le cadeau. Misty épargne ses pourboires, attendant d'en avoir suffisamment mis de côté pour qu'elles aillent vivre à Tecumseh Lake. Elles ne peuvent pas rester indéfiniment au Waytansea Hotel. Les riches sont en train de dévorer l'île tout cru, et elle ne veut pas que Tabbi grandisse pauvre, sous la pression de garçons riches avec des drogues.

D'ici la fin de l'été, Misty estimc qu'elles vont pouvoir se tirer. Pour ce qui est de Grace, Misty ne sait pas. Ta mère doit bien avoir des amies auprès desquelles aller vivre. Il y a toujours l'Église qui pourra l'aider. La Société des Dames de l'Autel.

Ici, autour d'elles dans cette église, se trouvent les saints en vitraux, tous autant qu'ils sont transpercés de flèches, tailladés par des lames et brûlés sur des feux de joie, et maintenant Misty t'imagine. Ta théorie sur la souffrance comme moyen vers une inspiration divine. Tes récits sur Maura Kincaid.

Si la misère est l'inspiration, Misty devrait atteindre à l'apogée de ses talents.

Ici, avec toute l'île agenouillée autour d'elle priant qu'elle peigne. Qu'elle soit leur sauveur à tous.

Avec les saints qui les entourent de partout, souriant et exécutant leurs miracles dans leurs moments de grande douleur, Misty tend le bras pour se saisir d'un livre de cantiques.

Un parmi des dizaines de vieux livres de cantiques pleins de poussière, certains sans couverture, d'autres traînant derrière eux des rubans de satin élimé. Elle en prend un au hasard et l'ouvre. Et, rien.

Elle feuillette les pages, mais il n'y a rien. Rien que des prières et des hymnes. Pas le moindre message spécial secret gribouillé à l'intérieur.

Malgré tout, au moment où elle va pour le reposer, sculpté là dans le bois du banc, à l'emplacement exact du livre de cantiques qui le masquait, un message dit : « Quittez cette île avant de ne plus pouvoir le faire. »

Il est signé *Constance Burton*.

8 juillet

À leur cinquième véritable rancard, Peter encadrait d'une marie-louise la toile que Misty avait peinte.

Toi, Peter, tu disais à Misty : « Ça. Cette peinture. Elle finira accrochée dans un musée. »

La toile, c'était un paysage représentant une maison enveloppée de vérandas, ombragée d'arbres. Des roses s'épanouissaient derrière une clôture blanche en piquets. Des oiseaux bleus voletaient au travers des rais de soleil. Un ruban de fumée montait en volutes au sortir d'une cheminée de pierre. Misty et Peter se trouvaient dans une boutique d'encadreur près du campus, et elle se tenait le dos à la vitrine, essayant d'empêcher quiconque de jeter un œil à l'intérieur du magasin.

Misty et toi.

À empêcher que quiconque puisse voir la peinture qu'elle avait faite.

Sa signature se trouvait au bas de la toile, sous la clôture en piquets, *Misty Marie Kleinman.* Il ne manquait qu'une chose : un visage souriant. Avec un cœur en guise de point sur le *i* de Kleinman.

« Peut-être un musée kitsch », a-t-elle répondu. La toile n'était qu'une version améliorée de ce qu'elle peignait depuis l'enfance. Son village imaginaire. Et de la voir ainsi de ses yeux, elle se sentait plus mal que face au pire des nus à avoir jamais été peints d'elle à son maximum d'embonpoint. Il était là, le petit cœur banal à mourir de Misty Marie Kleinman. Les rêves de guimauve de la petite gamine solitaire de six ans qu'elle resterait jusqu'à la fin de ses jours. Sa pathétique petite âme en jolis brillants factices.

Dont le petit secret banal à mourir la rendait heureuse.

Misty ne cessait de jeter par-dessus son épaule des regards discrets derrière elle pour s'assurer que personne n'observait. Personne pour voir cette part d'elle la plus honnête, attendue comme un cliché, peinte là à l'aquarelle.

Peter, Dieu le bénisse, il a simplement fait la découpe de la marie-louise et centré la toile en son milieu.

Toi, tu as découpé la marie-louise.

Peter a installé la scie d'encadreur sur l'établi de la boutique, et il a coupé à onglets les longueurs de cadre nécessaires pour chaque côté. La peinture, lorsque Peter l'a regardée, une moitié de son visage a souri, le grand zygomatique tirant vers le haut une commissure de sa bouche. Il n'a relevé que le sourcil de ce même côté. Il a dit : « Tu as rendu la rambarde du perron à la perfection. »

Au-dehors, une fille de la fac d'arts plastiques est passée sur le trottoir. Cette fille, sa dernière « œuvre » avait consisté à bourrer un ours en peluche de crottes de chien. Elle avait travaillé les mains gantées de caoutchouc bleu, des gants tellement épais qu'elle était quasiment incapable de plier les doigts. Selon ses dires, la beauté était un concept éculé. Superficiel. Une tricherie. Elle travaillait dans une nouvelle direction. Une nouvelle variante d'un concept dada classique. Dans son atelier, elle avait déjà éventré le petit ours en peluche, sa fausse fourrure ouverte modèle autopsie, prête à être transformée en art. Ses gants en caoutchouc barbouillés de puanteur marron, c'est tout juste si elle parvenait à tenir l'aiguille et le fil de suture rouge. Le titre qu'elle avait trouvé pour l'œuvre était : *Illusions d'enfance.*

D'autres gamins en arts plastiques, des gamins de riches familles, les gamins qui voyageaient et voyaient l'art digne de ce nom en Europe et à New York, tous autant qu'ils étaient, c'était ça, le genre d'art qu'ils pratiquaient.

Dans la classe de Misty, un autre garçon, lui, se masturbait, essayant de remplir de sperme une tirelire cochonnet avant la fin de l'année. Une autre fille buvait différentes couleurs de tempera à l'œuf, avant d'avaler du sirop d'ipéca qui l'obligeait à vomir son chef-d'œuvre. Elle venait en cours en mob, une mob importée d'Italie qui coûtait plus cher que la caravane dans laquelle Misty avait grandi.

Ce matin-là, dans la boutique d'encadreur, Peter a assemblé les coins en onglets l'un contre l'autre. Il a déposé de la colle à même ses doigts nus et foré des avant-trous dans chaque angle pour les vis.

Toujours postée entre la vitrine et l'établi, son ombre portée bloquant la lumière du soleil, Misty a demandé : « Tu penses vraiment que c'est bon ? »

Et Peter a répondu : « Si seulement tu avais idée... »

Tu as dit ça.

Peter a dit : « Tu me bouches la lumière. Je ne vois rien du tout.

— Je n'ai aucune envie de bouger, lui a expliqué Misty. Les gens sur le trottoir pourraient voir. »

Toutes ces crottes de chien, ces branlettes, ces dégueulis. Laissant courir son diamant de vitrier sur le verre, sans jamais quitter des yeux la petite molette, un crayon à papier glissé dans les cheveux derrière une oreille, Peter a dit : « La puanteur ne fait pas de leur travail des œuvres d'art. »

Sur un claquement, Peter a scindé le verre en deux et il a dit : « La merde est un cliché esthétique. » Il a expliqué comment le peintre italien Piero Manzoni mettait en boîte sa propre merde, étiquetée « Merde d'Artiste Cent pour Cent Pure », et les gens l'achetaient.

Peter observait ses propres mains avec une intensité telle que Misty s'est sentie obligée de regarder à son tour. Elle ne surveillait plus la vitrine, et dans leur dos, elle a entendu tinter une clochette. Quelqu'un est entré dans la boutique. Une ombre nouvelle est tombée sur l'établi.

Sans relever les yeux, Peter y est allé de son : « Salut. »

Et le mec, le nouvel arrivé, a répondu : « Salut. »

L'ami en question avait peut-être le même âge que Peter, il était blond avec quelques poils au menton, mais rien qui aurait mérité le nom de barbe. Un autre des étudiants d'arts plastiques. Un autre des riches gamins de Waytansea Island, et il était planté là, contemplant de ses yeux bleus la peinture posée sur l'établi. Il a souri du même demi-sourire que Peter, avec l'air de quelqu'un qui rigole de savoir qu'il a un cancer. L'air de quelqu'un qui fait face à un peloton d'exécution composé de clowns armés de vrais fusils.

Sans relever les yeux, Peter a astiqué le verre et l'a placé dans le nouveau cadre. Il a dit : « Tu comprends maintenant ce que je veux dire quand je te parle de cette peinture ? »

L'ami a regardé la maison entourée de vérandas, la clôture en piquets et les oiseaux bleus. Le nom Misty Marie

Kleinman. Toujours mi-souriant et secouant la tête, il a dit : « C'est bien la maison des Tupper, aucun doute là-dessus. »

C'était une maison que Misty venait de fabriquer de toutes pièces. D'inventer.

À une oreille, l'ami arborait une seule et unique boucle. Un antique exemplaire de bijou en toc, dans le style Waytansea Island des amis de Peter. Enterré dans sa chevelure, le filigrane d'or fantaisie cerclait un gros cœur rouge émaillé, avec des éclats de verre rouge, des joyaux de verre taillé qui scintillaient entourés d'or. Le bonhomme mâchait du chewing-gum. À la menthe, à en croire l'odeur.

Misty a dit : « Salut. » Elle a dit : « C'est moi, Misty. »

Et l'ami, il l'a regardée, en lui offrant ce même sourire comme à une condamnée. Mâchonnant son chewing-gum, il a dit : « Ainsi donc, c'est elle ? C'est bien elle, la dame mythique ? »

Et, faisant glisser la peinture sous le cadre, derrière le verre, tout entier à son ouvrage, Peter a répondu : « Je crains que oui. »

Les yeux toujours rivés sur Misty, à la détailler des pieds à la tête sans rien en laisser passer, son visage et ses seins, ses mains et ses jambes, l'ami a redressé la tête de côté, tout à son examen. Toujours mâchonnant son chewing-gum, il a dit : « Est-ce que tu es sûr que c'est bien la bonne ? »

Au fond d'elle-même, une part de Misty, son côté bavarde comme une pie, son côté petite princesse était dans l'incapacité absolue de détourner le regard de la boucle d'oreille rouge et scintillante du mec. Ces éclairs de rouge que lançaient les rubis en verre taillé.

Peter a placé un morceau de carton de support au dos de la peinture et l'a scellé au cadre à l'adhésif. Il a laissé courir le pouce le long de l'adhésif pour qu'il adhère bien, et il a dit : « Tu as vu la peinture. »

Il s'est arrêté et a soupiré, la poitrine de plus en plus imposante avant qu'elle se dégonfle, et il a dit : « Je crains que ce ne soit elle, la vraie de vrai. »

Misty, les yeux de Misty étaient rivés sur les poils blonds emmêlés de la chevelure de l'ami. Cet éclat de rouge qu'elle voyait là, c'était des guirlandes de Noël et des bougies d'anniversaire. Aux rayons du soleil par la vitrine de la boutique, la boucle d'oreille était un feu d'artifice de 4-Juillet et des bouquets de roses de la Saint-Valentin. Devant ce scintillement, elle oubliait qu'elle avait des mains, un visage, un nom.

Elle en oubliait de respirer.

Peter a dit : « Qu'est-ce que je t'avais dit, mec ? » Il s'était tourné vers Misty maintenant, il la contemplait, tout entière sous le choc et le charme de la boucle d'oreille rouge, et Peter a dit : « Elle est incapable de résister aux bijoux anciens. »

Le blond a vu que Misty ne le quittait pas du regard, et ses deux yeux bleus ont basculé de côté pour savoir sur quoi les yeux de Misty étaient fixés.

Dans le scintillement du verre taillé de la boucle d'oreille, là, tout au creux, se trouvait le pétillant du champagne que Misty n'avait jamais vu. Se trouvaient là les étincelles de chaque feu de joie remontant en spirale vers les étoiles d'un ciel d'été. Misty ne pouvait qu'imaginer. Se trouvait là l'éclat de tous les chandeliers en cristal qu'elle eût jamais peints dans tous ses boudoirs imaginaires.

Toutes ces attentes désespérées, ces besoins imbéciles de gamine pauvre et solitaire. Une part d'elle stupide et fleur bleue, non pas l'artiste mais l'idiote qui vivait en elle, adorait cette boucle d'oreille, cette brillance, cette richesse de couleur. Ce miroitement de bonbons durs glacés de sucre. De bonbons dans une coupe en verre taillé. Une coupe dans une maison qu'elle n'avait jamais visitée. Rien de bien profond ni de recherché. Uniquement tout ce que nous avons été programmés à adorer. Paillettes et arcs-en-ciel. Toutes ces bigarrures qu'elle aurait dû savoir ignorer grâce à une éducation adéquate.

Le blond, l'ami de Peter, il a levé une main pour se toucher les cheveux, puis l'oreille. Sa bouche s'est ouverte béante, tellement vite qu'il en a laissé tomber son chewing-gum par terre.

Ton ami.

Et tu as dit : « Doucement, coco, fais gaffe, on dirait que tu cherches à me la voler… »

Et l'ami, ses doigts s'étant mis en mouvement, à tâtons, plongeant dans sa chevelure, il a arraché la boucle d'oreille. Au bruit que ça a fait, ils ont grimacé tous les trois.

Quand Misty a rouvert les yeux, le mec blond tenait sa boucle entre ses doigts, ses yeux bleus pleins de larmes. Son lobe d'oreille déchiré pendouillait en deux lambeaux séparés, déchiquetés, le sang dégoulinant de leurs deux pointes. « Tiens, a-t-il déclaré, prends-la. » Et il a balancé la boucle d'oreille en direction de l'établi. Elle a atterri, or et faux rubis jetant leurs éclats d'étincelles rouges tachées de sang.

Son attache à vis se trouvait toujours sur la tige. Elle était tellement vieille, l'envers en or était devenu vert. Il l'avait arrachée tellement vite que la boucle était prise dans une touffe de poils blonds. Chaque poil encore muni de son tendre bulbe blanc, à sa racine, là où on l'avait extirpé.

Une main en coupe sur son oreille, le sang dégoulinant

d'entre ses doigts, le mec a souri. Son muscle corrugateur tirant ses sourcils pâles l'un vers l'autre, il a dit : « Désolé, Peter. On dirait que c'est toi le veinard. »

Et Peter a soulevé la toile, encadrée, terminée. Avec la signature de Misty à sa base.

La signature de ta future épouse. Sa petite âme bourgeoise.

Ta future épouse qui tendait déjà la main vers la petite tache ensanglantée de rouge étincelant.

« Ouais, a répondu Peter, putain de veinard que je suis. »

Et toujours saignant, une main collée sur l'oreille, le sang coulant sur son bras avant de dégoutter de son coude pointu, l'ami de Peter s'est reculé de quelques pas. De son autre main, il a attrapé la porte. Il a hoché la tête en direction de la boucle et a dit : « Garde-la. C'est mon cadeau de mariage. » Et il est parti.

9 juillet

Ce soir, Misty est en train de border ta fille dans son lit, quand Tabbi lance : « Mamie Wilmot et moi partageons un secret. »

Pour information, juste au cas où, sache que Mamie Wilmot connaît les secrets de tout le monde.

Pendant l'office à l'église, Grace donne des coups de coude à Misty et lui raconte l'histoire du vitrail de roses dont les Burton ont fait donation à la mémoire de leur pauvre et triste bru — eh bien, la vérité, c'est que Constance Burton a abandonné la peinture et s'est mise à boire jusqu'à ce que mort s'ensuive.

Voilà deux siècles de honte et de désespoir de Waytansea, et ta mère est capable d'en réciter jusqu'au plus petit détail. Les bancs en fonte sur Merchant Street, ceux qui ont été fabriqués en Angleterre, ils sont à la mémoire de Maura Kincaid, qui s'est noyée en essayant de franchir à la nage les dix kilomètres qui la séparaient du continent. La fontaine italienne sur Parson Street — elle est en l'honneur du mari de Maura.

Le mari assassiné, selon les dires de Peter.

Selon tes dires.

Le village de Waytansea tout entier, c'est cela, le coma que ses habitants ont en partage.

Pour information, juste au cas où, sache que Wilmot Mère t'envoie toute sa tendresse.

Ce n'est pas pour ça qu'elle a la moindre envie de te rendre visite. Jamais.

Bien bordée dans son lit, Tabbi roule la tête de côté pour regarder par la fenêtre, et dit : « Est-ce qu'on peut aller faire un pique-nique ? »

Nous n'en avons pas les moyens, mais à la minute où tu mourras, Mère Wilmot s'est déjà choisi une fontaine à eau, laiton et bronze, sculptée en forme de Vénus nue perchée en amazone sur une conque.

Tabbi a apporté son oreiller quand Misty a emménagé avec elle au Waytansea Hotel. Elles ont toutes les trois apporté quelque chose. Misty a apporté ton oreiller, parce qu'il sent comme toi.

Dans la chambre de Tabbi, Misty est assise au bord du lit, et peigne les cheveux de son enfant entre ses doigts. Tabbi a les longs cheveux noirs de son père et ses yeux verts.

Tes yeux verts.

Elle dispose d'une petite chambre qu'elle partage avec sa grand-mère, tout à côté de la chambre de Misty, dans le grenier à l'entresol, au-dessus du hall de l'hôtel.

Pratiquement toutes les anciennes familles de l'île ont loué leur maison et emménagé dans le grenier de l'hôtel. Les chambres au papier peint de roses passées. Qui pèle à chaque raccord. Il y a un lavabo rouillé et un petit miroir boulonné au mur dans toutes les chambres. Dans chacune, deux ou trois lits en fer, à la peinture écaillée, au matelas mou et affaissé en son milieu. Il s'agit là des pièces à l'étroit, installées en soupente, sous des plafonds à l'oblique, derrière leurs petites fenêtres, ces lucarnes pareilles à des rangées de niches à chien sur le toit pentu de l'hôtel. Le grenier est un casernement, un camp de réfugiés pour de gentils nobles blancs de la campagne. Des gens nés seigneurs du manoir partagent maintenant une salle de bains dans le couloir.

Ces gens qui jamais n'avaient eu le moindre boulot, cet été, ils servent aux tables. Comme s'ils s'étaient retrouvés, tous autant qu'ils sont, à court d'argent au même moment, cet été, chaque insulaire de sang bleu transporte les bagages à l'hôtel. Fait les chambres et le ménage. Cire les chaussures. Fait la plonge. Une industrie de service constituée de blonds aux yeux bleus, aux cheveux brillants et aux longues jambes. Polis, pleins d'allant, impatients et soucieux d'aller quérir un cendrier propre ou de décliner l'offre d'un pourboire.

Ta famille — ton épouse, ton enfant et ta mère, elles dorment toutes les trois dans des lits en fer complètement défoncés à la peinture écaillée, sous des plafonds en soupente, en compagnie de leur butin, l'argenterie et les reliques en cristal de leur ancienne existence si distinguée.

Va y comprendre quelque chose, mais toutes ces familles insulaires, tous ces gens sourient et sifflotent. Comme s'il s'agissait là d'une quelconque aventure. Une petite escapade un peu loufoque. Comme s'ils s'encanaillaient dans les industries de service. Comme si cette façon assommante de juste vivoter de courbette en courbette n'allait pas constituer dorénavant le restant de leurs existences. Leurs existences à eux et celles de leurs enfants. Comme si la nouveauté de la chose n'allait pas faire long feu après un mois. Ils ne sont pas idiots. C'est simplement qu'aucun d'eux n'a jamais été pauvre.

Rien de comparable avec ton épouse : elle, elle sait ce que c'est, un dîner de crêpes. Elle sait ce que c'est que de manger du fromage provenant des surplus du gouvernement. De boire du lait en poudre. De porter des chaussures à coques d'acier et de passer à la pointeuse, cette foutue pointeuse.

Assise en compagnie de Tabbi, Misty demande : « Alors, c'est quoi ton secret ? »

Et Tabbi lui répond : « Je n'ai pas le droit de le dire. »

Misty borde les couvertures autour des épaules de la petite fille, de vieux draps et couvertures d'hôtel qui, à force de lavages répétés, sont réduits aujourd'hui à des trames de peluches grises et une odeur de Javel. La lampe à côté du lit de Tabbi, c'est sa lampe à elle, en porcelaine rose décorée de fleurs peintes. Elles l'ont rapportée de la maison. La plupart de ses livres se trouvent ici, ceux qui n'étaient pas trop grands. Elles ont pris également ses peintures de clowns et les ont suspendues au-dessus de son lit.

Le lit de sa grand-mère est suffisamment près pour que Tabbi puisse, en tendant la main, en toucher la courtepointe en patchwork qui le recouvre, tous ces morceaux de velours de robes de Pâques et d'habits de Noël, vieux d'un siècle. Sur l'oreiller, il y a son journal intime relié en cuir rouge avec « Journal Intime » écrit sur la couverture en arabesques d'or. Et tous les secrets de Grace Wilmot bien verrouillés à l'intérieur.

Misty dit : « Ne bouge pas, chérie », et elle décolle un cil égaré sur la joue de Tabbi. Misty fait rouler le cil entre deux doigts. Il est aussi long que les cils de son père.

Tes cils.

Avec le lit de Tabbi et le lit de sa grand-mère, deux lits jumeaux, il ne reste plus beaucoup de place. Wilmot Mère a apporté son journal intime. Ça, et aussi son panier à couture plein de fils à broder. Ses aiguilles à tricoter, ses crochets et ses cerceaux à broderie. C'est une chose qu'elle peut faire assise dans le hall en compagnie de ses vieilles amies ou dehors sur la promenade en planches qui surplombe la plage, quand il fait beau.

Ta mère est exactement pareille à toutes les autres vieilles et belles familles du Mayflower, qui viennent poser leurs chariots en cercle au Waytansea Hotel et attendent que les abominables étrangers, de guerre lasse, mettent un terme au siège.

Si stupide que cela paraisse, Misty a emporté son matériel à dessin. Sa boîte en bois pâle pleine de couleurs et d'aquarelles, son papier et ses pinceaux, le tout empilé dans un coin de sa chambre.

Et Misty dit : « Tabbi, chérie ? » Elle dit : « Tu désires peut-être aller vivre avec ta grand-mère Kleinman près de Tecumseh Lake ? »

Et Tabbi roule la tête de gauche et de droite — non — contre son oreiller, avant de s'arrêter et de lancer : « Mamie Wilmot m'a expliqué pourquoi papa faisait tellement la gueule tout le temps. »

Misty lui répond : « Ne dis pas "faire la gueule", s'il te plaît. »

Pour information, juste au cas où, sache que Mamie Wilmot est au rez-de-chaussée où elle joue au bridge avec ses vieilles copines devant la grande comtoise dans la salle lambrissée de bois jouxtant le hall d'entrée. En cet endroit où le bruit le plus fort se limitera sans conteste au grand balancier qui pendule tic et tac. Soit ça, ou alors elle est assise dans une grande bergère à oreilles en cuir rouge près de l'âtre du hall, en train de lire à l'aide de sa loupe suspendue au-dessus de chaque page du livre posé au creux de ses cuisses.

Tabbi baisse le menton et le colle à la bordure en satin de la couverture, avant de dire : « Mamie m'a expliqué pourquoi papa ne t'aime pas. »

Et Misty répond : « Mais bien sûr que ton papa m'aime. »

Et bien sûr elle ment.

À l'extérieur de la petite lucarne de la chambre, les vagues qui se brisent scintillent sous les lumières de l'hôtel. Loin sur la côte se trouve la ligne sombre de la pointe de Waytansea, une péninsule avec une forêt et des rochers qui s'enfoncent dans la mer miroitante.

Misty va à la fenêtre et pose les doigts sur le rebord, en disant : « Tu la veux ouverte ou fermée ? » La peinture blanche sur l'appui se boursoufle et s'écaille, et elle la racle distraitement, enfonçant ses fragments sous l'ongle de son doigt.

Roulant la tête de gauche et de droite sur son oreiller, Tabbi dit : « Non, M'man. » Elle dit : « Mamie Wilmot explique comme ça que papa ne t'a jamais aimée pour de vrai. Il a juste fait semblant de t'aimer pour t'amener ici et t'obliger à rester. »

« Pour m'amener ici ? s'exclame Misty. Sur Waytansea Island ? » De deux doigts, elle gratte les écailles de peinture blanche décollée. En dessous, l'appui de fenêtre est du bois verni marron. Misty dit : « Qu'est-ce que ta grand-mère t'a appris d'autre ? »

Et Tabbi répond : « Mamie dit que tu vas être une artiste célèbre. »

Ce que l'on n'apprend pas en théorie de l'art, c'est comment un compliment trop grand peut parfois faire plus de mal qu'une gifle en pleine figure. Misty, une artiste célèbre. La grosse et grasse Misty Wilmot, reine de tous ces putains d'esclaves.

La peinture blanche s'écaille en motifs, en mots. Une chandelle de cire ou un doigt graisseux, voire de la gomme arabique, y dessinent un message en négatif sous la couche blanche. Il y a bien longtemps, quelqu'un a écrit ici une chose invisible à laquelle une nouvelle peinture ne parvient pas à adhérer.

Tabbi soulève quelques mèches de ses cheveux et en examine les pointes, de tellement près qu'elle louche. Elle regarde ses ongles et déclare : « Mamie dit que nous devrions partir en pique-nique à la pointe. »

L'océan miroite, aussi brillant que les bijoux de pacotille que Peter arborait en fac d'arts plastiques. La pointe de Waytansea n'est que du noir. Un vide. Un trou dans le grand tout.

Les bijoux que tu arborais à la fac d'arts plastiques.

Misty s'assure que la fenêtre est bien verrouillée, et elle brosse les écailles de peinture dans le creux d'une main. En arts plastiques, tu apprends que, chez l'adulte, les symptômes d'empoisonnement au plomb comprennent lassitude, tristesse, faiblesse, stupidité — des symptômes que Misty a connus pratiquement toute sa vie.

Et Tabbi poursuit : « Mamie Wilmot dit que tout le monde voudra de tes peintures. Elle dit que tu feras des toiles que les gens s'arracheront au point de se battre. »

Misty dit : « Bonne nuit, chérie. »

Et Tabbi d'ajouter : « Mamie Wilmot dit que tu feras de nous à nouveau une famille riche. » Hochant la tête, elle explique : « Papa t'a amenée ici pour que tu fasses à nouveau de l'île une île riche. »

Les écailles de peinture au creux d'une main, Misty éteint la lumière.

Le message sur l'appui de la fenêtre, là où la peinture s'est détachée, en dessous, ça disait : « Vous mourrez quand ils en auront terminé avec vous. » C'est signé *Constance Burton.*

Écaillant la peinture plus avant, le message dit : « Nous mourrons toutes. »

Alors qu'elle se penche pour éteindre la lampe en porcelaine rose, Misty dit : « Qu'est-ce que tu désires pour ton anniversaire la semaine prochaine ? »

Et, petite voix dans l'obscurité, Tabbi dit : « Je veux un pique-nique sur la pointe, et je veux que tu te remettes à peindre. »

Et Misty dit à la voix : « Dors bien », et lui donne un baiser de bonne nuit.

10 juillet

Au cours de leur dixième rancard, Misty a demandé à Peter s'il avait traficoté ses pilules anticonceptionnelles.

Ils étaient dans l'appartement de Misty. Elle travaillait à une autre peinture. La télévision était allumée, diffusant un feuilleton espagnol à rallonge. La nouvelle toile de Misty était une haute église entièrement montée en pierre de taille. Le clocher était couvert de cuivre terni couleur vert sombre. Les vitraux étaient aussi complexes que des toiles d'araignée.

Occupée à peindre les portes de l'église en bleu brillant, Misty a dit : « Je ne suis pas idiote. » Elle a dit : « Des tas de femmes remarqueraient la différence entre une vraie pilule de contrôle des naissances et les petits bonbons roses à la cannelle contre lesquels tu les as échangées. »

Peter avait pris sa dernière peinture, la maison à la clôture en piquets blancs, la toile qu'il avait encadrée, et il l'avait fourrée sous son vieux chandail tout déformé. Comme s'il était enceint d'un bébé très carré, il s'est dandiné à travers tout l'appartement de Misty. Les bras bien droits contre ses flancs, il maintenait la peinture en place de ses deux coudes.

Puis très vite, il a légèrement remonté les bras et la peinture est tombée. À un battement de cœur du sol, et du verre se fracassant en vrai foutoir, Peter l'a rattrapée entre ses mains.

Tu l'as rattrapée. La peinture de Misty.

Elle a dit : « Mais qu'est-ce que tu fous, bordel ? »

Et Peter a répondu : « J'ai un plan. »

Et Misty a déclaré : « Je ne veux pas avoir d'enfants. Je veux être une artiste. »

À la télévision, d'une gifle, un homme a expédié une femme au sol et elle est restée là à se lécher les lèvres, ses seins se soulevant sous un chandail moulant. Elle était censée être officier de police. Peter était incapable de parler un mot d'espagnol. Ce qu'il adorait dans les feuilletons espagnols à rallonge, c'est qu'on pouvait faire dire aux gens qui causaient n'importe quoi.

Et fourrant à nouveau la peinture sous son chandail, Peter a demandé : « Quand ? »

Et Misty a demandé à son tour : « Quand quoi ? »

La peinture est tombée et il l'a rattrapée.

« Quand vas-tu être une artiste ? » il a répondu.

Une autre raison d'aimer les feuilletons espagnols à rallonge, c'était leur façon de résoudre les crises. Un jour, un homme et une femme se tailladaient la viande à grands coups de couteaux de boucher. Le lendemain, ils s'agenouillaient à l'église avec leur nouveau bébé. Les mains jointes en prière. Les gens acceptaient le pire les uns des autres, les hurlements comme les gifles. Le divorce et l'avortement n'entraient jamais dans les choix du scénariste.

S'agissait-il d'amour ou tout simplement d'inertie, Misty était incapable de le savoir.

Une fois son diplôme obtenu, a-t-elle dit, à ce moment-là, elle serait une artiste. Lorsqu'elle aurait accumulé suffisamment d'œuvres et trouvé une galerie prête à l'exposer. Lorsqu'elle aurait vendu quelques toiles. Misty voulait être réaliste. Peut-être enseignerait-elle l'art au lycée. Ou elle serait dessinateur industriel ou illustratrice. Quelque chose de pratique. Ce n'est pas tout le monde qui pouvait devenir un peintre célèbre.

Fourrant la peinture sous son chandail, Peter a dit : « Tu pourrais être célèbre. »

Et Misty lui a répondu d'arrêter. Arrêter, un point, c'est tout.

« Pourquoi ? a-t-il demandé. C'est la vérité. »

Toujours devant la télévision, enceint de sa toile, Peter a expliqué : « Tu as un tel talent. Tu pourrais être l'artiste la plus célèbre de notre génération. »

Devant une pub espagnole pour un jouet en plastique, Peter a expliqué : « Avec le don que tu as, tu es condamnée à être une grande artiste. Pour toi, les cours, c'est une perte de temps. »

Ce qu'on ne comprend pas, on peut lui faire dire n'importe quoi.

La peinture a encore glissé, et il l'a rattrapée. Il a dit : « Tout ce que tu as à faire, c'est peindre. »

Peut-être est-ce la raison pour laquelle Misty l'aimait.

T'aimait.

Parce que tu croyais en elle avec une conviction bien plus grande que la sienne propre. Tu attendais d'elle bien plus qu'elle n'en attendait elle-même.

Peignant l'or minuscule des boutons de porte de l'église,

Misty a dit : « Peut-être. » Elle a ajouté : « Et c'est bien pour ça que je ne veux pas d'enfants… »

Pour information, juste au cas où, sache que c'était comme qui dirait mignon tout plein. Toutes ces pilules anticonceptionnelles remplacées par de petits bonbons en forme de cœur.

« Épouse-moi, c'est tout, a dit Peter. Et tu seras le prochain grand peintre de l'école de Waytansea. »

Maura Kincaid et Constance Burton.

Misty a répondu comme quoi deux peintres seulement, ça ne suffisait pas pour faire une « école ».

Et Peter a répondu : « Ça en fait trois, en te comptant toi. »

Maura Kincaid, Constance Burton, et Misty Kleinman.

« Misty Wilmot », a dit Peter, et il a fourré la peinture sous son chandail.

Tu as dit.

À la télévision, un homme criait « *Te amo… Te amo…* » encore et encore, à l'adresse d'une femme aux cheveux sombres et aux yeux marron ornés de longs cils plumeux tout en lui faisant dégringoler une volée de marches à grands coups de pied.

La peinture a encore glissé de son chandail, et Peter l'a encore rattrapée. Il s'est placé à côté de Misty, qui travaillait aux détails de la grande église en pierre, les mouchetis de mousse verte sur le toit, le rouge de la rouille sur les gouttières. Et il a dit : « Dans cette église, exactement là, nous nous marierons. »

Et la bê-bê-bête petite Misty, elle a expliqué comme quoi l'église, elle était en train de l'inventer de toutes pièces. Elle n'existait pas vraiment.

« Ça, c'est ce que tu crois », a répondu Peter. Il l'a embrassée dans le creux du cou et lui a murmuré : « Épouse-moi, c'est tout, l'île t'offrira les plus grandes noces qu'on ait vues depuis un siècle. »

11 juillet

Au rez-de-chaussée, il est minuit passé, et le hall est vide à l'exception de Paulette Hyland derrière le bureau de la réception. Grace Wilmot irait te raconter que Paulette est devenue une Hyland par mariage mais qu'elle était née Peterson, bien que sa mère fût une Nieman descendant de la branche des Tupper. Ce qui jadis était synonyme de grosses et vieilles fortunes des deux côtés de la famille. Aujourd'hui Paulette est réceptionniste.

Engloutie dans le coussin mou d'une vaste bergère à oreilles en cuir rouge, à l'opposé de l'entrée, il y a Grace qui lit près de l'âtre.

Le hall du Waytansea, c'est des décennies de trucs divers accumulés en strates. Un jardin. Le tapis en laine est vert mousse sur un carrelage de granit extrait d'une carrière voisine. La moquette bleue qui descend l'escalier est une chute d'eau qui s'étale sur les paliers, cascadant au fil de chaque marche. Les noyers, rabotés, vernis, assemblés, eux, forment une forêt de colonnes parfaitement carrées, en rangées rectilignes d'arbres sombres et luisants qui maintiennent une voûte de feuilles et de Cupidon en plâtre.

Un lustre en cristal pendouille, faisceau de soleil solidifié qui vient percer l'ombre de cette forêt. Les bidules en cristal, ils paraissent minuscules et tout scintillants vu leur hauteur, mais quand tu te trouves sur une grande échelle en train de les nettoyer, chaque cristal est de la taille de ton poing.

Des amas de tentures en soie verte couvrent presque entièrement les fenêtres. Pendant la journée, elles transforment la lumière du soleil en ombre d'un vert tendre. Les canapés et les fauteuils se gonflent sous leur trop-plein de capitonnage, avec leur tissu en buissons de fleurs épanouies et les longs poils qui en frangent le bas. L'âtre pourrait très bien être un feu de camp. Le hall de l'hôtel tout entier, c'est l'île en miniature. Entre quatre murs. Un éden.

Pour information, juste au cas où, sache que c'est au cœur de ce paysage-là que Grace se sent le plus chez elle. Bien davantage que dans son chez-soi, à vrai dire. Dans sa maison.

Ta maison.

À mi-chemin dans le hall de l'entrée, Misty se faufile entre les canapés et les tables basses, et Grace relève les yeux.

Elle dit : « Misty, viens t'asseoir près du feu. » Elle retourne une seconde à son livre et dit : « Comment va ta migraine ? »

Misty n'a pas de migraine.

Ouvert sur les genoux de Grace se trouve son journal intime, avec sa couverture en cuir rouge, et elle jette un œil aux pages et demande : « Quel jour sommes-nous ? »

Misty lui répond.

Dans la cheminée tout s'est consumé, juste réduit à un lit de braises orangées sous la grille. Les pieds de Grace pendent sous leurs chaussures marron à boucles, les orteils pointés, sans pour autant toucher le sol. Sa tête tout en longues boucles blanches pend au-dessus du livre qu'elle tient sur les genoux. Tout à côté de sa bergère, un lampadaire sur pied l'éclaire, et la lumière miroite de reflets brillants sur le bord argenté de la loupe qu'elle garde en place au-dessus de chaque page.

Misty dit : « Mère Wilmot, il faut que nous parlions. »

Grace revient sur quelques pages et dit : « Oh, ma chère. Pardonne-moi. C'est moi qui me trompe. Tu n'auras cette abominable migraine qu'après-demain. »

Et Misty se colle nez à nez avec elle et dit : « Comment osez-vous ainsi préparer mon enfant à avoir le cœur brisé ? »

Grace relève les yeux de son livre, le visage relâché, les traits affaissés sous la surprise. Elle a collé le menton sur la poitrine avec une telle force que son cou s'écrabouille tout en plis d'une oreille jusqu'à l'autre. Son système musculaire aponévrotique superficiel. La graisse de son sous-peaucier. Les anneaux ridés de son platysma lui enserrent la gorge.

Misty dit : « Qu'est-ce qui vous prend d'aller raconter à Tabbi que je vais devenir une artiste célèbre ? » Elle regarde alentour, et elles sont toujours seules, et Misty reprend : « Je suis serveuse, et je nous assure le toit que nous avons au-dessus de nos têtes, et c'est bien suffisant. Je ne veux pas que vous remplissiez le crâne de ma gamine d'espoirs que je serai incapable de satisfaire. » Presque à bout de souffle, la poitrine nouée, Misty ajoute : « Est-ce que vous vous rendez compte de quoi je vais avoir l'air ? »

Un large sourire tout lisse envahit la bouche de Grace, et elle dit : « Mais Misty, la vérité est que tu *seras* célèbre. »

Le sourire de Grace, c'est un rideau de théâtre qui s'ouvre. Une soirée d'ouverture. Une première. C'est Grace qui se dévoile.

Et Misty répond : « Je ne serai pas célèbre. » Elle poursuit : « J'en suis incapable. » Elle n'est qu'un individu banal qui va vivre et mourir ignoré, obscur. Ordinaire. Rien de bien tragique là-dedans.

Grace ferme les paupières. Toujours en souriant, elle dit : « Oh, mais tu seras tellement célèbre à l'instant... »

Et Misty dit : « Arrêtez. Arrêtez, c'est tout ce que je vous demande. » Misty la coupe, en insistant : « Cela vous est tellement facile de bâtir l'espoir chez les autres. Ne voyez-vous pas comment vous les détruisez ? » Misty persiste : « Je suis une sacrément bonne serveuse. Au cas où vous ne l'auriez pas remarqué, nous ne sommes plus la classe dirigeante. Nous ne sommes plus le sommet de la pyramide. »

Peter, le problème de ta mère, c'est qu'elle n'a jamais vécu dans une caravane. Elle n'a jamais fait la queue dans une épicerie avec des bons de nourriture à la main. Elle ne connaît pas la manière d'être pauvre, et elle n'est nullement disposée à apprendre.

Misty dit : de tout ce qu'elles peuvent faire, il y a bien pire que d'élever Tabbi afin de l'aider à trouver sa place dans l'économie du moment, qu'elle soit à même de se dénicher un boulot dans ce monde dont elle héritera. Il n'y a rien de mal à servir des clients aux tables. À faire le ménage des chambres.

Et Grace place une bandelette de ruban en dentelle pour marquer sa page dans le journal intime. Elle relève les yeux et déclare : « Alors pour quelle raison bois-tu ?

— Parce que j'aime le vin », répond Misty.

Grace dit : « Tu bois et tu traficotes avec les hommes parce que tu as peur. »

Par hommes, elle doit vouloir parler d'Angel Delaporte.

L'homme au pantalon en cuir qui loue la maison des Wilmot. Ce même Delaporte, avec sa graphologie et sa flasque de gin de qualité.

Et Grace dit : « Je sais exactement ce que tu ressens. » Elle replie les mains sur le journal posé sur ses genoux et ajoute : « Tu bois parce que tu veux t'exprimer et que tu as peur. »

« Non », rétorque Misty. Elle penche la tête sur une épaule et contemple Grace de côté. Misty dit : « Non, vous ne savez *pas* ce que je ressens. »

Le feu tout à côté, il claque et expédie une spirale d'étincelles dans le conduit. L'odeur de fumée se répand en refoulant du manteau de la cheminée. Leur feu de camp.

« Hier, explique Grace en lisant le journal intime, tu t'es mise à faire des économies de manière à pouvoir retourner dans la ville de ton enfance. Tes économies, tu les places dans une enveloppe, que tu glisses sous le rebord du tapis, près de la fenêtre, dans ta chambre. »

Grace redresse la tête, les sourcils relevés, le muscle corrugateur plissant la peau marquée de taches qui lui couvre le front.

Et Misty dit : « Vous m'avez espionnée. »

Et Grace sourit. Elle tapote de sa loupe la page ouverte et explique : « C'est dans ton journal. »

Et Misty rétorque : « Il s'agit de *votre* journal. » Elle ajoute : « Vous n'avez pas le droit d'écrire dans le journal d'une autre. »

Uniquement pour que tu sois au courant, la sorcière épie Misty et note tout dans son recueil d'archives malfaisantes en cuir rouge.

Et Grace sourit. Elle fait comme ça : « Je ne l'*écris* pas. Je le *lis.* » Elle tourne la page, regarde au travers de sa loupe et dit :

« Oh, demain m'a l'air d'être une journée passionnante. Ça dit ici qu'il est très probable que tu fasses la rencontre d'un policier des plus aimables. »

Pour information, juste au cas où, sache que demain, Misty va faire changer la serrure de sa porte. *Pronto.*

Misty rétorque : « Arrêtez. Encore une fois, arrêtez, c'est tout ce que je vous demande. » Misty dit : « Ce qui importe ici, c'est Tabbi, et plus vite elle apprendra à vivre une existence normale avec un boulot banal au quotidien et un avenir très ordinaire, stable et sûr, plus elle sera heureuse. »

« Comme d'occuper un emploi de bureau ? demande Grace. De toiletter les chiens ? Un joli petit chèque hebdomadaire ? Est-ce là la raison pour laquelle tu bois ? »

Ta mère.

Pour information, juste au cas où, sache que ce qui arrive, elle l'a mérité.

Ce qui arrive, tu l'as mérité.

Et Misty dit : « Non, Grace. » Elle dit : « Je bois parce que j'ai épousé un rêveur stupide et paresseux avec la tête dans les nuages, qui a été élevé pour arriver à la conviction qu'un jour il épouserait une artiste célèbre, et a été incapable de supporter sa déception. » Misty dit : « Vous, Grace, vous lui avez foiré la tête, à votre propre enfant, et je ne vais pas vous laisser foirer la tête de la mienne. »

Penchée tellement près qu'elle voit la poudre dans les rides de Grace, ses « rhytides, » ainsi que le réseau en fils d'araignée rouges à l'entour de sa bouche, Misty dit : « Cessez simplement de raconter des mensonges à Tabbi, sinon je fais mes valises et je quitte l'île avec elle dès demain. »

Et Grace regarde au-delà de Misty, elle regarde quelque chose qui se trouve derrière elle.

Sans revenir sur Misty, Grace soupire. Elle dit : « Oh, Misty. Pour *ça*, il est trop tard. »

Misty se retourne et derrière elle se trouve Paulette, la réceptionniste, debout dans son chemisier blanc et sa jupe plissée de couleur sombre, et Paulette dit : « Excusez-moi, madame Wilmot ? »

En chœur — Misty et Grace toutes les deux — elles répondent : oui ?

Et Paulette précise : « Je ne veux pas vous interrompre. » Elle explique : « Il faut juste que je rajoute une bûche dans la cheminée. »

Et Grace referme le livre qu'elle tient sur ses genoux et dit : « Paulette, nous avons besoin de votre aide pour régler un petit différend. » Levant son muscle frontalis pour ne hausser qu'un seul sourcil, Grace dit : « Ne souhaitez-vous pas que Misty se hâte de peindre son chef-d'œuvre ? »

Le temps aujourd'hui est partiellement furieux, avec risques de résignation et d'ultimatums.

Et Misty tourne les talons pour s'en aller. Elle pivote légèrement et s'immobilise.

Les vagues au-dehors sifflent et claquent.

« Merci, Paulette, dit Misty, mais il serait temps que tous les gens de cette île acceptent le fait que je vais mourir comme un gros tas anonyme. »

12 juillet

Au cas où ta curiosité serait éveillée, ton ami des arts plastiques aux longs cheveux blonds, le garçon qui s'est déchiré le lobe de l'oreille en deux pour offrir à Misty sa boucle, eh bien, aujourd'hui, il est chauve. Il s'appelle Will Tupper, et il pilote le ferry-boat. Il est de ton âge et son lobe d'oreille continue à pendouiller en deux parties effilées. Cicatrisées.

Dans le ferry qui revient ce soir du continent, Misty est debout sur le pont. Le vent froid ajoute des années à son visage, étirant et desséchant sa peau. La peau morte et plate de son *stratum corneum.* Elle ne boit qu'une bière dans un sac en papier marron quand ce gros chien ramène sa truffe tout près d'elle. Le chien renifle et se lamente. Il tient la queue repliée sous le ventre, sa gorge va et vient sous la fourrure de son cou, il ne cesse de déglutir, à croire qu'il avale toujours la même chose.

Elle va pour le caresser, et le chien s'écarte et pisse, là, sur le pont. Un homme s'approche, tenant une laisse à la main, et il lui demande : « Vous allez bien ? »

C'est rien que la pauvre et grassouillette Misty dans son petit coma-bière personnel.

Et puis quoi encore. Comme si elle allait rester plantée là dans une flaque de pipi de chien et raconter à quelque inconnu toute la putain d'histoire de sa vie, sur un bateau, avec une bière dans une main, à ravaler ses larmes en reniflant. Comme si Misty pouvait tout simplement répondre — eh bien, puisque vous me l'avez demandé, elle vient de passer encore une journée dans une buanderie quelconque, aujourd'hui inaccessible et scellée à demeure, à lire du charabia sur les murs pendant qu'Angel Delaporte y allait de ses photos flash en expliquant que son connard d'époux est véritablement un être aimant et protecteur parce qu'il écrit ses *u* avec la queue qui remonte en boucle pointue, même lorsqu'il la qualifie de « … malédiction de mort vengeresse et malfaisante ».

Angel et Misty, ils s'étaient frottés et frôlés du popotin tout l'après-midi, elle qui suivait à la trace les mots bombés sur les murs, les mots qui disaient : « … nous acceptons la marée sale de votre argent… »

Et Angel lui demandait : « Ressentez-vous quelque chose ? »

Les propriétaires emballaient les brosses à dents de la famille, destination le laboratoire à fins d'analyse et de recherche de bactéries septiques, en vue d'éventuelles poursuites en dommages et intérêts.

À bord du ferry, l'homme au chien dit : « Porteriez-vous quelque chose qui ait appartenu à une personne décédée ? »

Son manteau, voilà ce que Misty portait, son manteau et ses chaussures, et épinglée au revers, une des abominables monstrueuses grosses broches en faux brillants que Peter lui avait donnée.

Que son époux lui avait donnée.

Que tu lui avais donnée.

Tout l'après-midi dans cette buanderie murée, les mots sur les murs disaient : « … ne volerez pas notre monde pour remplacer le monde que vous avez détruit… »

Et Angel a dit : « L'écriture est différente ici. Elle est en train de changer. »

Il a pris une nouvelle photo et fait avancer la pellicule d'un cran, en disant : « Savez-vous quel genre de commande votre mari exécutait dans ces maisons ? »

Misty a expliqué à Angel qu'un nouvel occupant ne devait emménager qu'à la pleine lune. Selon la tradition des charpentiers, le premier à franchir le seuil d'une nouvelle maison devait toujours être l'animal familier de la famille. Ensuite devaient venir la farine de maïs, le sel, le balai, la Bible et le crucifix. Ce n'est qu'ensuite que les membres de la famille et leur mobilier pouvaient entrer. Selon la superstition.

Et Angel, toujours à prendre photo sur photo, a dit : « Quoi ? La farine de maïs est censée faire son entrée toute seule comme une grande ? »

Beverly Hills, l'Upper East Side, Palm Beach, par les temps qui courent, explique Angel Delaporte, même le meilleur quartier d'une cité n'est rien de plus qu'une suite luxueuse de luxe en enfer. Devant tes grilles d'entrée, tu es toujours obligé de partager les mêmes rues tracées au cordeau bloc après bloc. Toi et les drogués sans abri, vous respirez toujours le même air puant et vous entendez les mêmes hélicoptères de la police qui poursuivent les criminels toute la nuit. Les étoiles et la lune estompées par les lumières d'un million de parcs d'exposition où se vendent les voitures d'occasion. Tout le monde encombre les mêmes trottoirs jonchés d'ordures et voit le même soleil se lever, rouge et voilé derrière le smog.

Angel explique que les riches n'apprécient pas d'avoir à tolérer beaucoup. L'argent te donne la permission de simplement t'éloigner à distance de tout ce qui n'est pas joli et parfait. Tu es incapable de supporter rien de moins que le charmant. Tu passes ton existence à courir, à éviter, à fuir.

Cette quête du joli. Une escroquerie. Un cliché. Fleurs et illuminations de Noël, c'est ça que nous sommes programmés à aimer. Quelqu'un de jeune et de charmant. Ces femmes à la télévision espagnole avec leurs grosses doudounes et une taille minuscule à croire qu'on les a essorées trois fois. Les belles épouses potiches qui déjeunent au Waytansea Hotel.

Les mots sur les murs disent : « ... vous autres avec vos ex-épouses et vos beaux-enfants, vos familles reconstituées et vos mariages ratés, vous avez détruit votre monde et aujourd'hui, vous voulez détruire le mien... »

Le problème, dit Angel, c'est que nous manquons d'endroits où nous cacher. C'est la raison pour laquelle Will Rogers conseillait aux gens d'acheter de la terre. Plus personne n'en fabrique.

C'est la raison pour laquelle tous les riches ont découvert Waytansea Island cet été.

Jadis, c'était Sun Valley, dans l'Idaho. Ensuite ç'a été Sedona, Arizona. Aspen, Colorado. Key West, Floride. Lahaina, Maui. Tous ces lieux surpeuplés de touristes avec les indigènes servant aux tables. Aujourd'hui, c'est Waytansea Island, l'évasion parfaite. Pour tout le monde sauf pour ceux qui y vivent déjà.

Les mots disent : « ... vous avec vos voitures rapides bloquées dans les embouteillages, votre nourriture riche qui vous engraisse, vos maisons tellement grandes que vous vous y sentez toujours seuls… »

Et Angel dit : « Remarquez ici de quelle façon son écriture se bouscule. Les lettres se pressent les unes contre les autres. » Il prend une photo, fait avancer sa pellicule, et déclare : « Peter a très peur de quelque chose. »

M. Angel Delaporte, il flirte, il pose la main sur les mains de Misty. Il lui donne sa flasque jusqu'à ce qu'elle soit vide. Tout cela ne pose aucun problème tant qu'il ne l'attaque pas en justice comme tous tes autres clients du continent. Tous ces estivants qui ont perdu des chambres à coucher et des placards à linge. Tous ceux dont tu t'es fourré les brosses à dents dans le cul. Pour moitié, la raison pour laquelle Misty a fait cadeau de la maison aux catholiques était que personne ne pourrait ainsi la saisir comme garantie.

Angel Delaporte explique que notre instinct naturel nous pousse à nous cacher. En tant qu'espèce, nous revendiquons notre territoire et nous le défendons. Peut-être migrons-nous, pour suivre les saisons ou quelque animal, mais nous savons qu'il faut avoir de la terre pour vivre, et nos instincts nous poussent à délimiter notre parcelle.

C'est la raison pour laquelle les oiseaux chantent, pour marquer leur territoire. C'est la raison pour laquelle les chiens font pipi.

Sedona, Key West, Sun Valley, le paradoxe d'un demi-million d'individus se rendant au même endroit pour être seuls.

Misty toujours occupée à suivre à la trace la peinture noire de son index, elle demande : « Que vouliez-vous dire quand vous avez parlé du syndrome de Stendhal ? »

Et toujours occupé à prendre ses photos, Angel répond : « On lui a donné le nom de l'écrivain français Stendhal. »

Les mots qu'elle suit à la trace, ils disent : « Misty Wilmot vous expédiera tous en enfer… »

Tes mots. Espèce d'enfoiré.

Stanislavski avait raison, on est capable de se trouver une douleur nouvelle chaque fois que l'on découvre ce qu'on l'on savait déjà peu ou prou.

Le syndrome de Stendhal, explique Angel, est un terme médical. C'est quand une peinture ou n'importe quelle œuvre d'art est tellement belle que le spectateur s'en trouve anéanti. C'est une forme de choc. Lorsque Stendhal a visité l'église de Santa Croce à Florence, en 1817, il a rapporté qu'il avait failli s'évanouir de joie. Les gens ont le cœur qui palpite à toute vitesse. Ils ont des vertiges. Le fait de contempler de grandes œuvres d'art te fait oublier ton nom, te fait même oublier où tu te trouves. Cela peut déclencher une dépression et un épuisement physique. L'amnésie. La panique. Une attaque cardiaque. Un effondrement total.

Pour information, juste au cas où, Misty pense qu'Angel Delaporte se la joue un petit peu trop avec ses conneries.

« Si vous lisez les comptes rendus de l'époque, poursuit-il, les œuvres de Maura Kincaid sont censées avoir déclenché une sorte d'hystérie de masse.

— Et aujourd'hui ? » demande Misty.

Angel hausse les épaules. « Je donne ma langue au chat. » Il ajoute : « De ce que j'en ai vu, c'est bien, rien de plus que quelques très jolis paysages. »

Contemplant le doigt de Misty, il demande : « Vous ressentez quelque chose ? » Il prend une nouvelle photo et constate : « C'est drôle de voir combien le goût change. »

« … nous sommes pauvres, disent les mots de Peter, mais

nous avons ce à quoi aspire tout individu riche… la paix, la beauté, le silence… »

Tes mots.

Ta vie après la mort.

En rentrant à la maison ce soir, c'est Will Tupper qui donne à Misty sa bière sous sac en papier. Il la laisse boire sur le pont en dépit du règlement. Il lui demande si elle travaille à une peinture ces temps derniers. Un paysage, peut-être ?

Sur le ferry-boat, l'homme au chien, il dit que le chien est entraîné pour retrouver des gens décédés. Quand les gens meurent, ils se mettent à dégager une puanteur énorme de ce que l'homme appelle épinéphrine. Il dit que c'est l'odeur de la peur.

Cette bière sous sac en papier marron que tient Misty, elle se contente de la boire et le laisse causer.

Les cheveux de l'homme, cette manière qu'ils ont de s'amenuiser au-dessus de chaque tempe, cette façon qu'a la peau de son cuir chevelu de devenir rouge vif à cause du vent froid, on dirait qu'il porte les cornes du diable. Il a les cornes du diable, et sa figure tout entière est rouge et se plisse en rides. Rides dynamiques. « Rhytides » palpébrales latérales.

Le chien vrille la tête par-dessus une épaule, en essayant de s'éloigner de Misty. L'after-shave du bonhomme dégage une odeur de clous de girofle. Accrochées à son ceinturon, sous le pan de sa veste, on aperçoit une paire de menottes chromées.

Pour information, juste au cas où, sache que le temps aujourd'hui est agitation croissante avec possible effondrement physique et émotionnel.

Tenant la laisse de son chien, l'homme dit : « Êtes-vous sûre que vous allez bien ? »

Et Misty lui répond : « Faites-moi confiance, je ne suis pas morte. »

« Peut-être bien que je n'ai que la peau de morte », ajoute-t-elle.

Le syndrome de Stendhal. L'épinéphrine. La graphologie. Le coma des détails. De l'éducation.

L'homme a un signe de tête vers la bière de Misty sous son sac en papier marron, et il fait comme ça : « Vous savez que vous n'êtes pas censée boire en public ? »

Et Misty dit : Quoi ? Est-ce qu'il est flic ?

Et lui fait comme ça : « Vous le savez ? En fait, ouais, je suis flic. »

Le mec ouvre son portefeuille et lui montre son insigne. Gravé sur l'insigne, ça dit : *Clark Stilton. Inspecteur. Force d'intervention du comté de Seaview. Crimes de haine.*

13 juillet — pleine lune

Tabbi et Misty, elles marchent dans les bois. Il s'agit ici du fouillis de végétation à l'extrémité de la pointe de Waytansea. Il y a là des aulnes, des générations d'arbres qui ont grandi et se sont abattus pour redonner de nouvelles pousses au sortir de leurs propres morts. Des animaux, peut-être des cervidés, ont taillé un sentier qui serpente autour des tas d'arbres enchevêtrés et s'insinuent entre des rochers aussi gros qu'une architecture avec leur capitonnage de mousse épaisse. Au-dessus de tout ça, les feuilles d'aulnes s'agglutinent en un ciel miroitant d'un vert éclatant.

Ici et là, la lumière du soleil perce les frondaisons en rais aussi gros que des lustres de cristal. Ce n'est qu'une version moins proprette du hall d'entrée du Waytansea Hotel.

Tabbi n'arbore qu'une unique boucle d'oreille ancienne, un filigrane d'or et un brouillard de fausses pierres d'un rouge étincelant qui encerclent un cœur en émail rouge. Elle l'a épinglée à son sweat-shirt rose, comme une broche, mais il s'agit de la boucle d'oreille que l'ami de Peter avait arrachée de son lobe. Will Tupper, du ferry.

Ton ami.

Elle garde ses bijoux de pacotille dans une boîte à chaussures sous son lit et les met dans les grandes occasions. Les rubis de verre écaillés épinglés à son épaule scintillent du vert éclatant en surplomb. Les fausses pierres, avec leurs mouchetis de crasse, elles se reflètent en rose à cause du sweat-shirt de Tabbi.

Ton épouse et ta gamine, elles enjambent un rondin pourrissant qui grouille de fourmis, contournent les fougères qui frôlent la taille de Misty et retombent sur le visage de Tabbi. Elles n'échangent pas une parole, elles regardent et écoutent les oiseaux, mais il n'y a rien. Pas d'oiseaux. Pas de petites grenouilles. Aucun bruit hormis l'océan, les vagues qui sifflent et qui claquent quelque part.

Elles s'enfoncent dans un taillis de hautes tiges, une chose avec des feuilles jaunes qui pourrissent à sa base. Il faut regarder où on met les pieds, à chaque pas, parce que le sol est glissant et plein de flaques d'eau. Depuis combien de temps Misty marche-t-elle, les yeux rivés au sol, retenant les branches pour qu'elles ne fouettent pas Tabbi, Misty ne sait pas, mais quand elle relève les yeux, un homme est planté là.

Pour information, juste au cas où, les muscles levator labii, les muscles du rictus, les muscles cogne-ou-tire-toi, se crispent en spasmes, tous ces muscles lisses se figent en paysage grogneur méchant, la bouche de Misty, carrée, toutes dents dehors.

Sa main agrippe le dos du sweat-shirt de Tabbi. Tabbi, elle en est encore à regarder par terre, elle avance, et Misty la tire brutalement en arrière.

Et Tabbi glisse et entraîne sa mère au sol, en disant : « M'man. »

Tabbi écrasée sur la terre humide, les feuilles, la mousse,

les scarabées, Misty accroupie au-dessus d'elle, sous la voûte des fougères.

L'homme se trouve peut-être encore à une dizaine de mètres, il ne leur fait pas face. Il ne se retourne pas. À travers le rideau de fougères, il doit bien mesurer deux mètres, sombre et lourd, des feuilles marron dans les cheveux et des éclaboussures de boue sur les jambes.

Il ne se retourne pas, mais il ne bouge pas non plus. Il a dû les entendre, et il reste là, à prêter l'oreille.

Pour information, il est nu. Son cul nu est juste là.

Tabbi dit : « Viens, on y va, M'man. Il y a des insectes. »

Et Misty lui fait signe de se taire.

L'homme attend, comme une statue, une main étendue à hauteur de la taille comme s'il palpait l'air pour voir s'il est en mouvement. Pas un oiseau ne chante.

Misty se tapit, à croupetons, les mains en appui sur le sol boueux, prête à se saisir de Tabbi et à courir.

C'est alors que Tabbi se faufile à côté d'elle, et Misty dit : « Non. » Tendant aussitôt le bras, Misty ne saisit qu'une poignée d'air dans le dos de sa gamine.

Il se passe une seconde, peut-être deux avant que Tabbi n'arrive jusqu'à l'homme et glisse sa main dans sa main ouverte.

En l'espace de ces deux secondes, Misty comprend qu'elle est une mère merdique.

Peter, tu as épousé une lâche. Misty est toujours à la même place, accroupie. Si elle a bougé, c'est vers l'arrière, Misty est prête à faire demi-tour. Ce que l'on ne t'enseigne pas à la fac d'arts plastiques, c'est le combat à mains nues.

Et Tabbi se retourne en souriant et dit : « M'man, ne sois pas aussi stupide. » Elle enveloppe de ses deux mains la main ouverte et tendue de l'homme et se hisse pour pouvoir décoller les jambes et les agiter en l'air. Elle dit : « Ce n'est qu'Apollon, c'est tout. »

Près de l'homme, pratiquement masqué par les feuilles tombées, se trouve un cadavre. Un sein blanc et pâle aux fines veinules bleues. Un bras blanc sectionné.

Et Misty reste toujours accroupie.

Tabbi se laisse tomber du bras de l'homme et va à l'endroit que regarde Misty. Elle dégage les feuilles d'un visage blanc, mort, et dit : « Et voici Diane. »

Elle se tourne vers Misty accroupie et roule des yeux. « Ce sont des statues, M'man. »

Des statues.

Tabbi revient prendre la main de Misty. Elle lève le bras de sa maman et la tire pour la remettre debout, en disant : « Tu sais ? Des *statues*. C'est toi l'artiste. »

Tabbi la fait avancer. L'homme debout est un bronze sombre, zébré de lichen et de ternissures, un homme nu aux pieds boulonnés à un piédestal enfoui sous les broussailles qui jouxtent le sentier. Ses yeux ont des iris et des pupilles creusés, des iris romains, moulés en creux. Ses bras et jambes nus sont de proportion parfaite par rapport au torse. Le nombre d'or de la composition. La mise en application de toutes les règles de l'art et de la proportion.

La formule des Grecs expliquant la raison pour laquelle nous aimons ce que nous aimons. Encore une couche de ce coma des arts plastiques.

La femme au sol est un marbre blanc brisé. La main rose de Tabbi dégage les feuilles et l'herbe des longues cuisses blanches, les plissures effarouchées du bas-ventre de marbre blanc se rejoignent sur une feuille sculptée. Les doigts et les bras soyeux, les coudes sans la moindre ride, ni pli. Sa chevelure en marbre pend en boucles blanches sculptées.

Tabbi pointe sa main rose vers un piédestal vide de l'autre côté du sentier, à l'opposé du bronze, et dit : « Diane est tombée bien avant que je ne fasse sa connaissance. »

Les muscles des mollets de l'homme en bronze dégagent une impression de froideur, mais leur moulage n'a rien oublié, du plus petit tendon parfaitement délinéé jusqu'aux muscles épais. Tandis que Misty laisse remonter la main sur la jambe de métal froid, elle demande : « Tu es déjà venue ici ? »

« Apollon n'a pas de queue, dit Tabbi. J'ai déjà regardé. »

Et Misty retire brusquement la main de la feuille moulée sur le bas-ventre en bronze de la statue. Elle demande : « Qui est-ce qui t'a amenée ici ?

— Mamie, répond Tabbi. Mamie me conduit tout le temps ici. »

Tabbi s'arrête et frotte sa joue contre la joue de marbre lisse de la Diane.

La statue de bronze, Apollon, ça doit être une reproduction du dix-neuvième siècle. Soit dix-neuvième, ou alors fin dix-huitième. Impossible que ce soit une vraie, une véritable pièce d'antiquité grecque ou romaine. Elle serait dans un musée.

« Pourquoi se trouvent-elles ici ? demande Misty. Est-ce que ta grand-mère te l'a expliqué ? »

Et Tabbi hausse les épaules. Elle tend la main vers Misty et répond : « Et ce n'est pas tout. » Elle ajoute : « Suis-moi, tu vas voir, je vais te montrer. »

Effectivement, ce n'est pas tout.

Tabbi la conduit dans les bois qui encerclent la pointe, et

elles trouvent un cadran solaire gisant dans les herbes, encroûté d'une couche épaisse et sombre de vert-de-gris. Elles découvrent une fontaine aussi vaste qu'une piscine, mais remplie de branches abattues par le vent et de glands.

Elles passent devant une grotte creusée à flanc de colline, bouche d'ombre encadrée de piliers moussus et fermée par une grille en fer chaînée. La pierre taillée est montée en arche qui se dresse jusqu'à la clé de voûte en son milieu. Aussi chicos qu'une bâtisse abritant une petite banque. La façade du bâtiment enterré et moisi du capitole d'un État. Avec pour décor un entrelacs chargé d'anges sculptés qui tiennent des guirlandes de pommes, de poires et de grappes de raisin en pierre taillée. De couronnes de fleurs en pierre sculptée. Et tout ça plein de zébrures de saleté, qui se fissure, qui éclate sous la poussée des racines d'arbres.

Avec des plantes qui ne devraient pas s'y trouver. Un rosier grimpant étouffe un chêne, se frayant un passage jusqu'à quinze mètres de haut pour s'épanouir au-dessus du faîte de l'arbre. Des tulipes jaunes flétries sont en train de faner sous la chaleur estivale. Une falaise abrupte de tiges et de feuilles se révèle être un énorme lilas.

Tulipes et lilas ne sont pas des plantes indigènes.

Rien de tout ça ne devrait se trouver là.

Dans la prairie qui occupe le centre de la pointe, elles découvrent Grace Wilmot assise sur une couverture posée dans l'herbe. Autour d'elle, s'épanouissent les boutons roses et bleus des trèfles et des bleuets, et de petites marguerites blanches. Le panier à pique-nique en osier est ouvert, sous un nuage de mouches bourdonnantes.

Grace se redresse à genoux, un verre de vin rouge à la

main, et elle dit : « Misty, te voilà de retour. Tiens, prends ça. »

Misty prend le vin et en boit une gorgée. « Tabbi m'a montré les statues, dit-elle. Qu'est-ce qu'il y avait ici avant ? »

Grace se met debout et dit : « Tabbi, récupère tes affaires. Il est l'heure de partir. »

Tabbi ramasse son chandail sur la couverture.

Et Misty dit : « Mais on vient juste d'arriver toutes les deux. »

Grace lui tend une assiette garnie d'un sandwich et répond : « Tu vas rester ici et tu vas manger. Tu auras toute ta journée pour faire ton art. »

Le sandwich est à la salade de poulet, et il est chaud parce qu'il est resté au soleil. Les mouches s'y sont posées, mais l'odeur est acceptable. Et donc Misty s'en mord une bouchée.

Grace désigne Tabbi de la tête et dit : « C'était l'idée de Tabbi. »

Misty mâche et avale. Elle dit : « C'est très gentil comme idée, mais je n'ai pas apporté mon matériel. »

Et Tabbi d'aller jusqu'au panier à pique-nique en expliquant : « Mamie y a pensé. On l'a emporté pour te faire la surprise. »

Misty boit un peu de vin.

Chaque fois qu'une personne pleine de bonnes intentions t'oblige à faire la démonstration de ton absence absolue de talent et te confronte au fait que tu es l'échec incarné du seul et unique rêve que tu aies jamais eu, prends un autre verre. C'est ça, le Jeu de la Picole de Misty Wilmot.

« Tabbi et moi partons en mission », déclare Grace.

Et Tabbi d'ajouter : « Nous allons à un *vide-grenier.* »

La salade de poulet a un goût bizarre. Misty mâche et avale et dit : « Ce sandwich a un goût bizarre.

— C'est juste de la coriandre », explique Grace. Elle dit : « Tabbi et moi devons absolument dénicher un plat Lenox de quarante centimètres avec des grains de blé argentés sur le pourtour. » Elle ferme les yeux, secoue la tête et ajoute : « Comment se fait-il que personne ne veuille de ces services de table qu'à partir du jour où leur fabrication s'est arrêtée ? »

Tabbi dit : « Et Mamie va m'acheter mon cadeau d'anniversaire. J'ai le droit de choisir ce que je veux. »

Et voilà Misty qui va se retrouver coincée sur Waytansea Island avec deux bouteilles de vin rouge et une plâtrée de salade de poulet. Son tas de peintures et d'aquarelles, de brosses et de pastels, elle n'y a plus touché depuis que sa gamine était bébé. À ce stade, les acryliques et les huiles doivent avoir durci. Les aquarelles s'être desséchées et craquelées. Les brosses raidies comme des bâtons. Tout le matériel, inutilisable.

Misty comprise.

Grace Wilmot tend la main et dit : « Tabbi, allons, viens. Laissons donc ta mère jouir de son après-midi. »

Tabbi se saisit de la main de sa grand-mère, et toutes deux retraversent la prairie en direction du chemin de terre où elles ont garé la voiture.

Le soleil est chaud. La prairie est suffisamment surplombante pour qu'on aperçoive les vagues qui sifflent et claquent sur les rochers en contrebas. Plus loin, sur la côte, on voit la ville. Le Waytansea Hotel est un barbouillis de bardeaux blancs. C'est tout juste si l'on ne distingue pas les petites lucarnes des pièces en soupente du grenier. D'ici, l'île a l'air agréable et parfaite, vide de ses foules et sans l'encombrement des touristes. Tout enlaidie par ses panneaux publicitaires. Elle a tout à fait l'aspect qu'elle devait avoir avant l'arrivée des riches estivants. Avant l'arrivée de Misty. On comprend pourquoi les gens nés ici n'en partent jamais. On comprend pourquoi Peter était tellement prêt à la protéger.

« M'man ! » s'écrie Tabbi.

Elle a lâché sa grand-mère et revient au pas de course. Ses deux mains agrippent son sweat-shirt rose. Haletante, tout sourire, elle arrive jusqu'à Misty, assise sur sa couverture. La boucle d'oreille en filigrane d'or dans les mains, elle dit : « Ne bouge pas. »

Misty ne bouge pas. Une statue.

Et Tabbi se plie en deux pour épingler la boucle au lobe d'oreille de sa mère, en disant : « J'ai failli oublier mais Mamie me l'a rappelé. Elle dit que tu vas avoir besoin de ça. » Les genoux de son blue-jean sont pleins de boue et maculés de vert à cause de Misty, quand elle a paniqué et les a tirées au sol toutes les deux, quand elle a essayé de la sauver.

Misty dit : « Tu veux un sandwich à emporter, chérie ? »

Et Tabbi fait non en secouant la tête, avant d'expliquer : « Mamie m'a dit de ne pas en manger. » Et elle tourne les talons et part en courant, agitant un bras au-dessus de sa tête avant de disparaître.

14 juillet

Angel tient la feuille de papier aquarelle, pinçant les coins du bout de ses doigts. Il la regarde, regarde Misty et demande : « Vous avez dessiné un fauteuil ? »

Misty hausse les épaules et répond : « Ça fait des années. C'est la première chose qui me soit venue à l'esprit. »

Angel lui tourne le dos, en présentant la peinture de manière que la lumière du soleil la frappe sous des angles différents. Il ne la quitte pas des yeux et déclare : « C'est bon. C'est vraiment bon. Où avez-vous trouvé le fauteuil ? »

« Ce n'est qu'un dessin d'imagination », répond Misty, et elle lui raconte qu'une fois elle s'est retrouvée coincée sur la pointe de Waytansea toute la journée, avec pour seuls compagnons ses peintures et deux bouteilles de vin.

Angel plisse les yeux devant l'œuvre sur papier, la tenant si près qu'il en louche presque, et il dit : « On dirait un Hershel Burke. » Angel se tourne vers Misty et lui fait comme ça : « Vous avez passé la journée dans une prairie pleine d'herbe et vous avez imaginé un fauteuil fin de siècle victorien Hershel Burke ? »

Ce matin, une femme de Long Beach a appelé pour

annoncer qu'elle repeignait la lingerie, aussi feraient-ils bien de venir voir le foutoir de Peter avant qu'elle démarre le travail.

En cet instant précis, Misty et Angel se trouvent dans la lingerie disparue. Misty est occupée à esquisser les fragments des divagations de Peter. Angel est censé photographier les murs. À la minute où Misty a ouvert son classeur pour en sortir un carnet à esquisses, Angel a aperçu la petite aquarelle et a demandé à la voir. Le soleil frappe à travers une fenêtre aux vitres translucides, et Angel lève le dessin à la lumière.

Peint à la bombe sur la fenêtre, ça dit : « … posez le pied sur notre île et vous mourrez… »

Angel déclare : « Il s'agit bien d'un Hershel Burke, j'en jurerais. De 1879, à Philadelphie. Son jumeau se trouve dans la maison de campagne des Vanderbilt, à Biltmore. »

L'objet a dû se graver dans la mémoire de Misty après un cours d'histoire de l'art de première année, ou une présentation des arts décoratifs en deuxième année à la fac d'arts plastiques. Peut-être qu'elle l'a vu à la télévision, au cours d'un programme vidéo sur les demeures célèbres dans une émission de télé publique quelconque. Qui sait d'où une idée peut surgir. Notre inspiration. La raison pour laquelle nous imaginons ce que nous imaginons.

Misty dit : « Encore heureux que j'aie réussi à dessiner quelque chose. Je n'étais pas bien du tout. Une intoxication alimentaire. »

Angel est en train de regarder l'aquarelle, il la tourne. Le muscle corrugateur entre ses sourcils se contracte en trois rides profondes. Son glabellaire se sillonne. Son muscle triangulaire étire ses lèvres jusqu'à ce que des rides marionnettes descendent de chaque commissure.

Esquissant les griffonnages sur les murs, Misty ne parle pas à Angel des crampes d'estomac. Tout cet après-midi de galère, elle a tenté de croquer un rocher ou un arbre, et elle a fini par chiffonner ses feuilles, dégoûtée. Elle a tenté de croquer la ville au lointain, le clocher de l'église et l'horloge de la bibliothèque, mais ça aussi, elle l'a chiffonné. Elle a chiffonné un portrait merdique de Peter qu'elle essayait de faire de mémoire. Elle a chiffonné un croquis de Tabbi. Puis, celui d'une licorne. Elle a bu un verre de vin et cherché quelque chose de neuf à bousiller par son manque de talent. Puis mangé un autre sandwich à la salade de poulet à l'étrange goût de coriandre.

Même la simple idée d'aller se promener dans les bois pleins d'ombre pour croquer une statue en train de partir en morceaux et prête à s'effondrer lui hérissait les poils de la nuque. Le cadran solaire tombé. Cette grotte fermée. Seigneur. Ici, dans la prairie, le soleil était chaud. L'herbe bourdonnait d'insectes. Quelque part au-delà des bois, les vagues de l'océan sifflaient et claquaient.

Par le simple fait de porter le regard vers les lisières obscures de la forêt, Misty était capable de s'imaginer l'homme en bronze si imposant, avec ses bras tachés, qui la surveillait de ses petits yeux aveugles enfoncés dans leurs orbites. Comme s'il avait tué la Diane de marbre et découpé son corps en morceaux, Misty était capable de le voir sortir de la forêt et se diriger vers elle de son pas de géant.

Aux termes des règles du Jeu de la Picole de Misty Wilmot, quand tu commences à te dire qu'une statue de bronze complètement nue va ployer ses bras de métal autour de toi et t'étouffer jusqu'à ce que mort s'ensuive sous ses baisers pendant que tu griffes à t'en arracher les ongles et que tu frappes des poings contre sa poitrine moussue — eh bien, il est temps de prendre un autre verre.

Quand tu te retrouves à moitié nue en train de chier dans un trou que tu as creusé derrière un buisson, avant de te torcher le cul d'une serviette en lin de l'hôtel, alors prends un autre verre.

La crampe stomacale a frappé, et Misty était en sueur. À chaque battement de cœur, un coup de poignard lui déchirait la tête. Elle a senti un mouvement dans ses tripes et elle n'a pas pu baisser sa culotte assez vite. Le foutoir a giclé autour de ses chaussures en éclaboussant ses jambes. L'odeur lui a donné un haut-le-cœur, et Misty a piqué du nez en avant, les mains ouvertes sur l'herbe chaude, les petites fleurs. Des mouches noires l'ont dénichée, à des kilomètres de distance, pour se mettre à arpenter ses jambcs de bas en haut. Son menton s'est collé à sa poitrine et une double poignée de vomi rose a jailli pour tomber sur le sol.

Quand tu te retrouves, une demi-heure plus tard, avec de la merde qui dégouline sur ta guibolle, entourée par un essaim de mouches, prends un autre verre.

Misty ne raconte rien de tout ça à Angel.

Elle à ses esquisses et lui en train de photographier dans la buanderie disparue, il demande : « Que pouvez-vous me dire du père de Peter ? »

Le papa de Peter, Harrow. Misty adorait le papa de Peter. Misty répond : « Il est mort. Pourquoi ? »

Angel prend un nouveau cliché et avance la pellicule dans son appareil. Il hoche la tête devant l'écriture sur le mur et dit : « La façon dont un individu fait ses *i*, c'est tellement significatif. Le premier jambage exprime l'attachement à la mère. Le second, en descendant, exprime le père. »

Le papa de Peter, Harrow Wilmot, tout le monde l'appelait Harry. Misty ne l'a rencontré qu'une seule fois, le jour où elle venue en visite avant qu'ils se marient. Avant que Misty tombe enceinte. Harry l'a emmenée pour un grand tour de Waytansea Island, à pied, en lui faisant remarquer la peinture qui s'écaillait et les toits fléchés des grandes demeures en bardeaux. En se servant d'une clé de voiture, il a dégagé le mortier délité entre les blocs de granit de l'église. Ils ont vu à quel point les trottoirs de Merchant Street étaient fissurés et boursouflés par les racines. Les façades des boutiques zébrées de moisissures envahissantes. L'intérieur de l'hôtel fermé paraissait tout noir, comme s'il avait été éventré par un incendie. Et l'extérieur tout délabré avec ses moustiquaires de fenêtres rouge sombre à cause de la rouille. Les volets de guingois. Les gouttières qui s'affaissaient. Harrow Wilmot ne cessait de répéter : « Partir de plus rien pour se retrouver la peau sur les os en l'espace de trois générations. » Il disait : « Peu importe la manière dont nous l'investissons, l'argent ne dure jamais plus longtemps. »

Le père de Peter est décédé alors que Misty était déjà retournée à la fac.

Et Angel dit : « Pouvez-vous m'obtenir un échantillon de son écriture ? »

Misty continue à croquer les barbouillages, et elle répond : « Je ne sais pas. »

Pour information, juste au cas où, sache que d'être nue, maculée de merde et éclaboussée de vomissures en pleine campagne ne fait pas nécessairement de toi une véritable artiste.

Pas plus que les hallucinations. Tout là-bas, sur la pointe de Waytansea, tordue de crampes, la sueur dégoulinant de ses cheveux sur les côtés de son visage, Misty a commencé à voir des choses. À l'aide des serviettes de l'hôtel, elle essayait de se nettoyer un peu. Elle s'est rincée la bouche au vin. Elle a chassé les nuages de mouches. Les vomissures lui brûlaient encore les narines. C'est stupide, trop stupide à avouer à Angel, mais les ombres en lisière de la forêt ont bougé.

Le visage de métal était là, dans les arbres. La silhouette a fait un pas en avant et le terrible poids de son pied en bronze s'est enfoncé dans la terre molle en bordure de la prairie.

Quand tu as fait la fac d'arts plastiques, tu sais reconnaître une mauvaise hallucination. Tu sais reconnaître un flash-back. Tu t'es enfilé des tonnes de produits chimiques capables de se déposer dans tes tissus graisseux, prêts à inonder ton système sanguin de mauvais rêves en plein jour.

La silhouette a avancé d'un pas supplémentaire, et son pied s'est enfoncé dans le sol. Au soleil, ses bras paraissaient par endroits d'un vert éclatant, à d'autres, marron terne. Le sommet de sa tête et le dessus de ses épaules étaient blancs de toutes les chiures d'oiseaux accumulées. Les muscles de chaque cuisse de bronze se gonflaient, tendus, parfaitement délinéés, comme en relief, chaque fois que la jambe se levait, et la silhouette avançait. À chaque pas, la feuille de bronze bougeait entre ses cuisses.

Maintenant, de regarder l'aquarelle posée sur le dessus de la sacoche-photo d'Angel, c'est plus que gênant. Apollon, le dieu de l'Amour. Misty malade et ivre. L'âme nue d'une artiste entre deux âges, excitée.

La silhouette qui s'approche d'un pas plus près. Une hallucination débile. Une intoxication alimentaire. Elle nue. Misty nue. Toutes les deux répugnantes dans le cercle d'arbres qui entourent la prairie. Pour s'éclaircir les idées, pour faire partir la silhouette, Misty s'est mise à dessiner. Pour se concentrer. Un dessin de rien sur rien. Ses yeux se sont fermés, et Misty a placé le crayon sur le bloc à aquarelle et elle l'a senti qui raclait la texture du papier, déposant des traits bien rectilignes, elle a frotté du flanc de son pouce pour créer des contours ombrés.

Écriture automatique.

Lorsque son crayon s'est arrêté, Misty en avait fini. La silhouette avait disparu. Son estomac allait mieux. Les souillures avaient suffisamment séché pour qu'elle puisse en racler la plus grosse partie et enterrer les serviettes, ses dessous irrécupérables, et ses dessins chiffonnés. Tabbi et Grace sont arrivées. Elles avaient trouvé ce qui leur manquait, tasse à thé, pot à crème, peu importe. À ce stade, le vin était terminé. Misty était habillée et elle sentait un peu moins mauvais.

Tabbi a dit : « Regarde. Pour mon anniversaire », et elle a tendu la main pour montrer une bague qui brillait à un de ses doigts. Une pierre verte carrée, taillée pour scintiller. « C'est un péridot », a dit Tabbi, et elle l'a relevé au-dessus de sa tête en plein dans les rayons du soleil couchant.

Misty s'est endormie dans la voiture, en se demandant d'où venait l'argent, Grace les ramenant le long de Division Avenue jusqu'au village.

Ce n'est que plus tard que Misty a regardé son bloc à esquisses. Elle a été aussi surprise que le premier venu. Après ça, Misty a ajouté simplement quelques couleurs, à l'aquarelle. C'est stupéfiant ce que l'esprit inconscient est capable de créer. Quelque chose qui remontait à son enfance, une photo vue dans un cours d'histoire de l'art.

Les rêves prévisibles de la pauvre Misty Kleinman.

Angel dit quelque chose.

Misty répond : « Pardon ? »

Et Angel demande : « Qu'accepteriez-vous pour ça ? »

Il veut parler d'argent. De prix. Misty dit : « Cinquante ? » Misty dit : « Cinquante *dollars* ? »

Cette aquarelle que Misty a dessinée les yeux fermés, nue, la trouille au ventre, ivre, l'estomac malade et la nausée aux lèvres, c'est la première œuvre d'art qu'elle ait jamais vendue. C'est la meilleure chose qu'elle ait jamais faite.

Angel ouvre son portefeuille et en extrait deux billets de vingt et un de dix. Il demande : « Maintenant, que pouvez-vous me dire d'autre sur le père de Peter ? »

Pour information, juste au cas où, sache qu'en quittant la prairie, il y avait deux trous profonds tout à côté du sentier. Les trous étaient écartés de soixante centimètres, trop grands pour être des empreintes de pas, trop écartés pour avoir été faits par une personne. Une piste de trous dans le sol s'enfonçait dans la forêt, trop grands, trop écartés pour avoir été faits par un marcheur. Ça, Misty ne le dit pas à Angel. Il irait croire qu'elle est cinglée. Cinglée, comme son époux.

Comme toi, cher et tendre Peter.

Maintenant, tout ce qui reste de son intoxication alimentaire est le martèlement d'une migraine.

Angel tient l'aquarelle tout contre son nez et renifle. Il plisse le nez et renifle une nouvelle fois, puis il glisse la peinture sur le côté de sa sacoche-photo. Il la surprend qui l'observe et explique : « Oh, ne faites pas attention à moi. J'ai cru une seconde avoir senti une odeur de merde. »

15 juillet

Si le premier homme à te reluquer les doudounes en l'espace de quatre ans se révèle être un flic, prends un verre. S'il s'avère qu'il sait déjà à quoi tu ressembles une fois nue, prends un autre verre.

Ce verre-là, tu te le fais double.

Un mec est assis à la table huit de la Salle Bois et Or, un mec, juste qu'il est de ton âge. Il est bien en chair, les épaules voûtées. Sa chemise est de la bonne taille, un peu tendue sur son bide, un petit ballon blanc en polyester et coton qui fait une bosselure par-dessus son ceinturon. Ses cheveux, ils s'éclaircissent à ses tempes, et les deux trouées remontent en longs triangles de peau au-dessus de chaque œil. Chaque triangle est rouge écrevisse à cause du soleil, en lui faisant des cornes de diable longues et effilées qui se relèvent sur le haut du visage. Il a un petit calepin à spirale ouvert sur la table, et il y écrit quelque chose en regardant Misty. Il porte une cravate à rayures et une veste sport bleu marine.

Misty lui apporte un verre d'eau, la main tremblant avec une telle force qu'on entend les glaçons tinter. Uniquement pour que tu saches, sa migraine en est à son troisième jour.

Sa migraine, c'est la même sensation que des asticots en train de creuser et de s'enraciner dans le gros tas mou de son cerveau. Des vers qui forent. Des scarabées tunneliers.

Le mec à la table huit dit : « Vous ne recevez pas beaucoup d'hommes par ici, je me trompe ? »

Son après-rasage sent le clou de girofle. C'est l'homme du ferry, le mec au chien qui croyait que Misty était morte. Le flic. L'inspecteur Clark Stilton. Le mec des crimes de haine.

Misty hausse les épaules et lui donne un menu. Misty roule ses yeux alentour, sur toute la salle, sur les lambris de bois et de peinture or, et dit : « Où est votre chien ? Puis-je vous apporter quelque chose à boire ? »

Et il répond : « Il faut que je voie votre mari. » Il demande : « Vous êtes bien Mme Wilmot, n'est-ce pas ? »

Le nom sur sa plaque d'identité, épinglée à son uniforme en plastique rose — Misty Marie Wilmot.

Sa migraine, c'est la même sensation qu'un marteau tape-tape-tapant un long clou pour te l'enfoncer à l'arrière du crâne, une œuvre d'art conceptuel, tapant de plus en plus fort au même endroit jusqu'à ce que tu oublies tout le reste en ce monde.

L'inspecteur Stilton pose son stylo sur son calepin, lui offre sa main à serrer, et sourit. Il dit : « La vérité, c'est que c'est moi, la force d'intervention du comté sur les crimes de haine. »

Misty lui serre la main et s'enquiert : « Voudriez-vous un peu de café ? »

Et il répond : « S'il vous plaît. »

La migraine de Misty est une balle de plage, gonflée d'un trop-plein d'air. De l'air continue à s'y introduire, mais ce n'est pas de l'air. C'est du sang.

Tu es dans un hôpital.

Sur le ferry, l'autre soir, elle a expliqué en détail, elle a raconté à l'inspecteur Stilton que tu étais cinglé, et que tu avais laissé ta famille couverte de dettes. Et cette façon que tu avais de larguer tes études, école après école, de te larder le corps de bijoux. Tu t'es assis dans la voiture rangée au garage avec le moteur en marche. Tes graffitis, tous tes délires, ta manie de sceller à demeure les buanderies et les cuisines des gens, tout ça n'était qu'un symptôme de plus de ta dinguerie. Le vandalisme. C'est malheureux, a dit Misty à l'inspecteur, mais dans cette affaire, elle aussi avait été baisée dans les grandes largeurs, tout autant que quiconque.

Cela se passe aux environs de quinze heures, la petite accalmie entre le déjeuner et le dîner.

Misty dit : « Ouais. Naturellement, allez voir mon mari. » Misty demande : « Vous vouliez du café ? »

L'inspecteur, il regarde son calepin pendant qu'il écrit et lui fait : « Saviez-vous si votre mari faisait partie d'une quelconque organisation néonazie ? D'un groupe de haineux radicaux ? »

Et Misty demande : « Il en faisait partie ? » Misty dit : « Ils servent du bon rosbif ici. »

Pour information, juste au cas où, c'est comme qui dirait mimi. Tous les deux avec leur bloc ou leur calepin, le stylo prêt à écrire. C'est un duel. Une confrontation.

S'il a vu l'écriture de Peter, ce mec sait ce que Peter pensait de Misty nue. Ses seins comme des poissons morts. Ses jambes nouées de varices. Ses mains qui sentaient les gants en caoutchouc. Misty Wilmot, reine des bonnes. Ce que toi tu pensais de ton épouse.

L'inspecteur Stilton écrit, en demandant : « Ainsi donc votre mari et vous n'étiez pas vraiment proches ? »

Et Misty répond : « Ouais, ben, je croyais que si. » Elle ajoute : « Mais allez y comprendre quelque chose. »

Il écrit, en demandant : « Savez-vous si Peter est membre du Ku Klux Klan ? »

Il écrit, en demandant : « Savez-vous s'il existe un tel groupe de haine sur Waytansea Island ? »

Sa migraine tape, tape, tape le clou dans l'arrière de son crâne.

Quelqu'un à la table cinq fait un geste de la main, et Misty demande : « Est-ce que vous voudriez un peu de café ? »

Et l'inspecteur Stilton répond : « Vous allez bien ? Vous n'avez pas vraiment l'air de péter le feu. »

Juste ce matin, au petit déjeuner, Grace Wilmot a dit qu'elle se sentait malheureuse comme tout à cause de la salade de poulet avariée — tellement malheureuse qu'elle a pris pour Misty un rendez-vous auprès du docteur Touchet, pour le lendemain. Le geste est gentil, mais c'est encore une autre putain de facture à régler.

Quand Misty ferme les yeux, elle jurerait que l'intérieur de sa tête est un brasier. Son cou est tout entier une crampe de muscles en fonte. La sueur en colle les plis de la peau. Ses épaules sont nouées, remontées serrées autour de ses oreilles. Elle ne peut tourner la tête qu'un petit peu dans toutes les directions, et elle a l'impression que ses oreilles brûlent.

Peter parlait dans le temps de Paganini, peut-être bien le plus grand violoniste de tous les temps. Il souffrait le martyre : tuberculose, syphilis, ostéomyélite dans la mâchoire, diarrhée, hémorroïdes et calculs rénaux. Paganini, pas Peter. Le mercure que lui donnaient les médecins pour sa syphilis l'avait empoisonné jusqu'à ce que toutes ses dents se déchaussent. Sa peau a viré au gris-blanc. Il a perdu ses cheveux. Paganini était un cadavre ambulant, mais lorsqu'il jouait du violon, il était au-delà des mortels.

Il souffrait du syndrome d'Ehlers-Danlos, une maladie congénitale lui laissant les articulations tellement souples qu'il était capable de courber le pouce en arrière jusqu'à en toucher son poignet. Selon Peter, ce qui le torturait a fait de lui un génie.

Selon toi.

Misty apporte à l'inspecteur Stilton un thé glacé qu'il n'a pas commandé, et il demande : « Existe-t-il quelque raison pour que vous portiez des lunettes de soleil à l'intérieur d'une maison ? »

Et d'une secousse de la tête vers les hautes fenêtres, elle explique : « C'est la lumière. » Elle le ressert en eau et ajoute : « Elle me fait mal aux yeux aujourd'hui. » Sa main tremble avec une telle force qu'elle en laisse tomber son stylo. Une main serrée sur le rebord de la table pour se soutenir, elle se penche pour le ramasser. Elle renifle et dit : « Désolée. »

Et l'inspecteur demande : « Connaissez-vous un certain Angel Delaporte ? »

Et Misty renifle et répond : « Vous voulez commander maintenant ? »

L'écriture de Stilton, il faudrait qu'Angel Delaporte la voie. Ses lettres sont grandes, elles montent haut : ambitieux, idéaliste. L'écriture se penche brutalement vers la droite : agressif, obstiné. La pression qu'il lui impose montre une libido forte. C'est ce que te dirait Angel Delaporte. La queue de ses lettres, le bas des *y* et des *b*, pend bien rectiligne. Ce qui signifie détermination et fort sens du commandement.

L'inspecteur Stilton regarde Misty et demande : « Décririez-vous vos voisins comme étant hostiles aux étrangers à l'île ? »

Pour information, juste au cas où, sache que si tes séances de masturbation sont réduites à moins de trois minutes parce que tu partages une baignoire avec quatorze autres personnes, tu te prends un verre.

En théorie de l'art, tu apprends que les femmes cherchent les hommes qui ont des fronts proéminents et de grandes mâchoires carrées. Il s'agit là d'une étude qu'un sociologue a faite à l'académie de West Point. Elle prouvait que des visages rectangulaires, des yeux enfoncés dans les orbites et des oreilles collées au crâne, c'était ça qui rendait les hommes attirants.

C'est exactement l'allure qu'a l'inspecteur Stilton, plus quelques kilos de rab. Il ne sourit pas en cet instant, mais les sillons qui lui marquent les joues et ses pattes-d'oie prouvent qu'il sourit beaucoup. Les cicatrices du bonheur. Ça pourrait être ses kilos de trop mais les rides corrugatrices entre ses yeux ainsi que les plis qui lui barrent le front, ses plis de souci, sont presque invisibles.

Tout ça, plus les cornes rouge écrevisse sur son front.

Ce sont là tous les petits signaux visuels auxquels tu réagis. Le code de l'attirance. C'est là que réside le pourquoi nous aimons qui nous aimons. Que tu en sois ou non conscient, en toute lucidité, c'est là que se trouve la raison pour laquelle nous faisons ce que nous faisons.

Les rides comme analyse d'écriture. La graphologie. Angel Delaporte serait impressionné.

Cher et tendre Peter, il a fait pousser ses cheveux noirs si longs uniquement parce que ses oreilles ressortaient.

Tes oreilles ressortent.

Les oreilles de Tabbi sont celles de son père. Les longs cheveux noirs de Tabbi sont aussi les siens.

Les tiens.

Stilton explique : « La vie change par ici et beaucoup de gens ne vont pas apprécier. Si votre mari n'agit pas seul, nous pourrions assister à des agressions. Des incendies criminels. Des meurtres. »

Il suffit à Misty de baisser les yeux, et elle commence à tomber. Si elle tourne la tête, sa vision se brouille, la pièce tout entière devient floue un instant.

Misty arrache de son bloc l'addition de l'inspecteur et la pose sur la table, en demandant : « Vous désirez autre chose ?

— Rien qu'une dernière question, Mme Wilmot », répond-il. Il sirote son thé glacé en la regardant par-dessus le bord du verre. Et il ajoute : « J'aimerais bien parler à votre belle-famille — les parents de votre mari —, si c'est possible. »

La mère de Peter, Grace Wilmot, réside ici dans l'hôtel, lui explique Misty. Le père de Peter, Harrow Wilmot, est décédé. Mort depuis treize ou quatorze ans.

L'inspecteur Stilton prend une nouvelle note. Il demande : « Comment votre beau-père est-il mort ? »

C'était une crise cardiaque, pense Misty. Elle n'est pas sûre.

Et Stilton dit : « Apparemment, vous ne connaissez guère les membres de votre belle-famille. »

Sa migraine tape, tape, tape l'arrière de son crâne, Misty demande : « Avez-vous dit que vous désiriez plus de café ? »

16 juillet

Le docteur Touchet envoie un faisceau lumineux dans les yeux de Misty et lui demande de cligner des paupières. Il ausculte ses oreilles. Il regarde à l'intérieur de son nez. Il éteint les lampes de son cabinet en lui demandant de pointer une petite torche dans sa bouche. Exactement comme la torche qu'Angel Delaporte a pointée dans le trou de la cloison de la salle à manger. Il s'agit là d'une vieille astuce de médecin pour illuminer les sinus, qui se déploient, rutilant sous la peau à l'entour du nez, et on peut ainsi vérifier la présence de zones d'ombres synonymes de blocages ou d'infections. Sinusite. Il incline la tête de Misty en arrière et inspecte le fond de sa gorge.

Il fait comme ça : « Pourquoi dites-vous que c'était une intoxication alimentaire ? »

Alors Misty lui parle de ses diarrhées, de ses crampes, de son mal de tête. Misty lui explique tout sauf l'hallucination.

Il gonfle le brassard du tensiomètre qui enserre son bras et relâche la pression. À chaque battement de cœur, ils observent tous deux les mouvements de l'aiguille sur le cadran. La douleur qui lui cogne la tête, ses pulsations correspondent au rythme de son pouls.

Puis son chemisier est ôté et le docteur Touchet lui lève un bras tout en palpant le creux de l'aisselle. Il porte des lunettes et fixe le mur derrière eux tandis que ses doigts s'affairent à leur ouvrage. Dans un miroir sur l'un des murs, Misty peut les observer. Son soutien-gorge a l'air tellement tendu que les bretelles lui entaillent les épaules. Un rouleau de peau déborde de la ceinture de son pantalon. Son collier de fausses perles lui enveloppe la nuque de telle sorte que les perles disparaissent dans un repli de lard bien épais.

Le docteur Touchet, ses doigts s'enracinent au creux de son aisselle, ils creusent, ils tunnellent, ils forent.

Les vitres de la salle d'auscultation sont en verre givré, et le chemisier de Misty est suspendu à une patère au dos de la porte. C'est dans cette même salle que Misty a eu Tabbi. Des murs carrelés vert pâle et un sol carrelé en blanc. C'est la même table gynécologique. Peter est né ici. Ainsi que Paulette. Will Tupper. Matt Hyland. Brett Petersen. Ainsi que tous les habitants de l'île qui n'ont pas encore cinquante ans. Tellement l'île est petite, le docteur Touchet est également entrepreneur de pompes funèbres. C'est lui qui a préparé le père de Peter, Harrow, avant les funérailles. La crémation.

Ton père.

Harrow Wilmot était tout ce que Misty voulait que Peter devînt. De cette même façon que les hommes tiennent à rencontrer leur future belle-mère de manière à pouvoir juger de ce à quoi leur fiancée va ressembler à vingt ans de là, c'est aussi ce qu'a fait Misty. Harry serait l'homme auquel Misty serait mariée lorsqu'elle serait entre deux âges. Grand, les pattes grises, le nez rectiligne et un long menton à fossette.

Aujourd'hui, lorsque Misty ferme les yeux et essaie de se représenter Harrow Wilmot, ce qu'elle voit, ce sont ses cendres que l'on éparpille depuis les rochers de la pointe de Waytansea. Un long nuage gris.

Le docteur Touchet utilise-t-il cette même salle pour ses embaumements, Misty n'en sait rien. S'il vit assez vieux, c'est lui qui préparera Grace Wilmot. C'était le docteur Touchet, le médecin sur les lieux quand ils avaient découvert Peter.

Quand ils t'avaient retrouvé.

Si jamais ils débranchent, il est probable que c'est lui qui préparera le corps.

Ton corps.

Le docteur Touchet palpe le dessous de chaque bras. Il sait exactement où exercer une pression sur la colonne vertébrale pour te faire basculer la tête en arrière. Avec les fausses perles qui se plissent dans les profondeurs de ta nuque. Ses yeux, au docteur, leurs iris sont trop écartés pour que ce soit toi qu'il examine. Il fredonne. Le regard fixé ailleurs. Il est visible qu'il a l'habitude de travailler avec les morts.

Assise sur la table d'examen, les observant tous deux dans le miroir, Misty dit : « Qu'est-ce qu'il y avait jadis sur la pointe ? »

Et le docteur Touchet sursaute, étonné. Il relève les yeux, les sourcils arqués par la surprise.

À croire que le corps d'un mort venait de parler.

« Là-bas, sur la pointe de Waytansea, explique Misty. Il y a des statues, comme s'il y avait eu un parc dans le temps. C'était quoi ? »

Les doigts du docteur sondent profondément entre les tendons sur sa nuque et il répond : « Avant que nous ayons un crématorium ici, c'était notre cimetière. » Tout ça serait bien agréable si ses doigts n'étaient pas aussi froids.

Mais Misty n'a pas vu la moindre pierre tombale.

Ses doigts sondant le dessous de sa mâchoire à la recherche de ganglions lymphatiques, le docteur dit : « Il existe un mausolée excavé au flanc de la colline. » Les yeux fixés sur le mur, il plisse le front et ajoute : « Vieux d'au moins deux siècles. Grace pourrait vous en dire beaucoup plus que moi. »

La grotte. La petite bâtisse de banque tout en pierre. Le capitole d'État avec ses colonnes chicos et sa voûte sculptée, tout ce machin qui tombe en morceaux et ne tient plus que grâce aux racines d'arbres. La grille métallique fermée, les ténèbres à l'intérieur.

La migraine de Misty tape, tape, tape le clou plus profond.

Les diplômes sur les murs carrelés de vert de la salle d'auscultation sont jaunis, brumeux sous leur verre. Tachés par l'eau. Poivrés de chiures de mouches. Daniel Touchet, Docteur en Médecine. Lui tenant le poignet entre deux doigts, le docteur Touchet prend son pouls en gardant l'œil sur sa montre.

Son muscle triangulaire étirant les commissures de ses lèvres vers le bas, il pose son stéthoscope entre ses omoplates. Il dit : « Misty, je voudrais que vous preniez une profonde inspiration sans relâcher. »

La plaquette froide du stéthoscope se déplace sur le dos de Misty.

« Maintenant, relâchez, dit-il. Et inspirez profondément à nouveau. »

Misty demande : « Est-ce que vous savez cela… est-ce que Peter s'est fait faire une vasectomie ? » Elle respire une nouvelle fois, profondément, et ajoute : « Pour que je n'avorte pas, Peter m'a déclaré que Tabbi était un miracle de Dieu. »

Et le docteur Touchet de répondre : « Misty, est-ce que vous buvez beaucoup ces temps derniers ? »

Cette putain de ville est tellement petite. Et cette pauvre Misty, c'est elle, la pocharde du village.

« Un inspecteur de police a débarqué à l'hôtel, lâche Misty. Il voulait savoir si nous avions le Ku Klux Klan ici sur l'île. »

Et le docteur Touchet lui répond : « Ce n'est pas en vous suicidant à petit feu que vous allez sauver votre fille. »

À l'entendre, on dirait son mari.

On dirait toi, mon doux et tendre Peter.

Et Misty demande : « Sauver ma fille de *quoi*? » Misty se tourne pour le regarder droit dans les yeux et demande : « Est-ce que nous avons des nazis ici ? »

Et la regardant en retour, le docteur sourit et lâche : « Bien sûr que non. » Il va jusqu'à son bureau, prend un dossier qui contient quelques feuilles de papier. Dans le dossier, il inscrit quelque chose. Il consulte le calendrier au mur au-dessus du bureau. Il consulte sa montre et écrit dans le dossier. Son écriture, la queue de chaque lettre tire vers le bas, bien en dessous de la ligne — subconscient, impulsif. Cupide, affamé, malfaisant, dirait Angel Delaporte.

Le docteur Touchet fait comme ça : « Alors, vous avez changé vos petites habitudes ces temps derniers ? »

Et Misty lui répond oui. Elle dessine. Pour la première fois depuis la fac, Misty dessine, elle peint un peu, surtout des aquarelles. Dans sa chambre mansardée. À ses moments de loisir. Elle a disposé son chevalet de manière à voir par la fenêtre la côte jusqu'à la pointe de Waytansea. Tous les jours elle travaille à une peinture. Un travail d'imagination. La liste des souhaits d'une fille de Blanc née pauvre entre les pauvres : de grandes demeures, des mariages à l'église, des pique-niques sur la plage.

Hier Misty a travaillé jusqu'à ce qu'elle s'aperçoive qu'il faisait nuit dehors. Cinq ou six heures venaient tout simplement de partir en fumée. De s'envoler comme une buanderie disparue à Seaview. Triangulées Bermudes.

Misty explique au docteur Touchet : « Ma tête me fait toujours mal, mais la douleur n'est plus aussi forte quand je peins. »

Le bureau du docteur est en métal laqué, le genre de meuble en acier qu'on verrait dans la salle de travail d'un ingénieur ou d'un comptable. Le modèle avec tiroirs qui s'ouvrent sans heurts en coulissant sur des roulettes silencieuses et qui se referment en grondant avec un grand *boum*. Le sous-main est un feutre vert. Et sur le mur au-dessus, le calendrier, les vieux diplômes.

Le docteur Touchet, avec son crâne de plus en plus chauve marqué de taches de vieillesse et quelques longs cheveux cassants peignés d'une oreille à l'autre, il pourrait être ingénieur. Avec ses épaisses lunettes rondes à monture métallique, son épaisse montre à bracelet élastique en acier, il pourrait être comptable. Il dit : « Vous êtes bien allée à l'université, n'est-ce pas ? »

À la fac d'arts plastiques, répond Misty. Elle n'a pas eu son diplôme. Elle a laissé tomber. Ils ont emménagé ici quand Harrow est décédé, pour s'occuper de la mère de Peter. Ensuite Tabbi est arrivée. Et ensuite, Misty s'est endormie et elle s'est réveillée grosse, grasse et lasse, entre deux âges.

Le docteur ne rit pas. Il n'y est pour rien.

« Quand vous avez étudié l'histoire, demande-t-il, avez-vous traité du jaïnisme ? Du bouddhisme des jaïna ? »

Pas en histoire de l'art, lui répond Misty.

Il ouvre un des tiroirs de son bureau et en sort un flacon jaune plein de pilules. « Je ne le dirai jamais assez, la prévient-il. Ne laissez en aucun cas Tabbi s'en approcher, de ces cachets. » Il ouvre le flacon et en laisse tomber deux dans le creux de sa paume. Ce sont des gélules en gélatine transparente, de celles qui se séparent en deux parties quand on tire. À l'intérieur de chacune se trouve une poudre en vrac mouvante de couleur vert foncé.

Le message qui s'écaillait sur le rebord de fenêtre de Tabbi : *Vous mourrez quand ils en auront fini avec vous.*

Le docteur Touchet lui colle le flacon devant la figure et dit : « Vous n'en prenez que si vous avez mal. » Il n'y a pas d'étiquette. « Il s'agit d'un mélange d'herbes. Il devrait vous aider à vous concentrer. »

Misty demande : « Est-ce qu'il est déjà arrivé que quelqu'un meure du syndrome de Stendhal ? »

Et le docteur répond : « Il s'agit essentiellement d'algues vertes, un peu d'écorce de saule, un peu de pollen d'abeille. » Il remet les gélules dans le flacon qu'il referme. Il pose le flacon sur la table, près de la cuisse de Misty. « Vous pouvez continuer à boire, dit-il, mais uniquement avec modération. »

Misty rétorque : « Je ne bois jamais qu'avec modération. »

Et revenant à son bureau, il répond : « Si c'est vous qui le dites. »

Putains de petites villes.

Misty lance : « Comment est mort le père de Peter ? »

Et le docteur Touchet de demander : « Qu'est-ce que vous a dit Grace Wilmot ? »

Elle n'a pas dit. Jamais elle n'en a parlé. Alors qu'ils éparpillaient les cendres, Peter a expliqué à Misty que c'était une crise cardiaque. Misty répond : « Grace a déclaré que c'était une tumeur au cerveau. »

Et le docteur Touchet de confirmer : « Oui, effectivement, c'est bien ça. » Il referme son tiroir métallique avec un grand boum. Il poursuit : « Grace me fait savoir que vous faites preuve d'un talent très prometteur. »

Pour information, juste au cas où, sache que le temps aujourd'hui est calme et ensoleillé, mais que l'air est plein de conneries.

Misty veut savoir ce que sont ces bouddhistes dont il a parlé.

« Les bouddhistes jaïnistes », explique-t-il. Il ôte le chemisier suspendu au dos de la porte et le lui tend. Sous chaque manche, le tissu porte des auréoles sombres, les marques de sa sueur. Le docteur Touchet s'avance au côté de Misty, il lui tient le chemisier pour qu'elle l'enfile un bras après l'autre.

Il dit : « Ce que je veux dire, c'est que pour un artiste, une douleur chronique peut être un vrai cadeau. »

17 juillet

Alors qu'ils étaient à la fac, Peter disait toujours que tout ce que l'on fait n'est qu'un autoportrait. Ça peut ressembler à *Saint Georges et le Dragon* ou au *Viol des Sabines*, mais l'angle que l'on utilise, l'éclairage, la composition, la technique, tout cela, c'est soi. Même la raison pour laquelle on a choisi cette scène particulière, c'est soi. On est chaque couleur et chaque coup de brosse.

Peter disait toujours : « La seule chose qu'un artiste est capable de faire, c'est de décrire son propre visage. »

On est condamné à être soi.

Ce qui, explique-t-il, nous laisse libres de dessiner n'importe quoi, dans la mesure où nous ne dessinons que nous-mêmes.

Ton écriture. La manière dont tu marches. Le motif de porcelaine que tu as choisi. Tout te trahit et te dévoile. Tout ce que tu fais montre ta patte.

Tout n'est qu'autoportrait.

Tout n'est que journal intime.

Grâce aux cinquante dollars de Delaporte, Misty s'achète un pinceau rond à aquarelle numéro 5 en poils de bœuf. Elle s'achète un numéro 4 bien bouffant en poils d'écureuil pour exécuter les lavis. Une langue de chat pointue numéro 6 en martre. Et un large numéro 12 plat pour les ciels.

Misty achète une palette à aquarelles, un plateau rond en aluminium avec dix godets en creux, comme un plat à four pour les muffins. Elle achète quelques tubes de gouache. Vert cyprès, oxyde de chrome vert d'eau, vert sève, et vert Winsor. Elle achète du bleu de Prusse, et un tube de laque de garance. Elle achète du noir Lac Havannah et du noir d'ivoire.

Misty achète du fluide blanc laiteux de réserve pour recouvrir ses erreurs. Et un apprêt jaune pisse pour la préparation du papier afin que les erreurs puissent s'effacer facilement. Elle achète de la gomme arabique, d'une teinte ambrée de bière légère, pour empêcher ses couleurs de se mélanger sur le papier. Et un médium transparent granuleux pour donner à ses couleurs un aspect grenu.

Elle achète un bloc de papier aquarelle, grain fin, pressé à froid, 50 par 60. Le nom commercial de ce format est « Royal ». Une feuille de 60 par 70 est un « Éléphant ». Le papier format 70 par 100 s'appelle « Double Éléphant ». Il s'agit là de papier sans acide, grammage de 140. Elle achète des planches, des toiles contrecollées sur carton. Elle achète des planches taille « Super-Royal », « Impérial » et « Antiquaire ».

Elle emporte tout ça jusqu'à la caisse et la somme se monte à bien plus de cinquante dollars, aussi la fait-elle passer sur sa carte de crédit.

Lorsque tu es tenté de piquer un tube de terre de Sienne brûlée, il est temps de prendre une des petites gélules d'algues vertes du docteur Touchet.

Peter disait toujours que le travail d'un artiste est de donner un ordre au chaos. On accumule les détails, on cherche un motif, et on organise. On donne un sens à des faits qui n'en ont aucun. On rassemble à la manière d'un puzzle des bribes de tout et de n'importe quoi. On bat, on mélange et on réorganise. Collage. Montage. Assemblage.

Quand tu es au boulot et que toutes les tables de ton secteur attendent quelque chose, alors que tu continues à te cacher dans la cuisine à faire des croquis sur des morceaux de papier, il est temps de prendre une gélule.

Quand tu présentes aux gens leur addition du dîner et que tu as griffonné au dos une petite étude en ombre et lumière — tu ne sais même pas ce que c'est censé représenter, cette image t'est juste apparue à l'esprit. Ce n'est rien, mais tu es terrifiée à l'idée de la perdre. Alors il est temps de prendre une gélule.

« Tous ces détails inutiles, disait toujours Peter, ils ne sont inutiles que jusqu'au moment où on les relie tous ensemble. »

Peter disait toujours : « En soi, il n'est rien qui soit. »

Pour information, juste au cas où, sache qu'aujourd'hui dans la salle à manger, Grace Wilmot s'est plantée en compagnie de Tabbi devant le présentoir vitré qui couvre pratiquement tout un mur. À l'intérieur, sont posées des assiettes en porcelaine sous un doux éclairage. Des tasses sont posées sur des soucoupes. Grace Wilmot les désigne du doigt l'une après l'autre. Et Tabbi les désigne à son tour de l'index et entonne : « Fitz et Floyd… Wedgwood… Noritake… Lenox… »

Quand, secouant la tête, Tabbi croise les bras et rectifie : « Non, ce n'est pas exact. » Elle dit : « Le motif Oracle Grove porte une lisière en or quatorze carats. Venus Grove, c'est du vingt-quatre carats. »

Ton bébé, ta petite fille, devenue experte en motifs de porcelaine aujourd'hui disparus.

Ton bébé, ta petite fille, une adolescente aujourd'hui.

Grace Wilmot tend la main et entortille quelques mèches égarées des cheveux de Tabbi derrière son oreille, et elle dit : « J'en jurerais, cette enfant est faite pour ça. »

Un plateau de déjeuner sur l'épaule, Misty s'arrête juste assez longtemps pour demander à Grace : « Comment Harrow est-il mort ? »

Et Grace se détourne de la porcelaine. Les yeux écarquillés par son orbicularis oculi, son muscle orbiculaire des yeux, elle demande : « Pourquoi veux-tu savoir ? »

Misty lui fait part de sa visite chez le médecin. Le docteur Touchet. Et aussi du fait qu'Angel Delaporte est d'avis que l'écriture de Peter est une indication des rapports qu'il avait avec son père. Tous les détails qui ne ressemblent à rien présentés l'un après l'autre.

Et Grace de demander : « Est-ce que le docteur t'a donné des pilules à prendre ? »

Le plateau est lourd et la nourriture refroidit, mais Misty répond : « Le toubib dit que Harrow avait un cancer du foie. »

Tabbi pointe le doigt et poursuit : « Gorham... Dansk... »

Et Grace sourit. « Naturellement. Un cancer du foie, dit-elle. Pourquoi me poses-tu la question ? » Elle dit : « Je croyais que Peter t'avait expliqué. »

Pour information, juste au cas où, sache que le temps aujourd'hui est brumeux avec de vastes récits contradictoires sur la cause du décès de ton père. Aucun détail en soi ne représente quelque chose.

Et Misty de répondre : elle ne peut pas parler. Trop de travail. C'est le stress du déjeuner. Peut-être plus tard.

À la fac d'arts plastiques, Peter parlait toujours du peintre James McNeill Whistler, expliquant que Whistler travaillait pour le corps des ingénieurs topographes de l'armée américaine, saisissant à main levée les sites côtiers destinés à l'installation de phares éventuels. Le problème était que Whistler, dans les marges de ses relevés, ne pouvait s'empêcher de gribouiller de petites études en silhouettes. Il dessinait de vieilles femmes, des bébés, des mendiants, tout ce qu'il voyait dans les rues. Il faisait son boulot, établissant ses relevés de terrains pour le gouvernement, mais il lui était impossible d'ignorer tout le reste. Il lui était impossible de laisser rien échapper. Les hommes fumant la pipe. Les enfants faisant rouler leurs cerceaux. Il rassemblait le tout et griffonnait dans les marges de son travail officiel. Comme il fallait s'y attendre, c'est pour cette raison que le gouvernement l'a viré.

« Ces griffonnages, disait toujours Peter, ils valent aujourd'hui des millions. »

Tu disais toujours.

Dans la Salle Bois et Or, on sert le beurre dans de petits pots de faïence, sauf que maintenant, chaque carnet de commande s'orne d'une petite image. Une petite étude en silhouette.

Ça peut être l'image d'un arbre ou la façon particulière dont un flanc de colline s'incurve dans l'imagination de Misty, de droite à gauche. On trouve une falaise, et une chute d'eau depuis un canyon suspendu, et un petit ravin plein d'ombre, de gros rochers ronds et moussus, et des plantes grimpantes à l'entour d'épais troncs d'arbres, et lorsqu'elle en a terminé d'imaginer tout ça et d'en faire le croquis sur une serviette en papier, les gens viennent au chariot de service pour se resservir eux-mêmes en café. Les gens tapotent leurs verres de leurs fourchettes pour attirer son attention. Ils claquent des doigts. Ces estivants.

Ils ne refilent pas de pourboire.

Un flanc de colline. Un torrent de montagne. Une caverne sur la berge d'une rivière. Tous ces détails arrivent à l'esprit de Misty et il lui est impossible de les laisser repartir. Lorsqu'elle arrive au terme de son service de dîner, elle a tous ces morceaux de serviettes en papier, d'essuie-tout, de reçus de cartes de crédit, chacun orné d'un dessin, d'un petit détail.

Dans sa chambre mansardée du grenier, dans le tas de bouts de papier, elle a accumulé des motifs de feuilles et de fleurs qu'elle n'a jamais vus. Un autre tas contient des formes abstraites qui ressemblent à des rochers et des sommets montagneux sur l'horizon. Il y a aussi les formes arborescentes des ramures, les taillis de buissons. Ce qui pourrait être des bruyères. Des oiseaux.

Ce qu'on ne comprend pas, on peut lui faire dire n'importe quoi.

Lorsque tu restes assis sur le siège des toilettes des heures durant, à croquer de ton crayon des bêtises sur une feuille de papier hygiénique jusqu'à en avoir le cul prêt à tomber dans le trou, prends une gélule.

Lorsque ta fille vient frapper et mendie un baiser de bonne nuit, que tu persistes à lui répéter d'aller se coucher, que tu arrives dans une minute, et que finalement sa grand-mère l'emmène loin de la porte et que tu l'entends qui pleure à chaudes larmes alors qu'elles s'éloignent toutes les deux dans le couloir, prends deux gélules.

Lorsque tu découvres le bracelet de verroterie qu'elle a glissé sous la porte, prends-en une autre.

Lorsque personne ne semble remarquer ton attitude inconvenante, lorsque tous te sourient en disant : « Alors, Misty, la peinture, ça vient bien ? » c'est l'heure gélule.

Lorsque les migraines t'empêchent de manger. Ton pantalon glisse parce que tu n'as plus de cul. Tu passes devant un miroir et tu ne reconnais plus le spectre décharné aux chairs affaissées que tu y vois. Tes mains cessent de trembler seulement quand tu tiens une brosse à peindre ou un crayon. Ensuite prends une gélule. Et avant que tu aies avalé la moitié du flacon, le docteur Touchet laisse à la réception un autre flacon avec ton nom dessus.

Lorsque tout bonnement tu ne peux plus t'empêcher de travailler. Lorsque le terme d'un projet est la seule et unique chose que tu puisses imaginer. Alors prends une gélule.

Parce que Peter a raison.

Tu as raison.

Parce que tout est important. Jusqu'au plus petit détail. Simplement nous ne savons pas encore pourquoi.

Tout n'est qu'autoportrait. Journal intime. Tout l'historique de ton passé de drogué dans une mèche de tes cheveux. Les ongles de tes doigts. Les détails de médecine légale. La muqueuse de ton estomac est un document. Les cals de ta main dévoilent tous tes secrets. Tes dents te trahissent. Ton accent. Les rides autour de ta bouche et de tes yeux.

Tout ce que tu fais montre ta patte.

Peter disait toujours : le boulot d'un artiste, c'est de prêter attention, de ramasser, d'organiser, d'archiver, de conserver, puis de rédiger un rapport. Documents à l'appui. De faire son exposé. Le boulot d'un artiste est tout simplement de ne pas oublier.

21 juillet — lune au troisième quartier

Angel Delaporte lève une peinture à la lumière, puis une autre, rien que des aquarelles. Les sujets en sont différents, certains se limitant au tracé d'un horizon étrange, d'autres étant des paysages de champs ensoleillés. De pinèdes. La forme d'une maison ou d'un village à mi-distance. Sur son visage, à Angel, il n'y a que les yeux qui bougent, sautant d'avant en arrière sur chaque feuille de papier.

« Incroyable, dit-il. Vous avez vraiment triste mine, mais votre travail… Seigneur. »

Pour information, juste au cas où, sache qu'ils se trouvent à Oysterville. Il y a un salon de famille qui a disparu chez quelqu'un. Ils se sont glissés dans un nouveau trou pour prendre des photographies et voir les graffitis.

Tes graffitis.

Cette allure qu'a Misty, cette incapacité à se réchauffer, même avec deux chandails sur le dos, elle claque des dents. Cette façon qu'ont ses mains de trembler quand elle tend une aquarelle à Angel, la feuille de papier raidie claque comme une bannière. Il s'agit d'un virus intestinal qui traîne encore, séquelle de son intoxication alimentaire. Même ici, dans cette pièce fermée presque obscure dont la lumière est filtrée par les rideaux, elle porte des lunettes de soleil.

Angel traîne au sol sa sacoche photo. Misty apporte son classeur. Le vieux en plastique noir qui remonte à ses années de fac, une mince valisette avec fermeture à glissière qui fait le tour sur trois côtés de manière à pouvoir l'ouvrir pour l'étaler à plat. De minces sangles élastiques maintiennent les aquarelles sur un côté du classeur. À l'opposé, croquis et esquisses sont fourrés dans des poches de différentes tailles.

Angel prend photo sur photo pendant que Misty ouvre le classeur sur le canapé. Lorsqu'elle sort son flacon, sa main tremble avec une telle force qu'on entend les gélules cliqueter à l'intérieur. Elle en pince une, la sort du flacon et dit à Angel : « Des algues vertes. C'est pour les migraines. » Misty glisse la gélule dans sa bouche et ajoute : « Venez jeter un œil à quelques peintures, vous me direz ce que vous en pensez. »

Sur tout le canapé, Peter a laissé des choses peintes à la bombe. Ses mots noirs s'étalent sur des photos de famille encadrées et accrochées au mur. Sur des ouvrages au point de croix. Des abat-jour en soie. Il a tiré les rideaux bien à plat et il a fait gicler sa bombe sur leur envers.

Toi, tu as fait ça.

Angel lui prend le flacon des mains et le lève à la lumière de la fenêtre. Il le secoue, il secoue les gélules qui s'y trouvent. Il dit : « Elles sont énormes. »

La gélule de gélatine qu'elle a dans la bouche se ramollit, et ce qu'il y a à l'intérieur a un goût de papier alu et de sel, le goût du sang.

Angel lui tend une flasque de gin sortie de sa sacoche, et Misty avale sa bouchée amère. Pour information, juste au cas où, sache qu'elle a bu toute sa gnôle. Ce que tu apprends en fac d'arts plastiques, c'est qu'il y a un savoir-vivre quant à l'usage des médicaments. Il faut savoir partager.

Misty dit : « Servez-vous. Prenez-en une. »

Et Angel ouvre le flacon, le secoue et en sort deux. Il en glisse une dans sa poche, en disant : « Pour plus tard. » Il avale l'autre avec du gin et fait une horrible grimace à vomir, en se penchant en avant, sa langue rouge et blanc sortie de la bouche. Il a fermé les paupières.

Emmanuel Kant et sa goutte. Karen Blixen et sa syphilis. Peter dirait à Angel Delaporte que la souffrance est la clé de son inspiration.

Se saisissant des esquisses et des aquarelles étalées sur la canapé, Misty demande : « Qu'est-ce que vous en pensez ? »

Angel repose chaque feuille et prend la suivante. Secouant la tête pour faire non. Un petit mouvement, sans grande amplitude, un genre de paralysie. « Tout simplement incroyable. » Il soulève une autre peinture et demande : « Quel sorte de logiciel utilisez-vous ? »

Sa brosse ? « En poils de martre, répond Misty. Parfois en poils d'écureuil ou de bœuf.

— Mais non, idiote, dit-il, sur votre ordinateur, pour le tracé. Il est impossible d'obtenir ce résultat avec des outils manuels. » Il tapote du doigt le château dans une des aquarelles, puis tapote la chaumière dans une autre.

Des outils manuels ?

« Vous ne vous servez pas uniquement d'une règle et d'un compas, n'est-ce pas ? demande Angel. Et d'un rapporteur ? Vos angles sont parfaitement identiques. Vous vous servez d'un pochoir ou d'un pistolet à courbes, exact ? »

Misty demande : « C'est quoi, un compas ?

— Vous savez, comme en géométrie, au lycée », répond

Angel, en écartant pouce et index pour sa démonstration. « Il dispose d'une pointe sur une branche et, dans l'autre branche, vous placez un crayon que vous utilisez pour exécuter des courbes et des cercles parfaits. »

Il lève une peinture de maison sur une colline au-dessus de la plage, l'océan et les arbres n'étant que des nuances différentes de bleu et de vert. La seule couleur chaude est une mouche de jaune, une lumière dans la fenêtre. « Je serais capable de contempler ça pour l'éternité », dit-il.

Le syndrome de Stendhal.

Il dit : « Je vous en donne cinq cents dollars. »

Et Misty répond : « Je ne peux pas. »

Il sort une autre peinture du classeur et dit : « Alors combien pour celle-ci ? »

Elle ne peut en vendre aucune.

« Que diriez-vous de mille dollars ? Je vous donne mille dollars pour celle-ci. »

Un millier de biftons d'un dollar. Mais malgré tout, Misty dit : « Non. »

Angel la regarde et il dit : « En ce cas, je vous donne dix mille dollars pour le lot. Dix mille dollars. En liquide. »

Misty commence à dire non, mais…

Angel insiste : « Vingt mille dollars. »

Misty soupire, et…

Angel persiste : « Cinquante mille dollars. »

Misty baisse les yeux au sol.

« Pourquoi, dit Angel, ai-je le sentiment que vous diriez non à un million de dollars ? »

Parce que les peintures ne sont pas terminées. Elles ne sont pas parfaites. Il est impossible que les gens les voient, pas maintenant, pas encore. Il y en a d'autres qu'elle n'a même pas attaquées. Misty ne peut pas les vendre parce qu'elle a besoin d'elles comme études pour un projet plus vaste. Ce sont toutes des parties de quelque chose qu'elle ne voit pas. Ce sont des indices.

Qui sait ce pourquoi nous faisons ce que nous faisons ?

Misty dit : « Pour quelle raison m'offrez-vous autant d'argent ? Est-ce que c'est un test ou quoi ? »

Et Angel ouvre la fermeture à glissière de sa sacoche et dit : « Je veux vous montrer quelque chose. » Il sort des instruments en acier brillant. L'un consiste en deux tiges effilées qui se rejoignent à une extrémité pour former un V. L'autre est un demi-cercle en métal en forme de D dont le côté rectiligne est gradué en centimètres.

Angel place le D métallique contre le croquis d'une ferme et dit : « Toutes vos lignes sont absolument droites. » Il pose le D à plat sur une chaumière à l'aquarelle, et les lignes de Misty sont parfaites. « C'est un rapporteur, explique-t-il. On l'utilise pour mesurer les angles. »

Angel place le rapporteur sur les peintures, l'une après l'autre, et il déclare : « Vos angles sont tous parfaits. Des angles à quatre-vingt-dix degrés parfaits. Des angles à quarante-cinq degrés parfaits. Il ajoute : « C'est ce que j'avais remarqué dans le dessin du fauteuil. »

Il se saisit de l'outil en forme de V et explique : « Ceci est un compas. On l'utilise pour tracer des courbes et des cercles parfaits. » Il pique une branche pointue du compas au centre d'une esquisse au fusain. Il fait pivoter l'autre branche autour de la première et annonce : « Chaque cercle est parfait. Chaque tournesol comme chaque vasque à oiseaux. Chaque courbe, parfaite. »

Angel pointe le doigt vers les peintures étalées sur le

canapé vert, et il précise : « Vous tracez des formes parfaites. Ce n'est pas possible. »

Pour information, juste au cas où, sache que le temps aujourd'hui est en train de devenir vraiment, mais alors *vraiment* merdique, exactement là, en cet instant.

Le seul individu qui ne s'attend pas à ce que Misty soit un grand peintre, le voilà qui lui explique que c'est impossible. Lorsque ton unique ami explique qu'en aucune manière tu ne peux être un grand peintre, une artiste pleine de maîtrise au talent inné, alors prends une gélule.

Misty répond : « Écoutez, mon mari et moi avons suivi les cours d'arts plastiques en fac. » Elle ajoute : « Nous avons été *formés* et *entraînés* à dessiner. »

Et Angel de lui demander : est-ce qu'elle suivait les contours d'une photographie ? Est-ce que Misty se servait d'un épidiascope ? D'une camera obscura ?

Le message de Constance Burton : « Vous pouvez faire cela avec votre esprit. »

Et Angel sort alors un stylo-feutre de sa sacoche et le lui donne, en disant : « Tenez. » Il indique le mur et dit : « Ici, dessinez-moi un cercle de dix centimètres de diamètre. »

À l'aide du stylo, sans même regarder, Misty lui trace un cercle.

Et Angel place le côté rectiligne de son rapporteur, le bord gradué en centimètres, sur le cercle. Et il fait bien dix centimètres. Il dit : « Tracez-moi un angle de trente-sept degrés. »

Deux coups de stylo, un, deux, et Misty inscrit deux sécantes sur le mur.

Lui pose le rapporteur et ça fait exactement trente-sept degrés.

Il demande un cercle de vingt centimètres. Une ligne de

douze centimètres et demi. Un angle de soixante-dix degrés. Un S symétriquement parfait. Un triangle équilatéral. Un carré. Et Misty les trace tous en l'espace d'une seconde.

À en croire la règle, le rapporteur, le compas, tous sont parfaits.

« Est-ce que vous comprenez ce que je veux dire ? » demande-t-il. Il lui pointe son compas à la figure et ajoute : « Quelque chose ne colle pas. D'abord ça ne collait pas avec Peter, et maintenant ça ne colle pas avec vous. »

Pour information, juste au cas où, il semblerait qu'Angel Delaporte la préférait quand elle n'était que la grosse putain de pouffiasse. Une bonne au Waytansea Hotel. Un sous-fifre devant lequel il pouvait étaler sa culture sur Stanislavski ou la graphologie. D'abord elle est l'étudiante de Peter. Ensuite celle d'Angel.

Misty rétorque : « La seule chose que je comprends, c'est que vous êtes incapable d'encaisser le fait que j'ai peut-être en moi ce talent naturel incroyable. »

Et Angel sursaute, étonné. Il relève les yeux, les sourcils arqués par la surprise.

À croire qu'un corps mort venait de parler.

Il dit : « Misty Wilmot, voulez-vous bien écouter ce que vous venez de dire ? »

Angel secoue le compas à son adresse et dit : « Il ne s'agit pas seulement de talent. » Il pointe le doigt sur les cercles et les angles parfaits griffonnés sur le mur et ajoute : « Il faut que la police voie ça. »

Occupée à fourrer toutes ses peintures et ses dessins dans son classeur, Misty déclare : « Et pourquoi ça ? » Elle tire la fermeture à glissière et poursuit : « Pour pouvoir m'arrêter parce que je suis une *trop bonne artiste* ? »

Angel sort son appareil photo et fait avancer sa pellicule d'un cran. Il y adapte un flash sur le dessus. Il cadre Misty dans le viseur et dit : « Il nous faut d'autres preuves. » Il insiste : « Dessinez-moi un hexagone. Dessinez-moi un pentacle. Dessinez-moi une spirale parfaite. »

Et à l'aide de son stylo-feutre, Misty en exécute un, puis le suivant. Le seul moment où sa main ne tremble pas est quand elle dessine ou peint.

Sur le mur devant elle, Peter a gribouillé : « … nous vous détruirons grâce à votre cupidité et vos besoins incessants… »

C'est toi qui as gribouillé.

L'hexagone. Le pentacle. La spirale parfaite. Angel prend un cliché de chaque.

Aveuglés qu'ils sont par les lueurs du flash, ils ne voient pas la propriétaire qui passe la tête dans le trou. Elle regarde Angel debout, là, en train de prendre ses photos. Misty, en train de dessiner sur le mur. Et la propriétaire se prend la tête à deux mains et s'exclame : « Mais qu'est-ce que vous fabriquez tous les deux, nom de Dieu ? Arrêtez ! » Elle poursuit : « Est-ce que tout ça serait devenu pour vous un simple projet artistique ? »

24 juillet

Uniquement pour que tu saches, l'inspecteur Stilton a téléphoné à Misty aujourd'hui. Il veut rendre une petite visite à Peter.

À toi. C'est à toi qu'il veut rendre une petite visite.

Au téléphone, il demande : « Quand votre beau-père est-il décédé ? »

Le sol à l'entour de Misty, le lit, la pièce entière, tout est encombré de boulettes de papier humides d'aquarelles. Les morceaux chiffonnés de bleu azur et vert Winsor, ils remplissent le sac à provisions en kraft dans lequel elle a rapporté ses fournitures d'artiste à la maison. Ses crayons de graphite, ses crayons de couleur, ses huiles, ses acryliques, ses gouaches, elle a tout gaspillé pour faire de la daube. Ses pastels à l'huile bien gras comme ses pastels tendres, ils sont complètement usés au point qu'il n'en reste que des moignons impossibles à tenir entre les doigts. Elle n'a pratiquement plus de papier.

Ce qu'on ne t'enseigne pas à la fac d'arts plastiques, c'est la manière d'avoir une conversation téléphonique sans t'arrêter de peindre pour autant. Le combiné dans une main et une brosse dans l'autre, Misty dit : « Le papa de Peter ? Il y a quatorze ans, exact ? »

À barbouiller ses couleurs du tranchant de la main, à les estomper pour mieux les fondre du gras du pouce, Misty est aussi mal partie que Goya, elle se prépare à une encéphalopathie au plomb. À la surdité. À la dépression. À un empoisonnement localisé.

L'inspecteur Stilton, il dit comme ça : « Il n'existe aucune archive écrite prouvant que Harrow Wilmot soit bien mort. »

Pour donner à sa brosse une pointe effilée, Misty la tortille dans sa bouche. Misty répond : « Nous avons éparpillé ses cendres. » Elle ajoute : « C'était une crise cardiaque. Peut-être bien une tumeur au cerveau. » Contre sa langue, la peinture a un goût âcre. La couleur lui fait l'effet de grains de sable entre ses molaires.

Et l'inspecteur Stilton de poursuivre : « Il n'existe pas de certificat de décès. »

Misty rétorque : « Peut-être ont-ils simulé son décès. » Elle est à court de devinettes. Grace Wilmot et le docteur Touchet, l'île tout entière n'est qu'une affaire de maîtrise d'image.

Et Stilton de demander : « Qu'est-ce que vous entendez par *ils* ? »

Les nazis, le Klan.

À l'aide d'une brosse à ciels numéro 12 en poils de chameau, elle dépose un parfait lavis de bleu au-dessus des arbres d'un horizon parfaitement déchiqueté par des montagnes parfaites. À l'aide d'une brosse numéro 2 en poils de martre, elle dépose des reflets de soleil au sommet de chaque vague parfaite. Courbes, lignes droites, angles exacts, tous aussi parfaits les uns que les autres, alors, l'Angel Delaporte, qu'il aille se faire mettre.

Pour information, juste au cas où, sur le papier, sache que le temps est ce que Misty dit qu'il sera. Parfait.

Pour information, juste au cas où, sache que l'inspecteur Stilton dit : « Pourquoi pensez-vous que votre beau-père aurait simulé son décès ? »

Misty répond qu'elle plaisantait. Bien sûr que Harry Wilmot est décédé.

À l'aide d'une brosse numéro 4 en poils d'écureuil, elle ajoute par petites touches des ombres à la forêt. Enfermée dans cette pièce, ce sont des journées entières gaspillées, et rien de ce qu'elle a fait jusque-là n'est moitié aussi bon que le croquis de fauteuil qu'elle a exécuté en chiant dans son froc. Tout là-bas, sur la pointe de Waytansea. Sous la menace d'une hallucination. Les yeux fermés, avec une intoxication alimentaire.

Ce seul croquis, elle l'a vendu pour cinquante minables dollars.

Au téléphone, l'inspecteur Stilton demande : « Vous êtes toujours là ? »

Misty répond : « Définissez-moi donc ce que vous entendez par : *là.* »

Elle ajoute : « Allez-y. Allez voir Peter. » Elle est en train de placer des fleurs parfaites dans une prairie parfaite à l'aide d'une brosse en nylon numéro 2. Où se trouve Tabbi, Misty n'en sait rien. Savoir si Misty est censée être au boulot en cet instant, elle s'en fiche. Le seul fait dont elle soit sûre, c'est qu'elle travaille. Sa tête ne lui fait plus mal. Ses mains ne tremblent pas.

« Le problème, dit Stilton, c'est que l'hôpital exige votre présence quand je verrai votre mari. »

Et Misty répond que c'est impossible. Il faut qu'elle

peigne. Elle a une gamine de treize ans à élever. Elle en est à sa seconde semaine de migraine. À l'aide d'une brosse en poils de martre numéro 4, elle essuie une bande de gris-blanc au-dessus de la prairie. Pose des pavés sur l'herbe. Elle creuse une excavation. Elle coule des fondations.

Sur le papier qu'elle a devant elle, la brosse à peindre tue les arbres et les dégage. À l'aide de peinture marron, Misty entaille l'angle que fait la prairie. Misty lui redonne une pente. La brosse laboure sous l'herbe. Les fleurs ont disparu. Des murs de pierre blanche se dressent de l'excavation. Des fenêtres s'ouvrent dans les murs. Une tour monte vers le ciel. Un dôme s'arrondit en demi-cercle au-dessus du centre du bâtiment. Des volées de marches descendent au départ des embrasures de portes. Une rambarde court le long des terrasses. Une autre tour apparaît. Une autre aile s'étale et vient couvrir encore plus de prairie en repoussant la forêt.

C'est Xanadu. San Simeon. Biltmore. Mar a Lago. C'est ce que les gens qui ont de l'argent bâtissent pour être protégés et seuls. Des endroits où ils croient pouvoir trouver le bonheur. Ce nouveau bâtiment n'est rien d'autre que l'âme mise à nu d'un individu friqué. C'est le havre de substitution des gens trop riches pour accepter de se confronter à la réalité.

On peut peindre ce que l'on veut parce que la seule chose que l'on dévoile jamais, c'est soi.

Et au téléphone, une voix lance : « Pouvons-nous dire demain à quinze heures, madame Wilmot ? »

Sur l'aile d'un bâtiment, des statues apparaissent le long de la ligne de toit parfaite. Une piscine s'ouvre sur une terrasse parfaite. La prairie a presque entièrement disparu lorsqu'une nouvelle volée de marches descend jusqu'à la lisière des bois parfaits.

Tout n'est qu'autoportrait.

Tout n'est que journal intime.

Et la voix au téléphone s'enquiert : « Madame Wilmot ? »

Des plantes grimpantes escaladent les murs. Des cheminées bourgeonnent au sortir des ardoises du toit.

Et la voix au téléphone demande : « Misty ? » La voix insiste : « Avez-vous jamais fait la demande d'une copie du certificat du légiste à la suite de la tentative de suicide de votre époux ? » L'inspecteur Stilton persiste : « Savez-vous où votre mari aurait pu se procurer des somnifères ? »

Pour information, juste au cas où, le problème des facs d'arts plastiques, c'est qu'on peut t'y enseigner technique et pratiques, mais on ne peut pas te donner de talent. On ne peut pas acheter l'inspiration. On ne peut pas atteindre à une épiphanie par simple raisonnement logique. Développer une formule. Une carte routière qui conduirait à l'illumination.

« Le sang de votre époux, explique Stilton, était chargé de phénobarbital de sodium. »

Et il n'existe aucune trace matérielle de présence de médicaments sur les lieux, ajoute-t-il. Pas de flacon de pilules ni d'eau. Aucune trace d'ordonnance au nom de Peter.

Toujours peignant, Misty demande où tout cela va mener.

Et Stilton de répondre : « Vous pourriez peut-être réfléchir à ceux qui souhaitaient sa mort.

— Il n'y a que moi », lâche Misty. Avant de le regretter aussitôt.

La peinture est terminée, parfaite, magnifique. Jamais

Misty n'a vu cet endroit. D'où il a pu lui venir, elle n'en a aucune idée. Puis, à l'aide de sa brosse langue de chat numéro 12 chargée de noir d'ivoire, elle recouvre tout, elle efface tout.

25 juillet

Toutes les grandes demeures qui s'alignent sur Gum Street et Larch Street, elles paraissent tellement superbes la première fois que tu les vois. Toutes autant qu'elles sont, sur deux ou trois étages, avec leurs colonnades blanches, elles remontent au dernier boom économique, quatre-vingts ans auparavant. Un siècle. Maison après maison, elles sont bien en retrait de la rue parmi de grands arbres aux larges ramures aussi vastes que les nuages d'un orage de verdure, des noyers et des chênes. Elles s'alignent des deux côtés de Cedar Street, en face l'une de l'autre derrière leurs pelouses bien roulées. La première fois que tu les vois, elles ont une allure tellement riche.

« Des façades de temple », a déclaré Harrow Wilmot à Misty. Dès 1798, les Américains avaient commencé à bâtir des façades simples mais massives dans un style néogrec. Mais, à partir de 1824, explique-t-il, quand William Strickland a conçu les plans de la Seconde Banque des États-Unis à Philadelphie, il n'a plus été possible de faire marche arrière. Après cela, les maisons grandes et petites se devaient d'avoir une rangée de colonnades à cannelures et un fronton surplombant en façade.

Les gens appelaient ça « des maisons à un côté » parce que toutes ces fioritures chicos ne concernaient qu'un des bouts de la bâtisse. Le reste de la maison était banal.

Ce qui pourrait quasiment correspondre à la description de toutes les maisons de l'île. Que du tape-à-l'œil. Tout en façade. Ta première impression.

Depuis le bâtiment du capitole à Washington jusqu'à la plus petite chaumière, ce que les architectes ont surnommé le « cancer grec » était partout.

« Pour l'architecture, explique Harrow, ç'a été la fin du progrès et le commencement du recyclage. » Il avait retrouvé Misty et Peter à la gare routière de Long Beach et les avait emmenés au ferry.

Les maisons de l'île, elles sont toutes tellement grandioses, jusqu'à ce que tu remarques la peinture écaillée qui s'accumule au pied de chaque colonnade. Sur le toit, les noues sont rouillées et pendouillent des rives en bandelettes rouges et tordues. Des carrés de carton marron rapiècent les fenêtres où manquent des vitres.

Partir de rien pour se retrouver la peau sur les os en l'espace de trois générations.

Aucun investissement ne t'appartient en propre pour l'éternité. C'est ce que Harrow Wilmot lui a dit. L'argent commençait déjà à manquer.

« Une génération fait de l'argent, lui a un jour expliqué Harry Wilmot. La génération suivante protège l'argent. La troisième vide les coffres et se retrouve à court. Les gens oublient toujours ce que cela exige de bâtir une fortune familiale. »

Les mots griffonnés de Peter : « … votre sang est notre or… »

Pour information, juste au cas où, alors que Misty Wilmot se rend en voiture à son rendez-vous avec l'inspecteur Stilton, les trois heures que dure le trajet jusqu'à l'établissement où Peter est entreposé, elle rassemble tous ses souvenirs concernant Harrow Wilmot.

La première fois que Misty a vu Waytansea Island, c'était au cours de sa visite en compagnie de Peter, lorsque le père de celui-ci leur faisait le tour du propriétaire dans la vieille Buick familiale. Toutes les voitures de Waytansea étaient vieilles, propres et lustrées, mais leurs sièges étaient rapiécés à l'adhésif transparent pour maintenir la bourre en place. Le tableau de bord capitonné était craquelé par un trop-plein de soleil. Les baguettes de chrome et les pare-chocs étaient grêlés et gonflés de rouille à cause de l'air salin. La couleur des peintures était ternie sous une mince couche d'oxyde blanc.

Harrow avait une épaisse chevelure blanche qu'il peignait en calotte au-dessus de son front. Ses yeux étaient bleus ou gris. Ses dents, plus jaunes que blanches. Son menton et son nez, pointus et très marqués. Le reste de sa personne, décharné, pâle. Banal. On sentait son haleine. Une vieille maison de l'île aux intérieurs pourrissants.

« Cette voiture a dix ans, a-t-il expliqué. C'est toute une vie pour une voiture de bord de mer. » Il les a conduits jusqu'au ferry et ils ont attendu sur le quai, en contemplant par-delà les eaux le vert sombre de l'île. Peter et Misty, ils avaient quitté la fac pour l'été et cherchaient du boulot, ils rêvaient de vivre dans une ville, n'importe quelle ville. Ils avaient discuté d'un possible abandon de leurs études et d'un départ pour New York ou Los Angeles. En attendant le ferry, ils ont dit qu'ils pourraient peut-être étudier l'art à Chicago ou à

Seattle. Un lieu où ils pourraient chacun démarrer une carrière. Misty se rappelle qu'elle avait dû claquer la portière à trois reprises avant qu'elle accepte de se fermer.

C'était la voiture dans laquelle Peter a tenté de se tuer.

La voiture dans laquelle tu as tenté de te tuer. Là où tu as avalé ces somnifères.

Cette même voiture qu'elle conduit en cet instant.

Dessinés au pochoir sur les flancs, il y a aujourd'hui des mots jaune vif qui disent : « BONNER & MILLS — LORSQUE VOUS SEREZ PRÊT À NE PAS TOUT RECOMMENCER CHAQUE FOIS. »

Ce qu'on ne comprend pas, on peut lui faire dire n'importe quoi.

À bord du ferry, ce tout premier jour, Misty est restée dans la voiture tandis que Harrow et Peter se sont postés à la rambarde.

Harrow s'est penché au plus près de Peter pour demander : « Tu es sûr que c'est la bonne ? »

Penché au plus près de toi. Père et fils.

Et Peter a répondu : « J'ai vu ses peintures. C'est la vraie de vrai… »

Harrow a haussé les sourcils, son muscle corrugateur rassemblant la peau de son front en longues rides, et il a déclaré : « Tu sais ce que ça signifie. »

Et Peter a souri, mais seulement en relevant son levator labii, son muscle releveur des lèvres, son muscle à rictus, et il a conclu : « Ouais, naturellement. Putain, j'en ai de la veine. »

Et son père a hoché la tête. Il a dit : « Ça signifie que nous reconstruirons l'hôtel, finalement. »

La maman hippie de Misty, elle disait toujours que le rêve

américain est d'être tellement riche qu'on parvient à échapper à tout le monde. Regardez Howard Hughes dans ses appartements du dernier étage. William Randolph Hearst à San Simeon. Regardez Biltmore. Toutes ces maisons de campagne luxuriantes dans lesquelles les riches s'exilent. Ces édens fabrication maison où nous nous retirons. Quand cela n'est plus, et c'est toujours ce qui se produit, le rêveur retourne au monde.

« Gratte un peu n'importe quelle fortune, disait toujours la maman de Misty, et tu découvriras du sang vieux d'une génération ou deux. » De lui dire ça était censé rendre meilleur leur mode de vie caravane.

Le travail des enfants dans les mines ou les usines, disait-elle. L'esclavage. La drogue. Les arnaques en Bourse. La destruction de la nature à coups de coupes claires, de pollution, de moissons jusqu'à épuisement. Les monopoles. La maladie. Toutes les fortunes tirent leur source de quelque chose de déplaisant.

Malgré sa maman, Misty était convaincue d'avoir son avenir devant elle.

Au centre pour comateux, Misty se gare une minute, et relève la tête vers la troisième rangée de fenêtres. Vers la fenêtre de Peter.

Ta fenêtre.

Ces temps derniers, quand elle marche, Misty s'accroche à tout ce qui se présente, les huisseries de portes, les plans de travail, les tables, les dossiers de chaises. Pour se stabiliser. Misty est tout juste capable de relever la tête à mi-chemin de sa poitrine, pas plus haut. Chaque fois qu'elle quitte sa chambre, elle est obligée de mettre ses lunettes de soleil tellement la lumière lui est insupportable. Ses vêtements pendouillent, bien trop larges, ils se gonflent comme s'il n'y avait rien à l'intérieur. Ses cheveux... il y en a plus sur la brosse que sur son crâne. La moindre de ses ceintures peut faire deux fois le tour de sa taille.

Maigre comme dans un feuilleton à rallonge espagnol.

Avec ses yeux rétrécis injectés de sang reflétés dans le rétroviseur, Misty pourrait être le cadavre de Paganini.

Avant de sortir de la voiture, Misty prend une nouvelle gélule d'algues vertes, et sa migraine la poignarde quand elle l'avale avec une bière.

Juste derrière les portes vitrées de l'entrée, l'inspecteur Stilton attend, il la suit des yeux alors qu'elle traverse le parking. La main s'accrochant à tout ce qui se présente pour garder l'équilibre.

Lorsque Misty gravit les escaliers en façade, une main agrippe la rampe et la tracte vers l'avant.

L'inspecteur Stilton lui ouvre la porte, en lâchant : « Vous n'avez pas l'air de péter le feu. »

C'est la migraine, lui explique Misty. Ça pourrait être ses peintures. Le rouge de cadmium. Le blanc de titane. Certaines peintures à l'huile sont chargées de plomb, de cuivre, d'oxyde de fer. Le fait que la plupart des artistes tortillent leur pinceau dans la bouche pour en effiler la pointe n'aide en rien. En arts plastiques à la fac, on n'arrête pas de te mettre en garde contre Vincent Van Gogh et Toulouse-Lautrec. Tous ces peintres qui sont devenus fous et qui ont subi tant de dégâts neurologiques qu'ils peignaient avec une brosse attachée à leur main morte. Peintures toxiques, absinthe, syphilis.

Faiblesse dans les poignets et les chevilles, signe assuré d'un empoisonnement au plomb.

Tout n'est qu'autoportrait. Y compris ton cerveau autopsié. Ton urine.

Poisons, drogues, maladie. Inspiration.

Tout n'est que journal intime.

Pour information, juste au cas où, l'inspecteur Stilton est en train de tout noter. Chacune des paroles bafouillées par Misty, autant de preuves à l'appui.

Il faut qu'elle la boucle une bonne fois pour toutes avant que Tabbi ne se retrouve placée aux bons soins de l'État.

Ils se présentent à la femme de la réception. Ils signent le registre du jour et reçoivent des badges en plastique à agrafer à leur veste. Misty arbore une des broches préférées de Peter, un grand soleil de verroterie jaune, aux pierres ébréchées et voilées. Le tain argenté s'est écaillé au dos de certaines, si bien qu'elles ne brillent plus. On les prendrait presque pour des fragments de bouteilles cassées ramassés dans la rue.

Misty agrafe le badge de sécurité en plastique à côté de sa broche.

Et l'inspecteur dit : « Elle a l'air vieille. »

Et Misty répond : « C'est mon mari qui me l'a offerte quand nous étions fiancés. »

Ils attendent l'ascenseur quand l'inspecteur Stilton lâche comme ça : « J'ai besoin d'une preuve que votre mari est bien resté ici ces dernières quarante-huit heures. » Son regard passe des numéros d'étages de l'ascenseur à Misty et il ajoute : « Et ce serait bien que vous justifiiez de votre emploi du temps pour cette même période. »

L'ascenseur s'ouvre et ils y pénètrent. Les portes se referment. Misty appuie sur le bouton du deuxième étage.

Tous les deux ont les yeux fixés sur l'intérieur des portes, et Stilton dit : « J'ai un mandat d'arrêt à son nom. » Il tapote le devant de sa veste de sport, juste au-dessus de la poche intérieure.

L'ascenseur s'arrête. Les portes coulissent. Ils sortent.

L'inspecteur Stilton ouvre son calepin et se met à lire tout en disant : « Connaissez-vous les gens qui habitent au 346 Western Bayshore Drive ? »

Misty ouvre la marche dans le couloir, en disant : « Je devrais ?

— Votre mari a effectué des travaux de rénovation chez eux l'année dernière », explique-t-il.

La buanderie disparue.

« Et les gens qui habitent au 7856 Northern Pine Road ? » demande-t-il.

Le placard à linge disparu.

Et Misty répond ouais. Oui. Elle a vu ce que Peter avait fait là-bas, mais, non, elle ne connaissait pas ces gens.

L'inspecteur Stilton referme son calepin d'une pichenette et dit : « Les deux maisons ont brûlé la nuit dernière. Il y a cinq jours de ça, une autre maison que votre mari avait rénovée a été détruite. »

Et uniquement des incendies criminels, précise-t-il. Chacune des maisons à l'intérieur desquelles Peter a scellé ses graffitis à demeure afin que quelqu'un les découvre, elles prennent toutes feu. Hier, la police a reçu une lettre d'un groupuscule revendiquant lesdits incendies. L'Alliance océanique pour la liberté. AOPL en raccourci. Elle veut mettre un terme à tout nouveau projet immobilier sur la côte.

La suivant toujours dans le long couloir au sol de linoléum, Stilton dit : « Le mouvement suprématiste blanc et le Parti vert ont tissé des liens déjà anciens. » Il ajoute : « De la protection de la nature à la préservation de la pureté raciale, il n'y a qu'un pas. »

Ils arrivent à la chambre de Peter et Stilton annonce : « À moins que votre mari ne puisse prouver qu'il se trouvait bien ici les nuits de chaque incendie, je suis venu procéder à son arrestation. » Et il tapote le mandat dans sa poche de veste.

Le rideau a été tiré autour du lit de Peter. À l'intérieur de la tente, on entend le flux d'air pulsé par le poumon artificiel. On entend le faible bip du moniteur cardiaque. On entend le délicat tintement d'un truc de Mozart dans ses écouteurs.

Misty ouvre le rideau qui enferme le lit.

Un dévoilement. Une première.

Et Misty annonce : « Mais faites donc. Demandez-lui tout ce que vous voulez. »

Au milieu du lit, se trouve un squelette couché sur le flanc en chien de fusil, couleur de papier mâché sous sa peau cireuse. Momifié en bleu-blanc avec des éclairs sombres de veines qui se ramifient juste sous l'épiderme. Les genoux sont remontés contre la poitrine. Le dos est arqué au point que la tête touche presque les fesses flétries. Les pieds pointent, aussi effilés que des baguettes taillées au couteau. Leurs ongles longs et jaune foncé. Les mains se nouent vers l'intérieur, tellement crispées que les ongles des doigts s'enfoncent dans les pansements qui protègent chaque poignet. La fine couverture tricotée est repoussée au bout du matelas. Des tubes de matière translucide et jaune remontent en boucle au départ des bras, du ventre, du sombre pénis rabougri, du crâne. Il reste si peu de muscles que les genoux et les coudes, les mains et les pieds tout en os paraissent énormes.

Les lèvres — luisantes de vaseline — se rétractent pour révéler les trous noirs des dents manquantes.

Le rideau étant ouvert, toutes les odeurs leur arrivent, les compresses à l'alcool, l'urine, les escarres et la crème pour la peau au parfum doucereux. Les relents de plastique tiède. L'odeur forte de la Javel et l'odeur poudreuse des gants en latex.

Le journal intime de toi.

Le tube annelé du poumon artificiel est crocheté dans un trou à mi-chemin de ta gorge. Des bandelettes d'Élastoplaste maintiennent les paupières fermées. La tête est rasée à cause du moniteur de pression cérébrale, mais des touffes de poils noirs hérissent les côtes ainsi que le hamac de peau accroché aux crêtes iliaques.

Identiques aux cheveux noirs de Tabbi.

Tes cheveux noirs.

Et, tenant le rideau ouvert, Misty lâche : « Comme vous pouvez le voir, mon mari ne sort pas beaucoup. »

Tout ce que tu fais porte ta patte.

L'inspecteur Stilton déglutit, gorge nouée. Le levator labii superioris rétracte sa lèvre supérieure vers ses narines, et son visage plonge dans son calepin. Son stylo se met à écrire furieusement.

Dans le petit meuble tout à côté du lit, Misty déniche les compresses à l'alcool et en sort une de son emballage en plastique. Les patients dans le coma sont classés par catégories selon les critères de l'échelle de coma de Glasgow, explique-t-elle à l'inspecteur. L'échelle va de « pleinement éveillé » à « inconscient », jusqu'à « sans réaction ». On donne verbalement au patient des ordres et on voit s'il réagit par un mouvement quelconque. Une réponse. Un clignement de paupières.

L'inspecteur Stilton dit : « Que pouvez-vous m'apprendre sur le père de Peter ? »

« Eh bien, répond Misty, c'est une fontaine publique. »

L'inspecteur lui jette un regard. Les sourcils resserrés. Les muscles corrugateurs en plein ouvrage.

Grace Wilmot a lâché un paquet de pognon pour faire ériger une fontaine publique en laiton chicos à la mémoire de Harrow. La fontaine est située sur Alder Street au croisement de Division Avenue, près de l'hôtel, lui explique Misty. Les cendres de Harrow, elle les a éparpillées au cours d'une cérémonie sur la pointe de Waytansea.

L'inspecteur Stilton gribouille tout ça dans son calepin.

À l'aide de la compresse à l'alcool, Misty nettoie la peau à l'entour du téton de Peter.

Misty ôte les écouteurs de sa tête et lui prend le visage entre ses deux mains, pour le reposer sur l'oreiller de manière qu'il regarde au plafond. Misty dégrafe la broche en soleil jaune de sa veste.

La note la plus basse que l'on puisse obtenir sur l'échelle de coma de Glasgow est un trois. Ce qui signifie que l'on ne bouge plus jamais, on ne parle plus jamais, on ne cille plus jamais. Peu importe ce qu'on vous dit ou ce qu'on vous fait. On ne réagit pas.

Ouverte, la broche offre une épingle en acier aussi longue que son petit doigt, et Misty la nettoie à l'alcool.

Le stylo de l'inspecteur Stilton s'immobilise, toujours sur la page du calepin, et il demande : « Est-ce que votre fille vient parfois lui rendre visite ? »

Et Misty secoue la tête.

« Et sa mère ? »

Et Misty répond : « Ma fille passe le plus clair de son

temps avec sa grand-mère. » Misty examine l'épingle, en argent brillant, toute propre. « Elles font les vide-greniers, explique Misty. Ma belle-mère travaille pour un service qui déniche pour les gens des articles en porcelaine quand le modèle n'est plus fabriqué. »

Misty pèle l'adhésif des yeux de Peter.

De tes yeux.

Misty lui maintient les paupières ouvertes de ses deux pouces et se penche au plus près de son visage, en criant : « Peter ! »

Misty crie : « De quoi ton père est-il réellement mort ? »

Sa salive poivrant les yeux de Peter, des yeux aux pupilles de tailles différentes, Misty crie : « Est-ce que tu appartiens à une bande d'écoterroristes néonazis ? »

Se retournant pour regarder l'inspecteur Stilton, Misty crie : « Est-ce que tu sors en douce toutes les nuits pour incendier des maisons ? »

Misty crie : « Est-ce que tu es débile ? »

L'Alliance océanique pour la liberté.

Stilton croise les bras et se colle le menton sur la poitrine, en observant Misty de sous ses paupières. Les muscles orbicularis oris autour de sa bouche lui verrouillent les lèvres en mince filet rectiligne. Le muscle frontalis relève ses sourcils de sorte que son front se plisse en trois rides d'une tempe à l'autre. Des rides qui n'apparaissaient pas avant cet instant.

D'une main, Misty pince le téton de Peter et le soulève, l'étirant en une longue pointe.

De son autre main, Misty y enfonce l'épingle. Puis elle la ressort.

Le moniteur cardiaque lance ses bips réguliers, tous identiques, et le pouls ne varie pas, ni plus lent ni plus rapide.

Misty dit : « Peter ? Chéri ? Ça, tu le sens ? » Et une fois encore, Misty enfonce l'épingle.

De manière que tu sentes chaque fois une douleur nouvelle. La méthode Stanislavski.

Uniquement pour que tu saches, il y a tellement de tissus cicatriciels qu'enfoncer cette épingle, c'est aussi dur que de crever un pneu de tracteur. La peau du téton s'étire à n'en plus finir avant que l'épingle parvienne à ressortir de l'autre côté.

Misty crie : « Pourquoi t'es-tu suicidé ? »

Les pupilles de Peter fixent le plafond, l'une largement ouverte, l'autre comme une tête d'épingle. Lorsque deux bras enserrent Misty par-derrière. L'inspecteur Stilton. Les bras la tirent. Et elle qui crie : « Putain de merde, mais pourquoi m'as-tu amenée ici ? »

Stilton tire Misty en arrière jusqu'à ce que l'épingle qu'elle tient à la main ressorte, petit à petit, avant de se libérer complètement. Et elle qui crie : « Putain de merde, pourquoi m'as-tu foutue enceinte ? »

28 juillet — pleine lune

La première fournée de pilules anticonceptionnelles de Misty, Peter l'a traficotée. Il les a remplacées par de petits bonbons à la cannelle. La fournée suivante, elle a juste eu droit à un coup de chasse dans les toilettes.

C'est toi qui les as virées et tu as tiré la chasse. Par accident, as-tu dit.

Après ça, les services de santé étudiants avaient refusé de renouveler son ordonnance pour un mois. On lui a posé un diaphragme mais une semaine plus tard, Misty a découvert un petit trou percé en son beau milieu. Elle l'a levé à la lumière de la fenêtre pour le montrer à Peter, et il a fait comme ça : « Ces choses-là ne sont pas éternelles. »

Misty a répondu qu'elle venait de l'avoir.

« Ça s'use », a-t-il expliqué.

Misty a rétorqué qu'il n'avait pas le pénis assez gros pour atteindre le col de l'utérus et percer un trou dans son diaphragme.

Ton pénis n'est pas aussi gros que ça.

Après ça, Misty s'est perpétuellement retrouvée à court de mousse spermicide. Ça lui coûtait une fortune. Chaque flacon, elle l'utilisait peut-être une fois et, ensuite, elle le retrouvait vide. Au bout de quelques flacons, un jour, Misty est sortie de la salle de bains et a demandé à Peter : qu'est-ce qu'il traficotait avec sa mousse ?

Peter regardait ses feuilletons espagnols à rallonge, dans lesquels toutes les femmes avaient des tailles tellement minces qu'on aurait pu les prendre pour des serpillières essorées à la main. Elles se trimballaient des seins géants suspendus à des bretelles spaghetti. Avec leurs yeux barbouillés de maquillage brillant, elles étaient censées être des médecins ou des avocates.

Peter a dit : « Tiens », et il a glissé les mains derrière sa tête. Il a dégagé quelque chose de sous le col de son T-shirt noir et le lui a tendu. C'était un collier miroitant de lumière en verroterie rose, des tours et des tours de rose glacé, tout en éclats et en scintillements roses. Et il a demandé : « Tu le veux ? »

Et Misty est restée là comme une statue, aussi stupide que les *bimbos* espagnoles de Peter. Tout ce qu'elle a été capable de faire s'est résumé à tendre les bras et à saisir les extrémités du collier dans ses mains. Dans le miroir de la salle de bains, il étincelait sur sa peau. Tout en le regardant dans le miroir, en le touchant de ses doigts, Misty entendait le jacassement espagnol en provenance de l'autre pièce.

Misty a hurlé : « Contente-toi de ne plus toucher à ma mousse, t'as compris ? »

Tout ce que Misty a entendu en retour était de l'espagnol.

Naturellement, ses règles à venir ne sont pas venues. Au bout de deux jours, Peter lui a apporté une boîte de tests de grossesse sous forme de bâtonnets. Ceux sur lesquels on fait pipi. Ils affichent alors si oui ou non on est en cloque. Les bâtonnets n'étaient pas sous emballage papier ni rien. Ils sentaient tous le pipi. Ils affichaient tous un « non », pour non enceinte.

C'est après ça que Misty a constaté que le fond de la boîte avait été ouvert puis refermé à l'adhésif. À Peter qui attendait debout derrière la porte de la salle de bains, Misty a demandé : « Tu viens de les acheter aujourd'hui ? »

Peter a fait : « Quoi ? »

Misty entendait de l'espagnol.

Quand ils baisaient, Peter gardait les yeux fermés, le souffle court, la poitrine haletante. Quand il jouissait, les paupières crispées, il criait : « *Te amo !* »

À travers la porte de la salle de bains, Misty s'est écriée : « Est-ce que tu as fait pipi sur ces trucs ? »

Le bouton s'est mis à tourner, mais Misty avait mis le verrou. Puis, à travers la porte, la voix de Peter a retenti : « Tu n'as pas besoin de ces trucs. Tu n'es pas enceinte. »

Et Misty a demandé : alors où étaient passés les anglais qui lui rendaient visite tous les mois ?

« Ils sont ici », a répondu la voix de Peter. Puis des doigts sont apparus dans la fente sous la porte. Ils faisaient glisser un truc blanc et doux. « Tu as fait tomber cette chose par terre, a-t-il expliqué. Examine-la de près. »

C'était sa culotte, tachée de sang frais.

29 juillet — nouvelle lune

Pour information, juste au cas où, le temps aujourd'hui est lourd, il gratte et il fait mal chaque fois que ton épouse essaie de bouger.

Le docteur Touchet vient juste de partir. Il a passé les deux dernières heures à lui envelopper la jambe de bandes de tissu stérile et de résine acrylique transparente. La jambe de Misty, depuis la cheville jusqu'au bas-ventre, n'est plus qu'un moule bien rectiligne en fibre de verre. C'est son genou, a dit le médecin.

Peter, ton épouse est une empotée.

C'est Misty, l'empotée.

Elle sort de la cuisine avec un plateau de salades Waldorf, direction la salle à manger, quand elle s'emmêle les pieds. Au beau milieu de la porte des cuisines, ses pieds cèdent sous son poids, et Misty, le plateau, les assiettes de salades Waldorf, tout ça part bille en tête sur la table huit.

Naturellement, la salle à manger tout entière se lève et vient jeter un œil à Misty couverte de mayonnaise. Ses genoux ont l'air en parfait état, et Raymon sort des cuisines et l'aide à se remettre debout. Et pourtant, elle a une entorse au genou, dit le docteur Touchet. Il arrive une heure plus tard, après que Raymon et Paulette l'ont aidée à monter l'escalier jusqu'à sa chambre. Le docteur maintient un sac de glace sur son genou puis il présente à Misty un plâtre en jaune néon, rose néon, ou blanc uni.

Le docteur Touchet est accroupi aux pieds de Misty assise sur une chaise à dossier droit, la jambe en appui sur un tabouret. Il ôte le sac de glace, et cherche des signes d'œdème.

Et Misty lui demande : est-ce qu'il a rempli le certificat de décès de Harrow ?

Misty demande : est-ce qu'il a prescrit des somnifères à Peter ?

Le docteur la regarde un instant, puis reprend le glaçage de sa jambe. Il dit : « Si vous ne vous décontractez pas, vous ne remarcherez plus jamais. »

Déjà, sa jambe, elle la sent parfaitement nickel. Et elle a l'air nickel. Pour information, juste au cas où, son genou ne lui fait même pas mal.

« Vous êtes en état de choc », déclare Touchet. Il apporte un attaché-case, pas une mallette noire de médecin. C'est le genre d'attaché-case qui pourrait convenir à un avocat. Ou à un banquier. « Pour vous, un plâtre serait une mesure prophylactique, dit-il. Sinon, vous allez cavaler partout avec cet inspecteur de police, et votre jambe ne guérira jamais. »

La ville est tellement petite, tout le musée de cire de l'île de Waytansea l'espionne.

On frappe à la porte, puis Grace et Tabbi entrent dans la chambre. Tabbi dit : « M'man, nous t'avons apporté d'autres peintures », et elle tient un sac de courses en plastique dans chaque main.

Grace demande : « Comment va-t-elle ? »

Et le docteur Touchet répond : « Si elle reste dans cette chambre pendant les trois semaines à venir, elle ira très bien. » Il se met à lui panser le genou à la gaze, des épaisseurs et des épaisseurs de gaze, de plus en plus épaisses.

Uniquement pour que tu sois au courant, à l'instant précis où Misty s'est retrouvée par terre, quand les gens sont arrivés pour l'aider, alors qu'on la transportait dans sa chambre, même pendant que le médecin pressait et faisait ployer son genou, Misty n'a pas cessé de répéter : « Mais sur quoi ai-je trébuché ? »

Il n'y a rien là. Il n'y a vraiment rien près de cette embrasure de porte sur quoi j'aurais pu trébucher.

Après ça, Misty a remercié Dieu que ce soit arrivé pendant ses heures de travail. Impossible que l'hôtel lui reproche d'avoir voulu se faire porter pâle.

Grace demande : « Tu peux remuer les orteils ? »

Oui, Misty peut le faire. Simplement, elle ne peut pas les toucher.

Ensuite, le docteur enveloppe la jambe de bandelettes en fibre de verre.

Tabbi s'approche et touche l'énorme rondin de fibre de verre avec la jambe de sa mère perdue quelque part à l'intérieur, et elle dit : « Est-ce que je peux signer mon nom dessus ?

— Attends une journée que ça sèche bien », répond le médecin.

Sa jambe étirée droit devant elle, elle doit bien peser trente-cinq kilos. Misty se sent fossilisée. Enchâssée dans l'ambre. Une momie de l'Antiquité. Ça va vraiment être un sacré boulet à traîner.

C'est drôle de voir comment l'esprit essaie de donner un

sens au chaos. Misty se sent maintenant horriblement mal, mais à l'instant où Raymon est sorti des cuisines, lorsqu'il a glissé un bras sous elle et l'a soulevée, elle a voulu savoir : « Est-ce que c'est toi qui viens de me faire trébucher ? »

De sa main, il a brossé la salade Waldorf, les morceaux de pomme et les noix concassées qu'elle avait dans les cheveux, et il a dit : « *Cómo ?* »

Ce qu'on ne comprend pas, on peut lui faire dire n'importe quoi.

Même à ce moment-là, la porte des cuisines était maintenue ouverte et le sol était propre et sec.

Misty a demandé : « Comment suis-je tombée ? »

Et Raymon a haussé les épaules et il a dit : « Sur ton *culo.* »

Tous les mecs des cuisines alentour, ils ont rigolé.

Maintenant, dans sa chambre, la jambe encoconnée dans une lourde piñata blanche, Grace et le docteur Touchet soulèvent Misty sous chaque bras et la dirigent vers le lit. Tabbi sort ses gélules d'algues vertes de son sac et les dépose sur la table de chevet. Grace débranche le téléphone et en roule le cordon, en disant : « Il te faut de la tranquillité et du silence. » Grace poursuit : « Il n'est rien dont tu souffres qu'un peu de thérapie artistique ne puisse guérir », et elle se met à sortir des trucs des sacs de courses, des tubes de peinture et des brosses, qu'elle dépose à son tour en tas sur la commode.

De son attaché-case, le docteur sort une seringue. Il frotte le bras de Misty à l'alcool froid. Mieux vaut son bras que son téton.

Tu le sens, ça ?

Le docteur remplit la seringue à un flacon et lui enfonce l'aiguille dans le bras. Il la ressort et lui offre un tampon de coton pour arrêter le saignement. « Cela vous aidera à dormir », dit-il.

Tabbi s'assied sur le bord du lit et dit : « Ça t'a fait mal ? »

Non, pas le moins du monde. Sa jambe lui fait l'effet d'être nickel. La piqûre a été plus douloureuse.

La bague au doigt de Tabbi, le péridot vert étincelant, il accroche la lumière de la fenêtre. Le bord du tapis est parallèle au bas de la fenêtre et, sous le tapis, c'est là que Misty cache l'argent de ses pourboires. Leur billet de retour pour Tecumseh Lake.

Grace met le téléphone dans un sac de courses vide et tend la main vers Tabbi. Elle dit : « Viens. Laisse ta mère se reposer. »

Le docteur Touchet se plante dans l'embrasure de la porte et demande : « Grace ? Je peux vous parler une minute ? En privé ? »

Tabbi descend du lit, et Grace se penche pour lui murmurer quelque chose à l'oreille. Puis Tabbi acquiesce de la tête, à coups de hochements rapides. Elle porte le lourd collier rose en verroterie scintillante. Il est tellement large qu'il doit lui peser autour du cou autant que le plâtre sur la jambe de sa mère. Une meule de brillants. Un boulet et sa chaîne en joncaille. Tabbi en défait l'attache et l'apporte jusqu'au lit, en disant : « Relève la tête. »

Elle passe une main derrière les épaules de Misty et referme le collier autour du cou de sa mère.

Pour information, juste au cas où, sache que Misty n'est pas une imbécile. La pauvre Misty Marie Kleinman savait que le sang sur sa culotte était celui de Peter. Mais là, en cet instant précis, elle est tellement heureuse de n'avoir pas avorté de cette enfant.

Ton sang.

Pourquoi Misty a-t-elle dit oui et accepté de t'épouser ? — elle n'en sait rien. Pourquoi fait-on ce que l'on fait ? Déjà elle est en train de fondre au creux du lit. Chaque bouffée d'air est plus lente que la précédente. Ses muscles levator palpebrae, qui relèvent la paupière, doivent batailler dur pour garder ses yeux ouverts.

Tabbi va jusqu'au chevalet et prend un bloc de papier à dessin. Elle apporte le papier ainsi qu'un fusain qu'elle dépose sur les couvertures à côté de sa mère, en disant : « Juste au cas où l'inspiration te viendrait. »

Et Misty lui donne au ralenti un baiser sur le front.

Entre le plâtre et le collier, Misty se sent épinglée à son lit. Clouée au piquet. Un sacrifice. Une anachorète.

Puis Grace prend la main de Tabbi et elles sortent toutes les deux pour rejoindre le docteur Touchet dans le couloir. La porte se referme. Le silence est tel, Misty se demande si elle entend bien. Mais il y a bien un petit déclic supplémentaire.

Et Misty appelle : « Grace ? » Misty appelle : « Tabbi ? » Au ralenti, Misty dit : « Hé, là-bas ? Hello ? » Pour information, juste au cas où, sache qu'ils l'ont bouclée à double tour.

30 juillet

La première fois que Misty se réveille après son accident, ses poils pubiens ont disparu et elle a à l'intérieur d'elle un cathéter qui serpente le long de sa jambe valide jusqu'à un sac en plastique transparent accroché au poteau du lit. Des bandelettes d'Élastoplaste blanc sanglent le tube à la peau de sa jambe.

Cher et tendre Peter, personne n'a besoin de te dire comment on se sent, avec *ça*.

Le docteur Touchet a refait des siennes.

Pour information, juste au cas où, sache que de se réveiller complètement droguée avec les poils du pubis rasés et un truc en plastique collé dans ton vagin ne fait pas nécessairement de toi un véritable artiste.

Si c'était le cas, Misty serait en train de peindre la chapelle Sixtine. Au lieu de quoi elle roule en boule encore une autre de ses feuilles de papier aquarelle grammage de 140. À l'extérieur de la petite fenêtre de sa lucarne, le soleil cuit le sable de la plage. Les vagues sifflent et éclatent. Les mouettes frissonnent, suspendues dans les courants ascendants, comme autant de cerfs-volants blancs dans le ciel, pendant que les gamins font des châteaux de sable et s'éclaboussent dans la marée montante.

Ce serait une chose que d'échanger toutes ses journées ensoleillées contre un chef-d'œuvre, mais ça… celle d'aujourd'hui n'a été qu'un barbouillis merdique d'erreurs l'une après l'autre. Même avec le plâtre qui lui couvre toute la jambe et son petit sac de pisse, Misty veut être dehors. En tant qu'artiste, on organise sa vie de manière à se donner la possibilité de peindre, des créneaux de temps, mais il n'existe aucune garantie que l'on créera quelque chose qui soit digne de tous ses efforts. On reste toujours hanté par l'idée que l'on gaspille sa vie.

La vérité, c'est que si Misty était sur la plage, elle passerait son temps les yeux levés sur cette même fenêtre en rêvant d'être peintre.

La vérité, c'est que, où qu'on choisisse de se trouver, ce n'est jamais le bon endroit.

Misty est à moitié debout devant son chevalet, en équilibre sur un tabouret haut, elle regarde par la fenêtre vers Waytansea Point, Tabbi assise à ses pieds dans le carré de soleil, occupée à colorier son plâtre à l'aide de feutres. C'est bien ça qui fait mal. C'est déjà une belle vacherie que Misty ait été forcée de passer la plus grande partie de son enfance entre quatre murs, à colorier ses albums, à rêver de devenir artiste. Aujourd'hui, c'est elle qui modélise pour sa gamine cette même vacherie au quotidien. Tous les pâtés de sable que Misty a manqué de cuire, c'est maintenant Tabbi qui va sentir leur absence. Enfin ce que font tous les adolescents. Tous les cerfs-volants que Misty n'a pas fait voler, toutes les parties de chat que Misty a ratées, tous les pissenlits que Misty n'a pas cueillis, Tabbi est en train de commettre la même erreur.

Les seules fleurs que Tabbi ait vues, elle les a découvertes en compagnie de sa grand-mère, peintes sur le pourtour d'une tasse à thé.

L'école reprend dans quelques semaines, et Tabbi est encore tellement pâle à force de rester toujours enfermée.

Avec sa brosse en train d'exécuter un nouveau foutoir sur la page qui lui fait face, Misty dit : « Tabbi chérie ? »

Tabbi est assise, frottant un stylo rouge sur le plâtre. La résine et la gaze sont tellement épaisses, Misty est incapable de sentir quoi que ce soit.

Le tablier de Misty est bleu, c'est une des vieilles chemises de travail de Peter et sa poche s'orne d'un clip en faux rubis. De faux rubis et des diamants en verre. Tabbi a apporté la boîte de verroterie de théâtre, toute la joncaille, broches, bracelets et boucles d'oreilles uniques que Peter avait donnés à Misty à la fac.

Que tu avais donnés à ton épouse.

Misty a revêtu ta chemise et elle dit à Tabbi : « Pourquoi ne vas-tu pas te dégourdir les jambes et courir un peu pendant quelques heures ? »

Tabbi remplace le stylo rouge par un jaune et répond : « Mamie Wilmot m'a dit de n'en rien faire. » Toujours coloriant, Tabbi ajoute : « Elle m'a dit de rester auprès de toi tant que tu seras éveillée. »

Ce matin, la voiture de sport marron d'Angel Delaporte est venue se ranger dans le parc de stationnement gravillonné de l'hôtel. Coiffé d'un large chapeau de plage en paille, Angel est sorti et il a gravi les marches du perron en façade. Misty a passé son temps à espérer que Paulette de la réception allait monter pour lui annoncer qu'elle avait un visiteur, mais non. Au bout d'une demi-heure, Angel est ressorti de l'hôtel et il a redescendu les marches du perron. D'une main, il maintenait son chapeau en place en tournant la tête derrière lui pour balayer du regard les fenêtres de l'hôtel, l'accumulation de panneaux et de logos. Ces graffitis de sociétés commerciales. Ces immortalités en bataille. Puis Angel a mis ses lunettes de soleil, il s'est glissé dans sa voiture de sport et s'en est allé.

Elle a encore une fois devant elle un foutoir qui ne mérite pas le nom de peinture. La perspective est complètement fausse.

Tabbi dit : « Mamie m'a dit de t'aider à trouver l'inspiration. »

Au lieu de peindre, Misty devrait enseigner à son enfant un savoir-faire quelconque — la comptabilité, l'analyse des coûts, la réparation de télés. Une manière réaliste de payer ses factures.

Peu de temps après le départ d'Angel Delaporte, l'inspecteur Stilton est arrivé à son tour dans une voiture du comté — banalisée — de couleur beige. Il est entré dans l'hôtel, puis quelques minutes plus tard, il est ressorti pour revenir à sa voiture. Il s'est planté dans le parc de stationnement, s'abritant les yeux d'une main en visière, et il a contemplé le bâtiment, son regard allant d'une fenêtre à l'autre, mais sans voir Misty. Puis il est reparti.

Le foutoir qu'elle a devant elle, les couleurs dégoulinent et se mélangent. Les arbres pourraient être des tours relais de micro-ondes. L'océan pourrait être de la lave de volcan ou alors un gâteau au chocolat froid ou tout simplement six dollars de peinture à la gouache gaspillée. Misty arrache la feuille et la chiffonne en boule. Elle a les mains presque noires à force de chiffonner tous ses échecs de la journée. Sa tête lui fait mal. Misty ferme les yeux et presse une main à son front, où elle sent qu'elle colle de peinture encore mouillée.

Misty laisse tomber par terre sa peinture chiffonnée en boule.

Et Tabbi dit : « M'man ? »

Misty ouvre les yeux.

Tabbi a dessiné des oiseaux et des fleurs en couleurs sur toute la longueur du plâtre. Des oiseaux bleus, des merles rouges, des roses rouges.

Lorsque Paulette leur apporte leur déjeuner sur un chariot du service des chambres, Misty demande si quelqu'un a essayé de téléphoner depuis le poste de la réception. Paulette déploie la serviette de table en tissu et la glisse dans le col de la chemise de travail bleue. Elle répond : « Désolée, personne. » Elle ôte le couvercle qui tient au chaud une assiette de poisson et ajoute : « Pourquoi poses-tu la question ? »

Et Misty répond : « Sans raison. »

Assise en compagnie de Tabbi, avec fleurs et oiseaux coloriés sur sa jambe, Misty sait maintenant qu'elle ne sera jamais une artiste. Le dessin qu'elle a vendu à Angel Delaporte, ç'a été un vrai coup de bol. Un accident. Au lieu de pleurer, Misty se contente de déposer quelques gouttes de pipi dans son tube en plastique.

Et Tabbi dit : « Ferme les yeux, M'man. » Elle dit : « Colorie les yeux fermés, comme tu l'as fait quand on est allées en pique-nique pour mon anniversaire. »

Comme elle faisait quand elle était la petite Misty Marie Kleinman. Les yeux fermés, sur la moquette à longs poils de la caravane.

Tabbi se penche tout près et murmure : « On s'était

cachées dans les arbres et on t'épiait. » Elle poursuit : « Mamie a dit qu'il fallait te laisser trouver l'inspiration. »

Tabbi va jusqu'à la commode et prend le rouleau d'adhésif que Misty utilise pour fixer le papier sur le chevalet. Elle en déchire deux morceaux et dit : « Maintenant, ferme les yeux. »

Misty n'a rien à perdre. Elle peut faire ce plaisir à sa gamine. Son travail n'en sera pas plus mauvais. Misty ferme les yeux.

Et les petits doigts de Tabbi pressent une bandelette d'adhésif sur chaque paupière.

De cette même manière dont les yeux de son père sont tenus fermés au sparadrap. Pour les empêcher de se dessécher.

Tes yeux sont fermés au sparadrap.

Dans l'obscurité, les doigts de Tabbi placent un crayon dans la main de Misty. On l'entend qui pose un bloc de papier sur le chevalet et en ouvre la couverture. Puis sa main saisit celle de Misty et déplace le crayon jusqu'à ce qu'il touche le papier.

Le soleil par la fenêtre est chaud. La main de Tabbi lâche, et sa voix dans l'obscurité dit : « Et maintenant fais ton dessin. »

Et Misty dessine, les cercles et les angles parfaits, les lignes droites dont Angel Delaporte dit qu'ils sont impossibles. Par simple sensation intuitive, tout est exact et parfait. De quoi s'agit-il, Misty n'en a aucune idée. De la même manière que le stylet qui se déplace à la surface d'un plateau de divination, le crayon tire sa main sur le papier dans un sens puis dans l'autre à une vitesse telle que Misty est obligée de le tenir serré. Son écriture automatique.

Misty est tout juste capable de tenir le coup, et elle dit : « Tabbi ? »

L'adhésif bien collé sur ses yeux, Misty dit : « Tabbi ? Tu es toujours là ? »

2 août

Il y a un petit tiraillement entre les jambes de Misty, une légère traction quand Tabbi décroche le sac à l'extrémité du cathéter de Misty et l'emporte dans la salle de bains. Tabbi le rapporte et le réenfile au long tube en plastique.

Elle fait tout ça de manière que Misty puisse continuer à travailler dans le noir absolu. Les yeux scotchés. Aveugle. Ne reste que l'agréable sensation de soleil chaud par la fenêtre. À l'instant où la brosse s'immobilise, Misty dit : « C'est fait. »

Et Tabbi détache la peinture du chevalet et fixe une nouvelle feuille de papier. Elle prend le crayon quand il lui semble émoussé et en donne un bien pointu à Misty. Elle tient un plateau de pastels, et Misty les palpe à tâtons, comme autant de touches de piano grasses et colorées, et en choisit un.

Pour information, juste au cas où, sache que chaque couleur que Misty sélectionne, chaque marque qu'elle laisse, tout est parfait, car elle a cessé de s'en soucier.

Pour le petit déjeuner, Paulette apporte un plateau de service, et Tabbi découpe tout en petites bouchées. Pendant que Misty est à son ouvrage, Tabbi place la fourchette dans la bouche de sa mère. Avec l'adhésif qui lui couvre le visage, Misty ne peut ouvrir la bouche que de manière limitée. Juste assez pour suçoter son pinceau et l'effiler juste pointu. Pour s'empoisonner. Toujours à son ouvrage, Misty n'a aucun goût en bouche. Aucune odeur n'arrive à ses narines. Au bout de quelques fourchetées de petit déjeuner, elle en a assez.

À l'exception du crissement du crayon sur le papier, la chambre est silencieuse. Au-dehors, quatre étages plus bas, les vagues de l'océan sifflent et claquent.

Pour le déjeuner, Paulette apporte encore de la nourriture que Misty ne mange pas. Le plâtre ne colle déjà plus bien à sa jambe tellement elle a perdu de poids. Trop de nourriture solide impliquerait un passage aux toilettes. Qui impliquerait un arrêt dans son ouvrage. Il ne reste pratiquement plus de blanc sur le plâtre, tellement Tabbi y a dessiné de fleurs et d'oiseaux. Le tissu de sa blouse est raidi par les éclaboussures de peinture. Raide et collant à ses bras et à ses seins. Ses mains sont encroûtées de peinture sèche. Empoisonnées.

Ses épaules lui font mal et craquent, et les os frottent à l'intérieur de son poignet. Ses doigts sont gourds à force de tenir son fusain. Son cou n'est qu'une succession de spasmes douloureux, à cause de la crampe qui remonte de part et d'autre de son échine. Son cou lui fait le même effet que le spectacle du cou de Peter, arqué en arrière et touchant son popotin. Ses poignets lui font le même effet que le spectacle des poignets de Peter, tordus et tout noués.

Ses yeux fermés à l'adhésif, son visage est décontracté de sorte qu'il ne bataille pas contre les deux bandelettes d'adhésif qui courent depuis son front sur ses yeux, sur ses joues, jusqu'à ses mâchoires, avant de descendre plus bas sur son cou. L'adhésif maintient le muscle orbicularis oculi autour de l'œil, le grand zygomatique à la commissure de ses lèvres, il maintient tous les muscles du visage décontractés. À cause de l'adhésif, c'est à peine si Misty peut entrouvrir les lèvres. Elle ne peut parler qu'en murmures.

Tabbi glisse une paille dans sa bouche et Misty aspire un peu d'eau. La voix de Tabbi dit : « Peu importe ce qui arrivera, Mamie dit que tu dois continuer ton art. »

Tabbi essuie le pourtour de la bouche de sa mère, en disant : « Il va falloir que j'y aille très bientôt. » Elle ajoute : « S'il te plaît, ne t'arrête pas, même si je te manque vraiment beaucoup. » Elle demande : « Tu me le promets ? »

Et, toujours à son ouvrage, Misty murmure : « Oui.

— Quelle que soit la durée de mon absence ? » insiste Tabbi.

Et Misty murmure : « Je te le promets. »

5 août

Le fait d'être fatiguée ne te fait pas arriver au terme plus vite. Le fait d'avoir faim ou mal non plus. Le fait d'avoir besoin de faire pipi ne doit pas forcément t'arrêter. Une peinture est achevée quand le crayon et la couleur sont arrivés à leur terme. Le téléphone ne t'interrompt pas. Rien d'autre ne retient ton attention. Tant que l'inspiration te vient, tu continues.

Toute la journée, Misty travaille en aveugle, puis le crayon s'immobilise et elle attend que Tabbi emporte le dessin et lui donne une feuille de papier vierge. Et alors rien ne se produit.

Et Misty dit : « Tabbi ? »

Ce matin, Tabbi a épinglé une grosse broche, un amas de faux brillants en verre rouge et vert, à la blouse de sa mère. Puis Tabbi est restée immobile pendant que sa mère plaçait le collier scintillant de grosse verroterie rose autour du cou de sa fille. Une vraie statue. À la lumière du soleil par la fenêtre, les fausses pierres étincelaient comme des myosotis et toutes les autres fleurs que Tabbi avait ratées cet été. Puis Tabbi a placé l'adhésif et scotché les yeux de sa mère. C'est la dernière fois que Misty l'a vue.

De nouveau, Misty dit : « Tabbi chérie ? »

Et pas le moindre son, rien. Rien que le sifflement et le claquement de chaque vague sur la plage. Les doigts écartés, Misty tend le bras et tâtonne l'air alentour. Pour la première fois depuis des jours, on l'a laissée toute seule.

Les deux bandes d'adhésif, elles démarrent à la racine de ses cheveux et descendent sur chaque œil pour s'incurver sous les maxillaires. Du pouce et de l'index de chaque main, Misty pince l'adhésif à son sommet et en pèle chaque bandelette lentement, jusqu'à ce qu'elles se détachent toutes les deux. Elle bat des paupières et ses yeux s'ouvrent. Le soleil brille trop fort pour qu'elle fasse sa mise au point. Son œuvre sur le chevalet lui apparaît floue une minute pendant que ses yeux s'adaptent à la lumière.

Les lignes de crayon deviennent nettes, noires sur le papier blanc.

C'est un dessin de l'océan, à quelque distance au large de la plage. Quelque chose flotte. Une personne flotte le nez dans l'eau, une jeune fille aux longs cheveux noirs déployés en éventail sur la mer qui l'entoure.

Les cheveux noirs de son père.

Tes cheveux noirs.

Tout est autoportrait.

Tout est journal intime.

À l'extérieur de la fenêtre, en contrebas, sur la plage, une foule de gens attendent au bord de l'océan. Deux personnes reviennent vers le rivage en pataugeant, elles transportent quelque chose. Un objet brillant lance ses feux roses éclatant au soleil.

Un bijou de pacotille. Un collier. C'est Tabbi qu'elles tiennent par les chevilles et sous les bras, sa chevelure pendant droit et mouillée dans les vagues qui sifflent et éclatent sur la plage.

La foule se recule.

Et un bruit de pas retentit dans le couloir à l'extérieur de la porte de la chambre. Une voix dans le couloir dit : « C'est prêt. »

Deux personnes transportent Tabbi et remontent la plage vers le perron de l'hôtel.

Le verrou de la porte de chambre, il fait clic, la porte s'ouvre brutalement, et Grace est là en compagnie du docteur Touchet. Dans la main duquel, jetant des reflets brillants, se trouve une seringue hypodermique dégouttant de liquide.

Et Misty essaie de se remettre debout, le plâtre de sa jambe traînant derrière elle. Sa chaîne et son boulet.

Le docteur se précipite.

Et Misty dit : « C'est Tabbi. Il y a un problème. » Misty dit : « Sur la plage. Il faut que j'y descende. »

Le plâtre bascule et son poids l'entraîne au sol. Le chevalet dégringole à côté d'elle, ainsi que le pot de verre plein d'eau de rinçage boueuse, et il n'y a plus que des débris autour d'eux. Grace s'agenouille, pour lui prendre le bras. Le cathéter s'est libéré de son sac et on sent la pisse de Misty qui suinte sur le tapis. Grace est en train de remonter la manche de la blouse sur son bras.

Ta vieille chemise de travail bleue. Raide de toute la peinture séchée.

« Vous ne pouvez aller nulle part dans cet état », dit le médecin. Il lève la seringue et la tapote pour en chasser les bulles d'air, en expliquant : « Vraiment, Misty, il n'y a rien que vous puissiez faire. »

Grace étire le bras de Misty de force, et le docteur enfonce l'aiguille.

Tu le sens, ça ?

Grace la tient maintenant par les deux bras, et l'épingle au sol. La broche de faux rubis s'est ouverte et l'épingle s'est enfichée dans le sein de Misty, son sang rouge sur les rubis mouillés. Le pot de verre brisé. Grace et le docteur la maintiennent sur le tapis, sa pisse s'étale sous eux. Elle remonte par capillarité sur la chemise bleue et lui pique la peau là où l'épingle est enfoncée.

Grace, à moitié sur elle, Grace dit : « Misty veut descendre au rez-de-chaussée maintenant. » Grace ne pleure pas.

De sa propre voix rendue grave par cet effort au ralenti, Misty dit : « Putain de merde, qu'est-ce que vous en savez, de ce que je veux ? »

Et Grace répond : « C'est dans ton journal intime. »

L'aiguille sort de son bras et Misty sent quelqu'un qui frotte la peau autour de l'injection. Cette sensation froide de l'alcool. Des mains se glissent sous ses bras et la tirent jusqu'à la remettre en position assise.

Le visage de Grace, son muscle levator labii superioris, le muscle du rictus, étire son visage bien tendu à l'entour de son nez, et elle dit : « C'est du sang. Oh, et de l'urine, elle en a partout. Nous ne pouvons pas la descendre dans cet état. Pas devant tout le monde. »

La puanteur sur Misty, c'est l'odeur du siège avant de la vieille Buick. La puanteur de ta pisse.

Quelqu'un lui arrache la chemise, lui essuie la peau à l'aide de serviettes en papier. Depuis l'autre côté de la chambre, la voix du docteur dit : « C'est de l'excellent travail. Très impressionnant. » Il est en train de feuilleter la pile de dessins et de peintures achevés.

« Naturellement que c'est bon, dit Grace. Simplement ne les mélangez pas, gardez-les dans l'ordre. Ils sont tous numérotés. »

Pour information, juste au cas où, sache que personne ne fait état de Tabbi.

Ils lui glissent les bras dans une chemise propre. Grace lui passe une brosse dans les cheveux.

Le dessin sur le chevalet, la fille noyée dans l'océan, il est tombé par terre, et sang et pisse l'ont détrempé par le dessous. Il est bousillé. L'image a disparu.

Misty est incapable de serrer le poing. Ses yeux se ferment tout seuls. Un filet de bave humide glisse des commissures de ses lèvres, et le coup de poignard dans son sein s'atténue.

Grace et le docteur, ils la soulèvent pour la remettre debout. À l'extérieur, dans le couloir, d'autres personnes attendent. D'autres bras l'encerclent des deux côtés, et on la fait voler dans l'escalier, suspendue, au ralenti. Paulette et Raymon et quelqu'un d'autre, le copain blond de Peter du temps de la fac. Will Tupper. Son lobe d'oreille toujours séparé en deux pointes effilées. L'intégralité du musée de cire de Waytansea Island.

Tout est tellement silencieux, sauf son plâtre qui traîne et qui cogne à chaque marche.

Une foule de gens emplit le hall de l'entrée, cette forêt sombre d'arbres cirés et de moquette moussue, mais tous se reculent tandis qu'on la transporte vers la salle à manger. Ce sont toutes les vieilles familles de l'île, les Burton, les Hyland, les Petersen et les Perry. Il n'y a pas un seul visage estival parmi eux.

Puis les portes de la Salle Bois et Or s'ouvrent.

Sur la table six, place de choix pour quatre près des fenêtres, il y a quelque chose, masqué par une couverture. Le profil d'un petit visage, une poitrine plate de petite fille. Et la voix de Grace lance : « Dépêchons pendant qu'elle est encore consciente. Laissez-lui voir. Soulevez la couverture. »

Un dévoilement. Un rideau qui se lève.

Et derrière Misty, tous ses voisins s'attroupent pour assister au spectacle.

7 août

En fac d'arts plastiques, Peter a un jour demandé à Misty de nommer une couleur. N'importe quelle couleur.

Il lui a dit de fermer les yeux et de ne pas bouger. Tu le sentais qui s'approchait, tout près. La chaleur dont il rayonnait. Tu sentais l'odeur de son chandail effiloché, cette façon qu'avait sa peau de dégager le parfum âcre d'un chocolat presque noir. Son propre autoportrait. Ses mains ont pincé le tissu de la chemise de Misty et une épingle froide lui a égratigné la peau en dessous. Il a dit : « Ne bouge pas. Sinon je te piquerai sans le vouloir. »

Et Misty a retenu sa respiration.

Tu le sens, ça ?

Chaque fois qu'ils se retrouvaient, Peter lui donnait un nouveau spécimen de ses bijoux de pacotille. Des broches, des bracelets, des bagues et des colliers.

Les yeux fermés, en attente, Misty a dit : « Or. La couleur, or. »

Ses doigts s'affairant à piquer l'épingle dans le tissu, Peter a demandé : « Et maintenant, donne-moi trois mots qui décrivent l'or. »

Il s'agissait, lui a-t-il expliqué, d'une forme ancienne de psychanalyse. Inventée par Carl Jung. Elle se fondait sur les archétypes universels. Un genre de jeu de société allant au-delà des apparences. Carl Jung. Les archétypes. Le vaste subconscient commun à toute l'humanité. Les jaïna, les yogis, les ascètes, c'était ça, la culture avec laquelle Peter avait grandi sur Waytansea Island.

Les yeux fermés, Misty a dit : « Brillant. Riche. Doux. » Ses trois mots pour décrire l'or.

Les doigts de Peter ont verrouillé le minuscule fermoir de la broche sur un déclic, et sa voix a dit : « Bien. »

Au cours de cette vie précédente, en fac d'arts plastiques, Peter lui a demandé de nommer un animal. N'importe quel animal.

Pour information, juste au cas où, sache que la broche en question était une tortue dorée avec, en guise de carapace, une grosse gemme fissurée de couleur verte. La tête et les membres étaient mobiles, mais il manquait une patte. Le métal était tellement terni qu'il avait déjà laissé des traces noires sur sa chemise.

Et Misty l'a décollée de sa poitrine, elle l'a regardée, et elle l'a aimée sans raison. Elle a dit : « Un pigeon. »

Peter s'est reculé et lui a fait signe de le suivre. Ils traversaient le campus, entre des bâtiments velus de lierre, et Peter a lancé comme ça : « Maintenant, donne-moi trois mots qui décrivent un pigeon. »

Marchant à son côté, Misty a essayé de glisser sa main dans la main de Peter, mais celui-ci a croisé les siennes dans son dos.

Tout en marchant, Misty a dit : « Sale. » Misty a dit : « Stupide. Laid. »

Ses trois mots pour décrire un pigeon.

Et Peter l'a regardée, sa lèvre inférieure roulée entre les dents, son muscle corrugateur resserrant ses sourcils.

Lors de cette vie précédente, en fac d'arts plastiques, Peter lui a demandé de nommer un cours d'eau.

Marchant à son côté, Misty a répondu : « Le St. Lawrence Seaway. »

Il s'est tourné pour la regarder. Il a arrêté de marcher. « Nomme trois adjectifs qui le décrivent », a-t-il dit.

Et Misty a roulé les yeux au ciel avant de répondre : « Animé, rapide, et peuplé. »

Et le muscle levator labii de Peter a étiré sa lèvre supérieure en rictus.

Marchant au côté de Peter, il lui a demandé encore une dernière chose. Peter lui a dit de s'imaginer à l'intérieur d'une pièce. Tous les murs sont blancs, et il n'y a ni portes ni fenêtres. Il a fait comme ça : « En trois mots, décris-moi la sensation que tu éprouves dans cette pièce. »

Jamais encore Misty n'était sortie avec quelqu'un aussi longtemps. Pour ce qu'elle en savait, c'était le genre de manière détournée utilisée par les amants pour se renseigner l'un sur l'autre. De cette même manière que Misty savait que le parfum préféré de Peter dans le domaine des crèmes glacées était la tourte à la citrouille, elle ne voyait pas dans ces questions de sens caché particulier.

Misty a répondu : « Temporaire. Transitoire. » Elle s'est interrompue avant d'ajouter : « Déroutant. »

Ses trois mots pour décrire une pièce blanche sans ouvertures.

Dans sa vie précédente, toujours marchant au côté de Peter, sans qu'ils se tiennent la main, il lui a expliqué comment fonctionnait le test de Carl Jung. Chaque question était un procédé conscient pour accéder au subconscient.

Une couleur. Un animal. Un cours d'eau. Une pièce toute blanche.

Chacun de ces éléments, Peter a expliqué que c'était un archétype selon Carl Jung. Chaque image représentait un aspect donné d'un individu.

La couleur que Misty avait donnée, or, c'est comme ça qu'elle se voyait.

Elle s'était décrite comme « Brillante. Riche. Douce », a déclaré Peter.

L'animal était la façon dont nous percevions les autres.

Elle percevait les gens comme « Sales. Stupides. Laids », a déclaré Peter.

Le cours d'eau représentait sa vie sexuelle.

Animée, rapide et peuplée. Selon Carl Jung.

Tout ce que nous disons porte notre patte. Notre journal intime.

Sans la regarder, Peter a dit : « Je n'ai pas beaucoup apprécié ta réponse. »

La dernière question de Peter, celle qui concernait la pièce toute blanche, il a expliqué que la pièce sans portes ni fenêtres, elle représente la mort.

Pour elle, la mort sera temporaire, transitoire, déroutante.

12 août — pleine lune

Les jaïna étaient une secte bouddhiste dont les membres prétendaient être capables de voler dans les airs. Ils étaient capables de marcher sur l'eau. Ils étaient capables de comprendre toutes les langues. Il est dit qu'ils étaient capables de transformer un métal vil en or. Ils étaient capables de guérir les infirmes et de rendre la vue aux aveugles.

Les yeux fermés, Misty écoute pendant que le docteur lui raconte tout ça. Elle écoute et elle peint. Avant l'aube, elle se lève pour que Grace puisse lui placer l'adhésif sur le visage. L'adhésif est ôté après le coucher du soleil.

« On prétend, dit la voix du docteur, que les jaïna étaient capables de faire se relever les morts. »

Ils pouvaient faire tout cela parce qu'ils se torturaient. Ils se privaient de nourriture et vivaient sans sexe. Cette existence de contraintes et de douleur était ce qui leur donnait leurs pouvoirs magiques.

« Les gens donnent à cette idée le nom d'"ascétisme" », explique le docteur.

Avec lui qui cause, et Misty qui se contente de dessiner. Misty travaille et c'est lui qui lui tend les peintures dont elle a besoin, les brosses et les crayons. Quand elle en a terminé, c'est lui qui change la page. Il fait ce que faisait Tabbi.

Les bouddhistes jaïna étaient célèbres dans tous les royaumes du Moyen-Orient. Dans les cours de Syrie et d'Égypte, d'Épire et de Macédoine, quatre siècles avant la naissance du Christ, ils faisaient leurs miracles. Ces miracles ont inspiré les Juifs esséniens et les premiers chrétiens. Ils ont étonné Alexandre le Grand.

Le docteur Touchet cause et il cause, sans faillir, il explique que les martyrs chrétiens étaient des rejetons des jaïna. Chaque jour, sainte Catherine de Sienne se flagellait trois fois. La première pour ses propres péchés. La deuxième série de coups de fouet était pour les péchés des vivants. La troisième était pour les péchés de tous les morts.

Saint Siméon le Stylite avait été canonisé après s'être tenu sur un pilier, exposé aux éléments, jusqu'à ce qu'il pourrisse vif.

Misty dit : « Celle-ci est achevée. » Et elle attend une nouvelle feuille de papier, un nouveau châssis.

On entend le docteur qui prend la toute dernière œuvre. Il dit : « Merveilleux. Totalement inspiré », sa voix s'amenuisant à mesure qu'il s'éloigne dans la chambre. Il y a un crissement tandis qu'il note le numéro au crayon, au dos de la feuille. L'océan au-dehors, les vagues sifflent et claquent. Il pose la peinture à côté de la porte, puis sa voix de docteur revient, proche et sonore, et il dit : « Voulez-vous encore du papier ou une toile ? »

Ça n'a pas d'importance. « Une toile », répond Misty.

Misty n'a pas vu la moindre de ses œuvres depuis que Tabbi est morte. Elle demande : « Où les emportez-vous ?

— Dans un endroit sûr », répond-il.

Ses règles ont presque une semaine de retard. Parce qu'elle ne mange plus. Elle n'a pas besoin de faire pipi sur des tests de grossesse. Peter a fait son boulot, en l'amenant ici.

Et le docteur dit : « Vous pouvez commencer. » Sa main se referme sur la main de Misty, et il la tire jusqu'à lui faire toucher la toile rêche et tendue déjà apprêtée d'une couche de colle de peau de lapin.

Les Juifs esséniens, explique-t-il, étaient à l'origine une troupe d'anachorètes persans qui adoraient le soleil.

Des anachorètes. C'est ainsi que l'on appelait les femmes murées vives dans les soubassements des cathédrales. Scellées à demeure pour donner au bâtiment une âme. L'histoire cinglée des entrepreneurs de construction. Sceller du whiskey, des femmes, des chats, à l'intérieur des murs. Son mari inclus.

Toi.

Misty, prise au piège de sa mansarde du grenier, avec son plâtre pesant qui la garde ici. La porte verrouillée de l'extérieur. Le docteur toujours prêt avec une seringue de quelque chose si elle se met à avoir des vapeurs. Oh, Misty pourrait écrire tout un livre sur les anachorètes.

Les esséniens, dit le docteur Touchet, vivaient à l'écart du monde normal. Ils s'entraînaient en supportant la maladie et la torture. Ils abandonnaient familles et biens. Ils souffraient, animés par la conviction que les âmes immortelles du ciel étaient appâtées pour descendre sur terre et prendre forme physique afin de s'offrir sexe et boisson, de prendre des drogues, de trop manger.

Les esséniens ont été les professeurs du jeune Jésus-Christ. Ils ont été les professeurs de Jean le Baptiste.

Ils se faisaient appeler guérisseurs et exécutaient tous les miracles du Christ — guérir les malades, faire se relever les morts, chasser les démons —, des siècles avant Lazare. Les jaïna transformaient l'eau en vin des siècles avant les esséniens, qui le faisaient des siècles avant Jésus.

« Il est possible de répéter les mêmes miracles toujours et encore, pourvu que personne ne se souvienne de la dernière fois, déclare le docteur. Gardez ça en mémoire. »

De la même manière que le Christ s'est qualifié de pierre rejetée par les maçons, les ermites jaïna se qualifiaient de rondins rejetés par tous les charpentiers.

« Leur idée, explique le docteur, est que les visionnaires doivent vivre à l'écart du monde normal, et rejeter plaisir, confort et conformité afin de se connecter avec le divin. »

Paulette apporte le déjeuner sur un plateau, mais Misty ne veut pas de nourriture. Derrière ses paupières fermées, elle entend le docteur qui mange. Le raclement du couteau et de la fourchette sur l'assiette de porcelaine. Les glaçons qui tintent dans le verre d'eau.

Il dit : « Paulette ? » La voix pleine de nourriture, il dit : « Pouvez-vous emporter ces peintures, là, près de la porte, pour les déposer dans la salle à manger avec les autres ? »

Un endroit sûr.

On sent le jambon et l'ail. Il y a un truc chocolaté aussi, du pudding ou un gâteau. On entend le docteur qui mastique, on entend le bruit mouillé de chaque bouchée avalée.

« Là où ça devient intéressant, poursuit le docteur, c'est quand on envisage la douleur comme outil spirituel. »

La douleur et la privation. Les moines bouddhistes s'asseyent sur les toits, ils jeûnent et ne dorment pas tant qu'ils n'ont pas atteint l'illumination. Isolés et exposés au vent et au soleil. Comparez-les à saint Siméon, qui a pourri sur son pilier. Ou aux siècles de yogis debout. Ou aux Indiens d'Amérique qui erraient dans leur quête visionnaire. Ou aux filles qui se privaient de nourriture au dix-neuvième siècle en Amérique et qui jeûnaient par piété jusqu'à ce que mort s'ensuive. Ou à sainte Véronique dont la seule nourriture se limitait à cinq pépins d'orange, mâchonnés en souvenir des cinq plaies du Christ. Ou à lord Byron, qui jeûnait et se purgeait et qui a accompli son héroïque traversée à la nage de l'Hellespont, le détroit des Dardanelles. Un anorexique romantique. Moïse et Élie, qui ont jeûné pour recevoir des visions dans l'Ancien Testament. Les sorcières anglaises du dix-septième siècle qui jeûnaient pour lancer leurs sorts. Ou les derviches tourneurs, s'épuisant pour atteindre l'illumination.

Et le docteur poursuit, il poursuit, encore et toujours.

Tous ces mystiques, à travers l'Histoire, de par le monde, ils ont trouvé leur voie vers l'illumination par la souffrance physique.

Et Misty se contente de continuer à peindre.

« De plus en plus intéressant, dit la voix du docteur. Selon la physiologie des deux cerveaux, votre cerveau se divise comme une noix en deux moitiés. »

La moitié gauche de votre cerveau traite de la logique, du langage, du calcul et de la raison, explique-t-il. C'est la moitié que les gens perçoivent comme leur identité personnelle. C'est le fondement conscient, rationnel, quotidien de notre réalité.

Le côté droit de votre cerveau, lui explique le docteur, est le centre de votre intuition, de vos émotions, de vos prescience, et de vos talents de reconnaissance des modèles. Votre subconscient.

« Votre cerveau gauche est un savant, dit le docteur. Votre cerveau droit est un artiste. »

Il explique que les gens vivent leur vie à partir de la moitié gauche de leur cerveau. C'est seulement en cas de douleur extrême, ou quand on est bouleversé ou malade, que son subconscient peut se glisser dans son conscient. Quand on est blessé ou malade ou en deuil ou déprimé, le cerveau droit peut prendre la direction des opérations l'espace d'un éclair, rien qu'un instant, et donner accès à l'inspiration divine.

Un éclair d'inspiration. Un moment de prescience.

Le psychologue français Pierre Janet appelait cette condition « l'abaissement du niveau mental ». Lorsque nous sommes fatigués ou déprimés ou affamés ou en souffrance.

Selon le philosophe allemand Carl Jung, cela nous permet de nous connecter à un corpus de connaissance universel. La sagesse de tous les peuples de tous les temps.

Carl Jung, ce que Peter a dit à Misty sur elle-même. L'or. Les pigeons. Le St. Lawrence Seaway.

Frida Kahlo et ses plaies sanglantes. Tous les grands artistes sont des invalides.

Selon Platon, nous n'apprenons rien. Notre âme a vécu tellement de vies que nous savons tout. Les professeurs et l'éducation ne peuvent que nous faire nous souvenir de ce que nous savons déjà.

Notre malheur. Cette suppression de notre esprit rationnel est la source de l'inspiration. La muse. Notre ange gardien. La souffrance nous sort de notre self-control rationnel et laisse le divin nous prendre comme chenal de passage.

« Une dose suffisante de n'importe quel stress, dit le docteur, bon ou mauvais, amour ou douleur, peut rendre notre raison infirme et nous apporter des idées et des talents que nous ne saurions accomplir d'aucune autre manière. »

Tout cela pourrait sortir de la bouche d'Angel Delaporte. La méthode des actions physiques de Stanislavski. Une formule fiable pour créer des miracles à la demande.

À mesure qu'il s'approche au plus près d'elle, l'haleine du docteur est chaude sur le côté du visage de Misty. Une odeur de jambon et d'ail.

Sa brosse s'immobilise, et Misty dit : « Celui-ci est terminé. »

On frappe à la porte. Le verrou cliquette. Puis Grace, sa voix dit : « Comment va-t-elle, docteur ?

— Elle travaille, il répond. Tenez, numérotez celui-ci — quatre-vingt-quatre. Ensuite, mettez-le avec les autres. »

Et Grace d'annoncer : « Misty chérie, nous pensions que tu aimerais être au courant, mais nous essayons de joindre des membres de ta famille. À propos de Tabbi. »

On entend quelqu'un qui soulève le châssis du chevalet. Des pas le transportent de l'autre côté de la chambre. À quoi il ressemble, Misty ne sait pas.

Ils ne peuvent pas faire revenir Tabbi. Jésus le pourrait peut-être, ou les bouddhistes jaïna, mais personne d'autre. Avec sa jambe infirme, sa fille morte, son mari dans le coma, Misty elle-même prise au piège en train de se démolir à petit feu, empoisonnée par les migraines, si le docteur ne se trompe pas, elle devrait être capable de marcher sur les eaux. Elle devrait être capable de faire se relever les morts d'entre les morts.

Une main douce se referme sur son épaule et la voix de Grace se rapproche au plus près de son oreille. « Nous allons disperser les cendres de Tabbi cet après-midi, annonce-t-elle. À seize heures, sur la pointe. »

L'île tout entière, tout le monde sera là. Exactement comme pour les funérailles de Harrow Wilmot. Et le docteur Touchet aura embaumé le corps dans son cabinet d'auscultation carrelé de vert, avec son bureau de comptable tout en métal et ses diplômes au mur couverts de chiures de mouche.

De cendres en cendres. Son bébé dans une urne.

La Mona Lisa de Léonard n'est rien d'autre qu'un millier de milliers de barbouillis de peinture. Le David de Michel-Ange n'est rien d'autre qu'un million de petits impacts de marteau. Tous autant que nous sommes, nous ne sommes qu'un million de petits morceaux rassemblés comme il se doit.

L'adhésif bien tendu sur chaque œil, obligeant son visage à rester décontracté, comme un masque, Misty déclare : « Est-ce que quelqu'un est allé le dire à Peter ? »

On entend un soupir, une longue inspiration, puis relâchement. Et Grace dit : « À quoi ça avancerait ? »

C'est son père.

Tu es son père.

Le nuage gris de Tabbi se dispersera au vent. Se laissant porter le long de la côte vers la ville, l'hôtel, les maisons et l'église. Les enseignes au néon et les panneaux publicitaires, les logos de compagnies commerciales et les noms de produits.

Cher et tendre Peter, considère qu'on te l'a dit.

15 août

Pour information, juste au cas où, sache qu'un des problèmes de la fac d'arts plastiques, c'est qu'elle te rend tellement moins romantique. Tout ce baratin débile sur les peintres dans leurs mansardes, il disparaît complètement sous la masse de choses à apprendre en chimie, en géométrie et en anatomie. Ce qu'on t'enseigne explique le monde. Après tes études, tout est tellement net et propret.

Tellement résolu et logique.

Tout le temps qu'elle a fréquenté Peter Wilmot, Misty savait que ce n'était pas lui qu'elle aimait. Les femmes cherchent tout bonnement le meilleur spécimen physique pour être le père de leurs enfants. Une femme en bonne santé est programmée pour aller dénicher le triangle de muscle lisse à l'intérieur du col ouvert de Peter parce que les humains, au cours de leur évolution, sont devenus imberbes afin de suer et de rester frais, dépassant ainsi quelque forme échauffée et épuisée de protéine animale pleine de fourrure.

Les hommes qui ont moins de poils sur le corps sont aussi moins susceptibles de servir de niche à la vermine, poux, mouches et mites.

Avant leurs rancards, Peter emportait une des peintures qu'elle avait faites. Encadrée, dos en place, tout. Et Peter pressait alors deux longues bandelettes d'adhésif double-face extrafort au dos du cadre. Avec précaution, à cause du double-face, il glissait la peinture à l'intérieur de son chandail trop grand.

N'importe quelle femme aimerait la manière qu'avait Peter de lui passer les mains dans les cheveux. C'est de la science, purement et simplement. Le contact physique reproduit les pratiques originelles de toucher entre parents et enfant dans la toute petite enfance. Il stimule la libération de ton hormone de croissance ainsi que les enzymes d'ornithine de carboxylase. Inversement, les doigts de Peter lui massant la nuque abaisseraient naturellement ses niveaux d'hormones de stress. Cela a été prouvé en laboratoire, en massant des bébés rats à l'aide d'une brosse à peindre.

Une fois que tu es au fait de la biologie, tu n'as plus besoin d'en être le cobaye.

Au cours de leurs rancards, à Peter et Misty, ils se rendaient dans les musées et les galeries d'art. Rien que tous les deux, à se promener et à bavarder, Peter un peu carré sur le devant, un peu enceint de la toile de Misty.

Il n'existe rien de spécial en ce monde. Rien de magique. Uniquement de la physique.

Les imbéciles comme Angel Delaporte qui cherchent une justification surnaturelle aux événements ordinaires, Misty, ça la rend folle.

Arpentant les galeries en quête d'un espace vide sur un mur, Peter était l'exemple vivant du nombre d'or, la formule utilisée par les sculpteurs grecs de l'Antiquité pour définir une proportionnalité parfaite. Il avait les jambes 1,6 fois plus longues que son torse. Son torse est 1,6 fois plus long que sa tête.

Regarde tes doigts, le fait que la première phalange est plus longue que la deuxième, puis la deuxième qui est plus longue que la troisième. Le rapport s'appelle Phi, selon le sculpteur Phidias.

L'architecture de toi.

Tout en marchant, Misty expliquait à Peter la chimie de la peinture. La manière dont la beauté physique se révèle être chimie, géométrie, anatomie. L'art est en réalité science. Découvrir les raisons pour lesquelles les gens apprécient quelque chose de façon à pouvoir le dupliquer. Le copier. C'est un paradoxe, que de « créer » un vrai sourire. Répéter à satiété un mouvement d'horreur spontanée. Toute cette sueur, tous ces efforts mortels qui entrent dans la création de ce qui paraît facile et instantané.

Lorsque les gens contemplent le plafond de la chapelle Sixtine, il faut qu'ils sachent que la peinture noire de carbone est la suie du gaz naturel. La couleur rouge de garance est la racine pilée de la plante qui s'appelle garance. Le vert émeraude est de l'acéto arséniure de cuivre, appelé aussi vert de Paris et utilisé comme insecticide. Un poison. Le mauve tyrien est fabriqué à partir de clams.

Et Peter, il a ressorti la peinture de sous son chandail. Seuls dans la galerie avec personne alentour pour les voir, la peinture de maison en pierre derrière sa clôture en piquets, il l'a collée au mur. Et voilà, elle était bien là, la signature de Marie Misty Kleinman. Et Peter a fait comme ça : « Je t'avais bien dit qu'un jour tes œuvres seraient accrochées dans un musée. »

Les yeux de Peter sont d'un brun égyptien foncé, la couleur fabriquée à partir de momies passées au pilon, asphalte et os écrasés, utilisée jusqu'au dix-neuvième siècle, lorsque les artistes ont découvert cette réalité dégueulasse. Après des années passées à tortiller leurs pinceaux entre leurs lèvres.

Peter embrassant sa nuque, Misty explique qu'en regardant Mona Lisa, il faut avoir à l'esprit que la terre de Sienne brûlée n'est que de l'argile colorée par le fer et le manganèse et cuite au four. Le brun sépia est l'encre des sacs de seiches. Le rose hollandais, ce sont des baies de bourdaine écrasées.

La langue parfaite de Peter a léché Misty derrière l'oreille. Quelque chose, mais pas une peinture, était raide sous ses vêtements.

Et Misty a murmuré : « Le jaune indien est l'urine du bétail nourri de feuilles de mangue. »

Peter a passé un bras autour de ses épaules. De son autre bras, il a pressé le creux du jarret et le genou a plié. Il l'a déposée sur le sol en marbre de la galerie, et Peter a dit : « *Te amo*, Misty. »

Pour information, juste au cas où, sache que ç'a été une petite surprise.

Pesant de tout son poids sur elle, Peter a ajouté : « Tu crois que tu en sais tellement », et il l'a embrassée.

L'art, l'inspiration, l'amour, tous sont tellement faciles à disséquer.

Les couleurs à peindre vert iris et vert sève sont des jus de fleurs. Le marron de Cappagh est de la poussière de terre irlandaise, a chuchoté Misty. Le cinabre est un minerai vermillon qu'on fait tomber de hautes falaises en Espagne à l'arc et aux flèches. Le bistre est la suie marron jaunâtre du bois de hêtre brûlé. Tous les chefs-d'œuvre ne sont que poussière et cendres rassemblés de quelque manière parfaite.

De cendres en cendres. De poussière en poussière.

Même lorsqu'ils s'embrassaient, tu fermais les yeux.

Et Misty garde les siens ouverts, à regarder non pas toi, mais la boucle que tu portes à l'oreille. Argent terni presque brun, enchâssé d'un nœud de diamants taillés carrés, tout scintillants, enfouis dans les cheveux noirs qui tombent sur tes épaules — c'est ça qu'aimait Misty.

Cette première fois, Misty n'a pas cessé de t'expliquer : « La couleur à peindre gris Davy est de l'ardoise réduite en poudre. Le bleu de Brême est un hydroxyde de cuivre et du carbonate de cuivre — un poison mortel. » Misty a poursuivi : « Le rouge écarlate est de l'iode et du mercure. La couleur noir d'os, ce sont des os calcinés… »

16 août

La couleur noir d'os, ce sont des os calcinés.

La gomme laque est la merde que les aphidés déposent sur les feuilles et les brindilles. Le noir de carbone, c'est des ceps de vigne brûlés. Les couleurs à l'huile utilisent l'huile de noix ou de graines de pavot pressées. Plus tu en sais sur l'art, plus ça ressemble à de la sorcellerie. Avec tous ces trucs concassés, pressés, mélangés, cuits, il doit y en avoir des choses à mijoter, là-dessous.

Misty parlait toujours, elle parlait, elle parlait, mais c'était bien des jours plus tard, galerie après galerie. Cette fois-ci, c'était un musée, avec sa toile d'une grande église en pierre collée au mur entre un Monet et un Renoir. Avec Misty assise sur le sol froid chevauchant Peter entre ses jambes. C'était une fin d'après-midi, et le musée était désert. Sa tête parfaite avec ses cheveux noirs collée au sol, Peter avait les bras tendus, ses deux mains sous le chandail de Misty, à lui triturer les tétons de ses pouces.

Tes deux mains à toi.

Les psychologues béhavioristes expliquent que les humains copulent face à face à cause des seins. Les femelles aux seins développés attiraient plus de partenaires, qui insistaient pour les peloter pendant le rapport sexuel. Plus de sexe donnait naissance à plus de femelles, qui héritaient de seins plus développés. Ce qui a entraîné plus de sexe face à face.

Là, sur le sol, avec les mains de Peter, avec son pelotage de seins, son érection mouvante à l'intérieur de son pantalon, les cuisses de Misty écartées au-dessus de lui, elle lui a expliqué que lorsqu'il a peint son chef-d'œuvre d'Hannibal traversant les Alpes pour aller massacrer l'armée des Salasses, Turner s'était inspiré d'une promenade à pied qu'il avait faite dans la campagne du Yorkshire.

Encore un autre exemple : tout n'est qu'autoportrait.

Misty a expliqué à Peter ce qu'on apprenait en histoire de l'art. Que Rembrandt appliquait ses couleurs en couches tellement épaisses que les gens en plaisantaient en disant qu'on pouvait soulever chacun de ses portraits par le nez.

La chevelure de Misty pendouillait alourdie de sueur dans sa figure. Ses jambes dodues tremblaient, épuisées, mais la maintenaient néanmoins en position. À baiser à sec la bosse du pantalon de Peter.

Les doigts de Peter se sont resserrés sur ses seins. Ses lèvres se sont retroussées, et son visage, son orbicularis oculi, a fermé ses paupières serrées. Son triangularis a étiré les commissures de ses lèvres vers le bas en dévoilant les dents de son maxillaire inférieur. Ses dents jaunies par le café ont mordu l'air.

Une mouillure brûlante a pulsé du ventre de Misty, et l'érection de Peter pulsait à l'intérieur de son pantalon, et tout le reste s'est arrêté. Ils ont tous les deux cessé de respirer pendant un, deux, trois, quatre, cinq, six, sept longs moments.

Puis ils se sont tous les deux étiolés. Se flétrissant peu à peu. Le corps de Peter s'est décontracté sur le sol humide. Celui de Misty s'est aplati contre le sien. Tous deux, leurs vêtements collés ensemble par la sueur.

La toile de la grande église les regardait de haut depuis le mur.

Et juste à cet instant précis, un gardien du musée est entré.

20 août — lune au troisième quartier

La voix de Grace, dans l'obscurité, elle annonce à Misty : « Le travail que tu es en train de faire achètera sa liberté à ta famille. » Elle ajoute : « Aucun estivant ne viendra plus ici pendant des décennies. »

À moins que Peter ne se réveille un jour, Misty et Grace sont les seuls Wilmot qui restent.

À moins que tu ne te réveilles, il n'y aura plus de Wilmot.

On entend le lent bruissement mesuré de Grace qui coupe quelque chose aux ciseaux.

Partir dc plus rien pour se retrouver la peau sur les os en l'espace de trois générations. Ça ne sert à rien de rebâtir la fortune familiale. Que la maison aille aux catholiques. Que les estivants grouillent dans toute l'île. Maintenant que Tabbi est morte, l'avenir n'est plus un enjeu pour les Wilmot. Ni un investissement.

Grace dit : « Ton travail est un cadeau pour l'avenir, et quiconque essaiera de t'arrêter sera maudit par l'Histoire. »

Pendant que Misty peint, les mains de Grace lui ceignent la taille de quelque chose, puis ses bras, puis son cou. Quelque chose qui lui frotte la peau, léger et doux.

« Misty chérie, tu as un tour de taille de quarante-deux centimètres. »

Il s'agit d'un mètre de couturière.

Quelque chose de lisse s'introduit entre ses lèvres, et la voix de Grace dit : « Il est l'heure de prendre une nouvelle gélule. » Une paille à boire s'enfonce dans sa bouche, et Misty aspire assez d'eau pour avaler sa gélule.

En 1819, Théodore Géricault a peint son chef-d'œuvre, *Le Radeau de la Méduse*. La toile illustrait les dix naufragés qui avaient survécu, sur un total de cent quarante-sept personnes ayant dérivé à bord d'un radeau pendant deux semaines après que leur navire eut sombré. À l'époque, Géricault avait abandonné sa maîtresse enceinte. Pour se punir, il s'était rasé la tête. Pendant presque deux ans, il n'a pas vu ses amis. Jamais il n'est sorti en public. Il avait vingt-sept ans et vivait une vie de solitaire, il peignait. Entouré par les agonisants et les cadavres qu'il étudiait pour son chef-d'œuvre. Après plusieurs tentatives de suicide, il est mort à l'âge de trente-deux ans.

Grace dit : « Nous mourrons tous. » Elle dit : « Le but n'est pas de vivre pour l'éternité, le but est de créer quelque chose qui sera éternel. »

Elle pose le mètre de couturière sur les jambes de Misty et en mesure la longueur.

Une chose froide et lisse glisse sur la joue de Misty, et la voix de Grace lui dit : « Touche un peu ça. Tu sens ? » Grace dit : « C'est du satin. Je suis en train de te faire ta robe pour le vernissage. Tu seras fière pour ton entrée en lice. »

Au lieu de « fière », Misty entend *suaire*.

Uniquement au toucher, Misty sait que c'est du satin blanc. Grace est en train de recouper la robe de mariée de

Misty. Elle la reprend. Elle la fait durer pour l'éternité. Elle la fait renaître. Comme les nouveaux chrétiens. Avec le parfum de Misty, *Chanson du Vent*, qui imprègne encore le tissu, Misty se reconnaît.

Grace dit : « Nous avons invité tout le monde. Tous les estivants. Ton entrée en lice pour le vernissage sera l'événement de société le plus couru depuis un siècle. »

Pareil que son mariage. Notre mariage.

Au lieu de « lice », Misty entend *sacrifice.*

Grace dit : « Tu es presque au terme. Ne t'en reste plus que dix-huit et ce sera complet. T'en fais pas. »

Dix-huit pour arriver à cent tout rond.

Au lieu de « t'en fais pas », Misty entend *trépas.*

21 août

Aujourd'hui, dans les ténèbres derrière les paupières de Misty, l'alarme à incendie de l'hôtel se déclenche. Une longue sonnerie de clochette dans le couloir, elle traverse la porte avec une telle force que Grace est obligée de crier : « Oh, c'est quoi, maintenant ? » Elle pose une main sur l'épaule de Misty et dit : « Continue à travailler. »

La main se serre, et Grace ajoute : « Termine simplement ce dernier tableau. C'est tout ce dont nous avons besoin. »

Le bruit de ses pas s'éloigne, et la porte du couloir s'ouvre. L'alarme résonne plus fort un instant, elle sonne, aussi aiguë que la cloche de recréation dans l'école de Tabbi. Dans sa propre école primaire à elle, quand elle grandissait. La sonnerie est plus douce, à nouveau, lorsque Grace referme la porte derrière elle. Elle ne met pas le verrou.

Mais Misty continue à peindre.

Sa maman à Tecumseh Lake, lorsque Misty lui annonce qu'elle va peut-être épouser Peter Wilmot et s'installer sur Waytansea Island, sa maman dit à Misty que toutes les grosses fortunes se fondent sur la tromperie des gens et la souffrance. Plus la fortune est importante, a-t-elle expliqué, plus les gens souffrent. Pour les riches, a-t-elle expliqué, le premier mariage n'est qu'une affaire de reproduction, rien d'autre. Elle a demandé : est-ce que Misty voulait vraiment passer le restant de ses jours entourée par ce genre d'individus ?

Sa maman a demandé : « Tu ne veux donc plus être artiste ? »

Pour information, juste au cas où, sache que Misty lui a répondu : Si, bien sûr.

Ce n'est pas tant que Misty était amoureuse de Peter. Même pas. Pas tant que ça. Misty ne savait pas ce que c'était. C'est juste qu'elle ne pouvait pas rentrer à la maison dans ce parc de caravanes, ce n'était plus possible.

Peut-être bien que la fonction d'une fille, c'est tout bonnement de faire chier sa mère.

Ça, on ne te l'enseigne pas à la fac d'arts plastiques.

L'alarme à incendie continue à sonner.

La semaine où Misty et Peter se sont enfuis, c'était pendant les congés de Noël. Toute cette semaine, Misty a laissé sa maman se faire du mouron. Le ministre du culte a regardé Peter et il a dit : « Souris, mon fils. On dirait que tu fais face à un peloton d'exécution. »

Sa maman, elle a appelé la fac. Elle a appelé les hôpitaux. Dans une salle d'urgence se trouvait le corps d'une morte, une jeune femme retrouvée nue dans un fossé poignardée de cent coups de couteau dans le ventre. La maman de Misty, elle a passé le jour de Noël à traverser en voiture trois comtés pour aller regarder le cadavre mutilé de cette anonyme. Pendant que Peter et Misty s'avançaient d'un pas lent dans l'allée centrale de l'église de Waytansea, sa maman retenait son souffle en voyant un inspecteur de police défaire la fermeture à glissière d'un sac à viande froide.

Dans cette vie précédente, Misty a appelé sa maman deux jours après Noël. Assise dans la maison des Wilmot derrière une porte verrouillée, Misty tripotait les bijoux en toc que Peter lui avait offerts à chacun de leurs rendez-vous, la verroterie et les fausses perles. Sur son répondeur, Misty a écouté une douzaine de messages paniqués de sa maman. Quand Misty est finalement parvenue à composer le numéro de Tecumseh Lake, sa maman s'est contentée de raccrocher.

La belle affaire. Après quelques larmes, Misty n'a plus jamais rappelé sa maman.

Waytansea Island lui donnait déjà le sentiment d'être son havre et son foyer, bien plus que ne l'avait jamais été la caravane.

L'alarme de l'hôtel continue toujours à sonner, et à travers la porte, quelqu'un dit : « Misty ? Misty Marie ? » On frappe. C'est une voix d'homme.

Et Misty répond : Oui ?

L'alarme devient bruyante quand la porte s'ouvre, puis s'estompe. Un homme dit : « Seigneur, qu'est-ce que ça pue là-dedans ! » Et voilà Angel Delaporte qui débarque à la rescousse.

Pour information, juste au cas où, sache que le temps aujourd'hui est frénétique, paniqué, et un peu à la bourre avec Angel qui lui ôte l'adhésif du visage. Il prend la brosse qu'elle tient à la main. Angel la gifle une fois, violemment, sur chaque joue, et dit : « Réveillez-vous. Nous n'avons pas beaucoup de temps. »

Angel Delaporte la gifle comme on giflerait une bimbo à la télévision espagnole. Misty, que la peau et les os. L'alarme à incendie de l'hôtel se contente elle de continuer à sonner avec obstination. Plissant les paupières devant la lumière du soleil qui entre par son unique et minuscule fenêtre, Misty dit : Arrêtez. Misty dit qu'elle ne comprend pas. Il faut qu'elle peigne. C'est tout ce qui lui reste.

Le tableau qui lui fait face est un carré de ciel, en barbouillis de bleu et de blanc mêlés, rien n'est terminé, mais ça remplit toute la surface du papier. Empilées contre le mur près de la porte se trouvent d'autres peintures, posées à l'envers. Un numéro au crayon sur chacune. Quatre-vingt-dix-sept sur l'une. Quatre-vingt-dix-huit. Une autre porte quatre-vingt-dix-neuf.

Et l'alarme qui sonne et qui sonne, avec obstination.

« Misty, dit Angel. Quelle que soit l'expérience en cours, vous en avez terminé. » Il va à son placard et en sort un peignoir de bain et des sandales. Il revient et glisse chaque pied dans l'une d'elles, en disant : « Il faudra environ deux minutes pour que les gens s'aperçoivent qu'il s'agit d'une fausse alarme. »

Angel glisse une main sous chacune de ses aisselles et soulève Misty pour la remettre debout. Il serre le poing et cogne son plâtre, en disant : « Qu'est-ce que c'est que *ça* ? »

Misty demande : Qu'est-ce qu'il est venu faire ici ?

« Cette gélule que vous m'avez refilée, lui apprend-il, elle m'a donné la pire migraine de toute ma vie. » Il est en train de passer le peignoir sur ses épaules et il explique : « J'ai demandé à un chimiste de l'analyser. » Laissant tomber chaque bras fatigué dans une manche du peignoir, il poursuit : « Je ne sais pas quel genre de docteur vous avez, mais ces gélules contiennent du plomb en poudre avec des traces d'arsenic et de mercure. »

Les composants toxiques des peintures à l'huile : le rouge Van Dyck, du ferrocyanure ; l'écarlate, de l'iodure de mercure ; le blanc de plomb, du carbonate de plomb ; le violet de cobalt, de l'arsenic — tous ces magnifiques pigments, ces composants que les artistes chérissent et qui se révèlent être mortels. Ce processus par lequel ton rêve de créer un chef-d'œuvre te rendra fou avant de te tuer.

Elle, Misty Marie Wilmot, la droguée empoisonnée possédée par le démon, Carl Jung et Stanislavski, qui peint des courbes et des angles parfaits.

Misty répond qu'elle ne comprend pas. Misty dit : Tabbi, sa fille. Tabbi est morte.

Et Angel s'immobilise. Les sourcils relevés sous la surprise, il lâche : « Quand ? »

Il y a quelques jours, ou quelques semaines. Misty ne sait pas. Tabbi s'est noyée.

« Vous en êtes sûre ? demande Angel. Il n'y a rien eu dans le journal. »

Pour information, juste au cas où, sache que Misty n'est sûre de rien.

Angel dit : « Je sens une odeur d'urine. »

C'est le cathéter de Misty. Il s'est arraché. Ils laissent une traînée de pipi depuis son chevalet, sur le tapis, à l'extérieur de la porte et sur la moquette du couloir. Du pipi, et son plâtre qui traînasse.

« Je parierais, dit Angel, que le plâtre sur cette jambe n'est même pas utile. » Il ajoute : « Vous savez, ce fauteuil du dessin que vous m'avez vendu ? »

Misty répond : « Oui, dites-moi. »

Ses bras autour d'elle, il traîne Misty, lui fait passer une porte et arrive à l'escalier. « Ce fauteuil a été fabriqué par l'ébéniste Hershel Burke en 1879, explique-t-il, et il a été expédié à Waytansea Island pour la famille Burton. »

Le plâtre de Misty cogne à chaque marche. Ses côtes lui font mal parce que les doigts d'Angel la serrent trop fort, s'enracinant et creusant sous ses aisselles, et Misty lui fait comme ça : « Un inspecteur de police. » Misty précise : « Il a dit qu'un club d'écologie incendie toutes les maisons dans lesquelles Peter a inscrit des choses.

— Incendiées, confirme Angel. La mienne inclue. Elles sont toutes parties en fumée. »

L'Alliance océanique pour la liberté. L'AOPL en raccourci.

De ses mains toujours gantées cuir, en bon automobiliste frimeur, Angel la traîne sur une nouvelle volée de marches, en disant : « Vous savez que ça signifie qu'il se passe ici des choses pas naturelles, n'est-ce pas ? »

D'abord, Angel Delaporte lui dit : il est impossible qu'elle dessine aussi bien. Et maintenant, c'est un esprit malfaisant qui se sert d'elle comme d'un écran magique humain. Elle est juste bonne à être un instrument de dessin démoniaque.

Misty répond : « Je pensais bien que vous alliez dire ça. »

Oh, Misty, elle *sait* ce qui se passe.

Misty dit : « Arrêtez. » Elle demande : « Simplement pourquoi êtes-vous ici ?

Pourquoi depuis le tout début est-il son ami ? Qu'est-ce donc qui pousse Angel Delaporte à lui casser les pieds ? Avant que Peter ne lui bousille sa cuisine, avant que Misty ne lui loue sa maison, ils étaient de parfaits étrangers. Et maintenant le voilà qui déclenche les alarmes à incendie et la traîne pour lui faire descendre les escaliers. Elle, avec sa gamine morte et un mari dans le coma.

Ils sont là, sur l'escalier, quand l'alarme s'arrête. Tout est silencieux. Seules les oreilles de Misty continuent à tinter.

On entend des voix depuis les couloirs de chaque étage. Une voix depuis le grenier lance : « Misty n'est plus là. Elle n'est pas dans sa chambre. » C'est le docteur Touchet.

Avant de descendre une marche de plus, Misty menace Angel du poing. Misty murmure : « Expliquez-moi. » Affalée sur l'escalier, elle murmure : « Pourquoi jouez-vous au con avec moi ? »

21 août… et demi

Toutes ces choses que Misty aimait concernant Peter, Angel avait été le premier à les aimer. À la fac d'arts plastiques, c'était Angel et Peter, jusqu'à ce que Misty débarque. Ils avaient planifié tout leur avenir. Non pas comme artistes, mais comme comédiens. Peu importait qu'ils gagnent beaucoup d'argent, lui avait expliqué Peter. Il avait expliqué à Angel Delaporte. Quelqu'un de la génération de Peter allait épouser une femme qui rendrait la famille Wilmot et toute la communauté suffisamment riches pour que personne ne soit plus obligé de travailler. Il n'avait jamais expliqué les détails du système.

Jamais tu n'avais expliqué.

Mais Peter a dit que toutes les quatre générations, un garçon de l'île rencontrait une femme qu'il devait épouser. Une jeune étudiante en art. Exactement comme dans un vieux conte de fées. Il allait la ramener à la maison, et elle allait peindre tellement bien qu'elle ferait de Waytansea Island une île riche pour un nouveau siècle. Lui sacrifiait sa vie, mais ce n'était qu'une vie. Une seule. Rien qu'une, toutes les quatre générations.

Peter avait montré à Angel Delaporte sa joncaille, ses bijoux en toc. Il avait appris à Angel l'ancienne coutume selon laquelle la femme qui allait réagir devant ces bijoux, celle qui serait attirée par eux et prise à leur piège, eh bien cette femme-là deviendrait alors la femme du conte de fées. Chacun des garçons de sa génération était obligé de s'inscrire dans une école d'arts plastiques. Il était obligé de porter un de ces bijoux, tout rayé, rouillé, terni. Il était obligé de rencontrer autant de femmes que possible.

Tu étais obligé.

Cher et tendre Peter bisexuel jamais sorti de son placard.

La « queue sur deux jambes » contre laquelle les amies de Misty avaient tenté de la mettre en garde.

Les broches, ils se les épinglaient dans le front, dans leurs tétons. Leurs nombrils et leurs pommettes. Les colliers, ils se les enfilaient dans des trous aux narines. Ils faisaient exprès d'être révoltants. D'inspirer du dégoût. Pour empêcher les femmes de les admirer, et chacun d'eux priait que ce soit un autre garçon qui rencontre la femme qui serait l'élue. Parce que le jour où ce garçon malchanceux l'épouserait, cette femme, tous les autres individus de sa génération allaient être libres de vivre leur vie. De la même façon que les trois générations suivantes.

De plus, rien à la peau sur les os en trois générations.

Au lieu de progresser, l'île était coincée dans la boucle de ce mouvement répétitif. À recycler le même succès passé. Reconstitution historique d'époque. Ce même rituel.

C'était Misty que ce malchanceux devait rencontrer. Misty était leur femme de conte de fées.

C'est là, sur l'escalier de l'hôtel, qu'Angel lui a expliqué tout ça. Parce qu'il n'avait jamais pu comprendre pourquoi

Peter était parti pour aller l'épouser, elle. Parce que Peter n'avait jamais pu le mettre au courant, lui. Peter ne l'avait jamais aimée, elle, lui dit Angel Delaporte.

Tu ne l'as jamais aimée.

Espèce de sac à merde.

Et ce qu'on ne comprend pas, on peut lui faire dire n'importe quoi.

Parce que Peter se contentait d'accomplir quelque destinée de légende. Une superstition. La légende d'une île, et peu importait l'énergie avec laquelle Angel essayait de l'en dissuader, Peter insistait sur le fait que Misty était sa destinée.

Ta destinée.

Peter insistait sur le fait que sa vie se devait d'être détruite, époux d'une femme qu'il n'avait jamais aimée, parce qu'il sauverait ainsi sa famille, ses enfants à venir, son entière communauté, de la pauvreté. Il leur éviterait de perdre le contrôle de leur petit monde magnifique. Leur île. Parce que leur système fonctionnait depuis des siècles.

Affalé sur les marches, Angel explique : « C'est pour cette raison que je l'ai engagé pour travailler sur ma maison. C'est pour cette raison que je l'ai suivi jusqu'ici. » Misty et lui sur l'escalier, le plâtre étendu entre eux deux, Angel Delaporte se penche au plus près, l'haleine chargée de vin rouge, et demande : « Je veux juste que vous me disiez pourquoi il a scellé toutes ces pièces. Ainsi que la chambre qu'il y a ici, la chambre 313, dans cet hôtel ? »

Pour quelle raison Peter a-t-il sacrifié son existence pour l'épouser, elle ? Ses graffitis, ce n'était pas des menaces. Angel estime que c'était des mises en garde. Pour quelle raison Peter voulait-il mettre tout le monde en garde ?

Une porte s'ouvre dans l'escalier au-dessus de leurs têtes,

et une voix s'exclame : « La voilà. » C'est Paulette la réceptionniste. C'est Grace Wilmot et le docteur Touchet. C'est Brian Gilmore, qui dirige le bureau de poste. Et la vieille Mme Terrymore de la bibliothèque. Brett Petersen, le directeur de l'hôtel. Matt Hyland de l'épicerie. C'est le conseil de village tout entier qui descend les marches et se dirige sur eux.

Angel se penche au plus près, il lui serre le bras, et lâche : « Peter ne s'est pas suicidé. » Il pointe le doigt vers les étages et ajoute : « C'est eux. Ils l'ont assassiné. »

Et Grace Wilmot dit : « Misty chérie. Il faut que tu retournes travailler. » Elle secoue la tête, en claquant la langue, et précise : « Nous sommes si près, mais si près d'en être au terme. »

Et les mains d'Angel, ses gants de conduite en cuir la lâchent. Il bat en retraite, descend d'une marche, et dit : « Peter m'avait prévenu. » Le regard allant de la foule dans les étages à Misty, puis retour, il bat en retraite, en expliquant : « Je veux juste savoir ce qui se passe. »

Dans le dos de Misty, les mains se referment sur ses épaules, ses bras, et soulèvent.

Et Misty, tout ce qu'elle peut dire, c'est : « *Peter était gay ?* »

Tu es gay ?

Mais Angel Delaporte recule à pas maladroits, dans l'escalier, vers le rez-de-chaussée. Il descend jusqu'à la première porte en contrebas, toujours criant dans la cage d'escalier : « Je vais à la police ! » Il s'écrie : « La vérité, c'est que c'est de vous que Peter essayait de sauver les gens ! »

23 août

Ses bras ne sont rien de plus que des cordages de peau mollasse. Sur sa nuque, les os donnent l'impression d'être noués les uns aux autres par des tendons desséchés. Enflammés. Douloureux et fatigués. Ses épaules, comme accrochées à son échine à la base de son crâne. Son cerveau pourrait tout aussi bien être une pierre noire cuite au four à l'intérieur de sa tête. Sa toison pubienne est en train de repousser, les poils rêches et boutonneux autour du cathéter. Face à la nouvelle feuille de papier placée devant elle, Misty prend une brosse ou un crayon, et rien ne se produira. Lorsque Misty débute un croquis, obligeant sa main à exécuter quelque chose, c'est une maison en pierre. Un jardin de roses. Rien que son propre visage. Le journal intime de son autoportrait.

Aussi vite qu'elle lui est venue, son inspiration a disparu.

Quelqu'un libère de sa tête le bandeau qui lui masque les yeux, et la lumière du soleil en provenance de la lucarne lui fait plisser les paupières. Tellement elle est aveuglante. C'est le docteur Touchet qui est là avec elle, et il dit : « Félicitations, Misty. C'est terminé. »

C'est ce qu'il avait dit quand Tabbi était née.

Misty et son immortalité fabrication maison.

Il ajoute : « Cela pourrait prendre quelques jours avant que vous puissiez vous tenir debout », puis glisse le bras autour de son dos, crochète sous les aisselles et soulève Misty pour la remettre sur ses jambes.

Sur le rebord de la fenêtre, quelqu'un a laissé la boîte à chaussures de Tabbi pleine de bijoux de pacotille. Les morceaux bon marché de miroirs scintillants, taillés en diamants. L'inclinaison de chaque facette reflétant la lumière dans une direction différente. Un éblouissement. Un petit feu de joie, là, sous le soleil qui rebondit à la surface de l'océan.

« Près de la fenêtre ? demande le docteur. Ou préféreriez-vous vous mettre au lit côté porte ? »

Au lieu de « porte », Misty entend *morte.* La chambre est exactement comme dans le souvenir de Misty. L'oreiller de Peter sur le lit, l'odeur de son mari. Les tableaux ont, tous jusqu'au dernier, disparu. Misty demande : « Qu'est-ce que vous en avez fait ? »

L'odeur de toi.

Et le docteur Touchet la dirige vers un fauteuil près de la fenêtre. Il la fait s'asseoir doucement dans une couverture étalée sur le fauteuil et dit : « Vous avez encore fait un travail parfait. Nous ne pouvions espérer mieux. » Il ouvre les rideaux pour montrer l'océan, la plage. Les estivants s'entassent les uns sur les autres jusqu'au bord de l'eau. Les ordures laissées par la marée. Un tracteur se traîne lentement, tirant un rouleau. Le tambour en acier roule, imprimant dans le sable humide un triangle de guingois. Le logo d'une entreprise commerciale.

Tout à côté du logo estampé dans le sable, on peut lire les

mots : « Se servir de ses erreurs passées pour bâtir un meilleur avenir. »

La vague déclaration d'intention d'un individu investi d'une mission.

« Encore une semaine, explique le docteur, et cette compagnie paiera une fortune pour effacer son nom de cette île. »

Ce qu'on ne comprend pas, on peut lui faire dire n'importe quoi.

Le tracteur traîne le rouleau, imprimant de nouveau son message, encore et encore, jusqu'à ce que les vagues l'effacent.

Le docteur dit : « Lorsqu'un avion s'écrase, toutes les compagnies paient pour annuler leurs publicités dans les journaux et à la télévision. Vous le saviez ? Aucune d'elles ne veut courir le risque d'être associée à ce genre de désastre. » Il ajoute : « Encore une semaine, et il n'y aura plus la moindre affiche commerciale sur cette île. Les entreprises paieront ce qu'il faudra pour racheter les noms de leurs marques. »

Le docteur croise les mains mortes de Misty sur ses cuisses. C'est l'embaumement. Il dit : « Maintenant, reposez-vous. Paulette sera là bientôt pour prendre commande de votre dîner. »

Pour information, juste au cas où, il va jusqu'à sa table de nuit et prend le flacon de gélules. En partant, il glisse le flacon dans la poche latérale de sa veste de complet sans rien expliquer. « Encore une semaine, conclut-il, et le monde entier aura peur de cet endroit — mais il nous fichera la paix. » En sortant, il ne verrouille pas la porte.

Dans sa vie précédente, Peter et Misty, ils sous-louaient un appart à New York quand Grace a appelé pour leur annoncer que Harrow était décédé. Le père de Peter était décédé et sa mère se retrouvait seule dans leur grande maison de Birch Street. Trois étages au total, avec sa chaîne montagneuse de toits, ses tours et ses fenêtres en cintre saillant. Et Peter a annoncé qu'ils devaient partir pour s'occuper d'elle. Pour régler la succession de Harrow. Peter était l'exécuteur testamentaire. Rien que pour quelques mois, a-t-il précisé. Ensuite Misty s'est retrouvée enceinte.

Ils ont continué à se répéter que c'était New York, leur grand projet. Ensuite ils se sont retrouvés parents.

Pour information, juste au cas où, sache que Misty ne pouvait pas se plaindre. Il y a eu un petit créneau de temps, les premières années après la naissance de Tabbi, pendant lequel Misty pouvait se rouler en chien de fusil sur le lit avec elle et ne plus rien vouloir d'autre au monde. D'avoir Tabbi faisait de Misty partie prenante de quelque chose, du clan Wilmot, de l'île. Misty se sentait dans une plénitude totale et plus apaisée qu'elle ne l'aurait jamais cru possible. Avec ses vagues sur la plage à l'extérieur de la fenêtre de la chambre, ses rues tranquilles, l'île était suffisamment à l'écart du monde pour que le sentiment de manque disparaisse. Tu cessais d'avoir besoin. De te faire du souci. De souhaiter. De toujours espérer quelque chose de plus.

Elle a laissé tomber la peinture et s'est mise à fumer de la came.

Elle n'avait plus besoin d'accomplir, de devenir, d'échapper. Le simple fait d'être là suffisait.

Les paisibles rituels du lavage de la vaisselle ou du pliage des vêtements. Peter rentrait à la maison, et ils s'asseyaient sous l'avant-toit en compagnie de Grace. Ils faisaient la lecture à Tabbi jusqu'à son coucher. Ils faisaient couiner le vieux mobilier en rotin, avec les nuages de papillons de nuit autour de la lampe. Dans les profondeurs de la maison, une horloge tintait les heures. Depuis les bois au-delà du village, il leur arrivait d'entendre une chouette.

De l'autre côté des eaux, les villes du continent étaient surpeuplées, placardées de panneaux publicitaires vantant des produits de la ville. Les gens mangeaient de la nourriture bon marché dans les rues et abandonnaient leurs déchets sur la plage. La raison pour laquelle l'île ne causait jamais le moindre mal ? Il n'y avait rien à y faire. Il n'y avait pas de chambres à louer. Pas d'hôtel. Pas de maisons de vacances pour l'été. Pas de réceptions. On ne pouvait s'y offrir de repas parce qu'il n'y avait pas de restaurant. Personne ne vendait de coquillages peints à la main avec « Waytansea Island » écrit en lettres dorées. Les plages étaient pleines de rochers côté océan... boueuses de laisses à huîtres côté continent.

À peu près à cette époque, le conseil de village a commencé les travaux en vue de rouvrir l'hôtel fermé. C'était dingue, d'utiliser ainsi les derniers sous des fonds de placement de chacun des habitants, toutes ces familles insulaires en train de se cotiser pour reconstruire cette vieille ruine calcinée par un incendie qui se dressait sur le flanc de la colline au-dessus du port. En train de gaspiller leurs dernières ressources pour attirer des tonnes de touristes. Condamnant ainsi la génération à venir à servir aux tables, nettoyer les chambres, peindre des merdes de souvenirs sur des coquillages.

Il est tellement difficile d'oublier la douleur, mais il est encore bien plus difficile d'oublier la douceur.

Nous n'avons pas de cicatrices à montrer pour le bonheur. La paix nous en apprend si peu.

Roulée en chien de fusil sur la courtepointe, partie prenante de chaque individu pour des générations, Misty pouvait serrer sa fille dans ses bras. Misty pouvait tenir son bébé, son corps entourant Tabbi, comme si celle-ci se trouvait toujours à l'intérieur d'elle. Toujours partie prenante de Misty. Immortelle.

L'odeur de lait suri de Tabbi, de son haleine. L'odeur suave du talc de bébé, presque du sucre en poudre. Le nez de Misty niché dans la peau douce du cou de son bébé.

Au cours de ces années-là, ils n'avaient aucune raison de se presser. Ils étaient jeunes. Leur monde était propre. C'était l'église le dimanche. C'était les livres à lire, les longues trempettes dans la baignoire. La cueillette des baies sauvages et la fabrication des gelées le soir, à la fraîche, quand la brise soufflait dans la cuisine blanche, toutes fenêtres ouvertes. Ils connaissaient toujours la phase de la lune, mais rarement le jour de la semaine.

Rien que pour ce créneau de quelques années, Misty savait que son existence n'était pas une fin. Elle était un moyen pour atteindre l'avenir.

Ils faisaient poser Tabbi debout contre l'huisserie de la porte d'entrée. Contre tous les noms oubliés qui étaient toujours là. Tous ces enfants, aujourd'hui décédés. Ils inscrivaient sa taille à l'aide d'un stylo-feutre.

Tabbi, âge : quatre ans.

Tabbi, âge : huit ans.

Pour information, juste au cas où, le temps aujourd'hui est un peu mièvre.

Ici, au Waytansea Hotel, assise devant la fenêtre de la lucarne, dans sa mansarde du grenier, l'île s'étale sous ses yeux, dégoûtante, avec ses étrangers et ses messages. Ses panneaux publicitaires et ses néons. Ses logos. Ses marques commerciales.

Le lit sur lequel Misty se roulait en chien de fusil, entourant Tabbi, essayant de la garder à l'intérieur du cocon. C'est Angel Delaporte qui y dort maintenant. Un cinglé quand même. Toujours à ses basques. Dans sa chambre à elle, dans son lit à elle, sous la fenêtre avec le sifflement et le claquement des vagues qui se brisent au-dehors. La maison de Peter.

Notre maison. Notre lit.

Jusqu'à ce que Tabbi atteigne ses dix ans, le Waytansea Hotel était resté scellé, vide. Les fenêtres fermées, à l'aide de contreplaqué boulonné à chaque châssis. Les portes barrées de planches.

L'été où Tabbi a eu ses dix ans, l'hôtel a ouvert. Le village est devenu une armée de chasseurs et de serveurs, de femmes de chambre et de réceptionnistes. C'est cette année-là que Peter a commencé à travailler sur le continent, à monter ses cloisons de Placo. Des petits boulots de réfection pour des estivants qui avaient trop de maisons à entretenir. L'hôtel maintenant ouvert, le ferry a commencé à fonctionner toute la journée, tous les jours, encombrant l'île de touristes et de voitures.

Après cela sont arrivés les gobelets en carton et les emballages de fast-food. Les alarmes de voitures et les longues files de véhicules en chasse pour une place de stationnement. Les couches de bébé souillées que les gens abandonnaient dans le sable. L'île n'a fait que se dégrader jusqu'à cette année, jusqu'à ce que Tabbi ait ses treize ans, jusqu'à ce que Misty aille dans le garage et y découvre Peter endormi dans la voiture et le réservoir vide. Jusqu'à ce que les gens se mettent à l'appeler au téléphone pour lui signaler que leur buanderie n'était plus là, que leur chambre d'amis avait disparu. Jusqu'à ce qu'Angel Delaporte soit exactement là où il avait toujours voulu être. Dans le lit de son mari.

Dans ton lit.

Angel allongé dans le lit de Misty. Angel qui dort avec son dessin du fauteuil, pièce d'antiquité.

Misty, avec plus rien. Tabbi n'est plus. Son inspiration, envolée.

Pour information, juste au cas où, sache que Misty n'en a jamais parlé à personne, mais Peter avait fait sa valise et il l'avait cachée dans le coffre de la voiture. Une valise à emporter avec lui, un change pour l'enfer. Ça n'avait jamais eu ni queue ni tête. Rien de ce que Peter avait pu faire au cours de ces trois dernières années n'avait beaucoup de sens.

À l'extérieur de sa petite fenêtre de grenier, là-bas, sur la plage, des gamins s'éclaboussent dans les vagues. Un garçon porte une chemise blanche à fanfreluches et un pantalon noir. Il parle à un autre garçon, qui ne porte qu'un short de football. Ils se repassent une cigarette, et la fument chacun son tour. Le gamin à la chemise blanche à fanfreluches a les cheveux noirs, juste assez longs pour qu'ils tiennent derrière l'oreille.

Sur le rebord de la fenêtre se trouve la boîte à chaussures de Tabbi, pleine de bijoux en toc. Les bracelets, les boucles d'oreilles orphelines et les broches anciennes ébréchées. Les bijoux de Peter. Qui ballottent dans la boîte en compagnie des perles en plastique et des diamants en verre laissés en vrac.

Depuis sa fenêtre, Misty regarde en contrebas, vers la

plage où elle a vu Tabbi pour la dernière fois. Là où ça s'est produit. Le garçon aux cheveux courts porte une boucle d'oreille, un truc qui scintille or et rouge. Et sans personne pour l'entendre, Misty dit : « Tabbi. »

Agrippant de ses doigts le rebord de la fenêtre, Misty pousse la tête et les épaules en avant et crie : « Tabbi ? » Misty doit avoir le corps à moitié dans le vide, prête à dégringoler les quatre étages qui la séparent du perron de l'hôtel, et elle hurle : « Tabbi ? »

Et c'est bien elle. C'est Tabbi. Avec les cheveux courts. En train de flirter avec un gamin. En train de fumer.

Le garçon tire juste une bouffée de la cigarette et la lui rend. Il jette les cheveux en arrière et rit, une main sur la bouche. Ses cheveux sous le vent de l'océan, comme un drapeau noir qui flotte.

Les vagues sifflent et éclatent.

Ses cheveux à elle. Tes cheveux.

Misty se tord dans l'embrasure de la petite fenêtre, et la boîte à chaussures se renverse. La boîte glisse sur le toit en bardeaux. Elle touche la gouttière et bascule, et les bijoux s'envolent. Ils tombent en jetant des éclairs aussi brillants que des pétards de feux d'artifice, dégringolant comme Misty ne va pas tarder à le faire, jusqu'en bas, pour se fracasser sur le sol en béton du perron de l'hôtel.

Seuls les quarante-cinq kilos de son plâtre, sa jambe enchâssée dans la fibre de verre l'empêchent de basculer dans le vide. Puis deux bras la ceinturent, et une voix dit : « Misty, non. » Quelqu'un la tire en arrière, et c'est Paulette. Un menu du service de chambres est tombé au sol. Les bras de Paulette la ceinturent par-derrière. Les mains de Paulette se verrouillent, et elle soulève Misty, la faisant tournoyer autour de la masse pesante de sa jambe entièrement plâtrée, pour la planter le nez dans le tapis plein de taches de peinture.

Haletant, à court d'haleine, traînant son énorme jambe en fibre de verre, sa chaîne et son boulet, regagnant la fenêtre, Misty dit : « C'était Tabbi. » Misty dit : « Là-dehors. »

Son cathéter s'est de nouveau arraché, le pipi a giclé partout.

Paulette se remet sur ses pieds. Elle fait une méchante grimace, ses muscles risorius, les abaisseurs de l'angle des lèvres, pinçant son visage autour de son nez pendant qu'elle essuie ses mains sur sa jupe sombre. Elle replace son chemisier dans sa ceinture et dit : « Non, Misty. Non, ce n'était pas elle. » Et elle ramasse le menu du service de chambres.

Misty doit descendre au rez-de-chaussée. Et sortir de l'hôtel. Il faut qu'elle trouve Tabbi. Il faut que Paulette l'aide à soulever le plâtre. Il faut qu'elles convainquent le docteur Touchet de le scier.

Et Paulette secoue la tête et dit : « Si on t'enlève ce plâtre, tu seras infirme à vie. » Elle va à la fenêtre et la ferme. Elle la verrouille et tire les rideaux.

Et toujours au sol, Misty dit : « S'il te plaît, Paulette, aide-moi à me remettre debout. »

Mais Paulette tape du pied. Elle extrait un carnet de commandes de la poche latérale de sa jupe et dit : « Il n'y a plus de corégones en cuisine. »

Et pour information, juste au cas où, sache que Misty n'est pas encore sortie du piège.

Misty n'est pas encore sortie du piège, mais sa gamine pourrait être en vie.

Ta gamine.

« Un steak », dit Misty.

Misty veut le morceau de bœuf le plus épais qu'ils puissent trouver. Bien cuit.

24 août

En réalité, ce que veut Misty, c'est un couteau à steak. Elle veut un couteau à lame crantée pour découper le plâtre tout le long de sa jambe, et elle ne veut pas que Paulette remarque l'absence du couteau sur son plateau après le dîner. Mais Paulette ne remarque rien, elle ne verrouille pas non plus la porte de l'extérieur. Pourquoi s'en faire alors que Misty ne se déplace que clopin-clopant avec sa tonne de putain de fibre de verre.

Toute la nuit, Misty la passe sur son lit, à tailler et à piquer. Misty scie son plâtre. Elle enfonce la lame du couteau et fourrage en récupérant les copeaux de fibre de verre dans sa main pour les balancer sous son lit.

À minuit, elle est parvenue à entailler son boulet depuis la taille jusqu'à mi-cuisse. Le couteau ne cesse de riper, piquant et poignardant son flanc. Lorsqu'elle arrive au genou, Misty tombe de sommeil. Couverte et encroûtée de sang coagulé. Collée à ses draps. À trois heures du matin, elle attaque seulement le milieu du mollet. Elle est presque libérée mais elle s'endort.

Quelque chose la réveille, le couteau encore dans sa main.

Encore un autre des plus longs jours de l'année. Un de plus.

Le bruit, c'est une portière de voiture qui se referme en claquant dans le parc de stationnement. Si Misty maintient le plâtre fendu fermé, elle peut clopiner jusqu'à la fenêtre et regarder. C'est la voiture de service banalisée de couleur beige de l'inspecteur Stilton. Il n'est pas dehors, donc il doit être dans le hall de l'hôtel. Peut-être qu'il la cherche.

Peut-être que cette fois, il va la trouver.

À l'aide du couteau à steak, Misty recommence à taillader. Tailladant et à moitié endormie, elle se poignarde le mollet. Le sang gicle, rouge foncé sur la peau blanche, blanche, sa jambe scellée trop longtemps sous le plâtre. Misty taillade à nouveau et se poignarde le tibia, la lame traverse la peau mince, et se fiche dans l'os.

Toujours tailladant, le couteau fait gicler le sang et des esquilles de fibre de verre. Des morceaux d'oiseaux et de fleurs dessinés par Tabbi. Des fragments de cheveux et de peau. De ses deux mains, Misty agrippe les bords de chaque côté de l'entaille. Elle pousse, ouvre le plâtre et parvient à en faire sortir sa jambe à moitié. Les bords en dents de scie la pincent, ils mordent dans la peau charcutée, les aiguilles de fibre de verre s'enfoncent dans sa chair.

Oh, cher et tendre Peter, personne n'a à te dire combien ça fait mal.

Tu le sens, ça ?

Les doigts comme des pelotes pleines d'échardes de fibre de verre, Misty agrippe les bords en dents de scie et les écarte. Misty ploie le genou, et, en forçant, elle extrait sa jambe du tuyau de plâtre bien rectiligne. D'abord sa rotule pâle, barbouillée de sang. Exactement comme une tête de bébé quand elle apparaît. Une calotte crânienne. Un oiseau qui sort de sa coquille cassée. Puis sa cuisse. Son enfant en train de naître. Finalement, son tibia perce la surface, il jaillit du plâtre en morceaux. Une secousse, son pied est libre, et le plâtre glisse, roule, s'affaisse et s'écrase au sol.

Une chrysalide. Un papillon qui émerge, ensanglanté et fatigué. Qui renaît.

Le plâtre fait un tel boucan en heurtant le plancher que le rideau en tremble. Une photo encadrée de l'hôtel claque contre le mur. Les mains pressées sur les oreilles, Misty attend que quelqu'un débarque pour faire sa petite enquête. Et la découvre libre de ses mouvements avant de verrouiller la porte de l'extérieur.

Misty attend que son cœur batte trois cents fois, vite. Elle compte. Puis, rien. Rien ne se passe. Personne ne vient.

Lentement, sans heurts, Misty allonge la jambe. Misty ploie le genou. Elle teste. Ça ne fait pas mal. Se tenant à la table de nuit, Misty fait pivoter ses jambes de son lit et les ploie. À l'aide du couteau à steak ensanglanté, elle coupe les anneaux d'Élastoplaste qui maintiennent son cathéter à sa jambe valide. Elle retire le tube de sa personne, elle le roule d'une main et le pose de côté.

Puis elle effectue un, trois, cinq pas jusqu'au placard, où elle prend un chemisier. Une paire de jeans. Accrochée là, à l'intérieur d'une poche en plastique, se trouve la robe en satin blanc que Grace a cousue pour le vernissage de l'exposition de peinture. La robe de mariée de Misty, prête pour une nouvelle naissance. Quand elle enfile le jean, met le bouton et remonte la fermeture Éclair, quand elle tend le bras pour attraper son chemisier, le jean tombe par terre. Son cul est réduit à deux sacs de peau vides. Le jean repose autour de ses chevilles, barbouillé par le sang des coupures occasionnées par les entailles de couteau à steak sur chaque jambe.

Il y a une jupe à la bonne taille, mais elle n'est pas à elle. Elle est à Tabbi, une jupe en laine écossaise plissée que Grace a dû choisir.

Même ses chaussures lui font l'effet d'être trop grandes, et Misty doit rouler les orteils en boule pour garder ses pieds à l'intérieur.

Misty prête l'oreille jusqu'à ce que le couloir devant sa porte sonne le vide. Elle se dirige vers l'escalier, la jupe collant au sang sur ses jambes, son pubis rasé accrochant le tissu de sa culotte. Les orteils resserrés, Misty descend les quatre volées de marches jusqu'au hall. Là, des gens attendent devant la réception, debout au milieu de leurs bagages.

Par les portes du hall d'entrée, on aperçoit la voiture de fonction beige dans le parking. Elle est toujours là.

Une voix de femme s'exclame : « Oh, mon Dieu ! » une estivante quelconque, plantée à côté de la cheminée. Les ongles pastel d'une main crochetés dans sa bouche, elle fixe Misty de tous ses yeux et dit : « Mon Dieu, votre jambe. »

Misty empoigne toujours le couteau à steak ensanglanté d'une main.

C'est maintenant au tour des gens devant la réception de se retourner et de regarder. Un employé derrière le bureau d'accueil, un Burton ou un Seymour ou un Kincaid, se retourne et murmure au creux de sa main à l'intention de l'autre employée qui décroche alors le téléphone intérieur.

Misty se dirige vers la salle à manger, au-delà des visages qui ont pâli, des gens qui grimacent et détournent la tête. Des estivantes qui jettent un œil entre leurs doigts en araignée. Au-delà de l'hôtesse. Au-delà des tables trois, sept, dix et quatre, assis à la table six en compagnie de Grace Wilmot et du docteur Touchet, il y a l'inspecteur Stilton.

Avec scones à la framboise. Café. Quiche. Bols avec moitiés de pamplemousses. Ils sont en train de prendre le petit déjeuner.

Misty arrive jusqu'à eux, serrant le couteau ensanglanté, et dit : « Inspecteur Stilton, il s'agit de ma fille. Ma fille, Tabbi. » Misty dit : « Je pense qu'elle est toujours en vie. »

Sa cuillère à pamplemousse à mi-chemin des lèvres, Stilton fait : « Votre fille est décédée ? »

Elle s'est noyée, lui explique Misty. Il faut qu'il écoute. Il y a une semaine, il y a trois semaines, Misty ne sait plus. Elle n'est pas sûre. Elle a été bouclée dans le grenier. Ils lui ont mis un énorme plâtre sur sa jambe pour qu'elle ne puisse pas s'enfuir.

Ses jambes sous la laine écossaise, elles sont couvertes de sang qui dégouline.

« C'est un complot », dit Misty. Bras tendus, les deux mains en avant, elle essaie de calmer l'effroi qui se lit sur le visage de Stilton. Misty dit : « Posez donc la question à Angel Delaporte. Il va se produire quelque chose de terrible. »

Le sang séché sur ses mains. Son sang. Le sang de ses jambes qui traverse la jupe écossaise.

La jupe de Tabbi.

Une voix dit : « Tu as tout bousillé. » Misty se retourne, c'est Tabbi. Dans l'embrasure de la porte de la salle à manger, elle arbore un chemisier tout en fanfreluches et un pantalon noir taillé sur mesure. Les cheveux courts taillés à la garçonne, elle porte une boucle à une oreille, le cœur émaillé rouge que Misty a vu Will Tupper arracher de son lobe il y a un siècle.

Le docteur Touchet dit : « Misty, avez-vous recommencé à boire ? »

Tabbi dit : « M'man… Ma jupe. »

Et Misty lâche : « Tu n'es pas morte. »

L'inspecteur Stilton se tamponne la bouche de sa serviette. Il dit : « Eh bien, cela nous fait au moins une personne qui n'est pas morte. »

Grace sucre son café à la cuillère. Elle verse du lait, touille et fait comme ça : « Donc vous pensez que ce sont ces gens de l'AOPL qui ont commis le meurtre ?

— Ils ont tué Tabbi ? » demande Misty.

Tabbi vient jusqu'à la table et s'appuie à la chaise de sa grand-mère. Il y a un peu de jaune nicotine entre ses doigts lorsqu'elle prend une sous-tasse pour en étudier le pourtour peint. Il est en or avec un motif de dauphins et de sirènes qui se répète. Tabbi le montre à Grace et déclare : « Fitz et Floyd. Le motif Guirlande de Mer. »

Elle la retourne, lit l'inscription dessous et sourit.

Grace lui sourit à son tour en disant : « Tu fais de tels progrès que je ne te féliciterai jamais assez, Tabitha. »

Pour information, juste au cas où, Misty veut serrer sa gamine dans ses bras et l'embrasser. Misty veut la serrer dans ses bras, courir à la voiture et partir droit devant, direction la caravane de sa maman à Tecumseh Lake. Misty veut saluer d'un doigt d'honneur toute cette putain d'île avec ses fêlés tellement convenables.

Grace tapote la chaise à côté d'elle et dit : « Misty, viens t'asseoir. Tu as l'air défaite. »

Misty demande : « Qui l'AOPL a-t-elle tué ? »

L'Alliance océanique pour la liberté. Qui a brûlé les graffitis de Peter dans toutes les maisons de plage.

Tes graffitis.

« C'est la raison de ma présence ici », déclare l'inspecteur. Il sort son calepin de la poche intérieure de sa veste. Il l'ouvre sur la table et prend son stylo, prêt à écrire. Il regarde Misty et demande : « Cela vous dérangerait-il de répondre à quelques questions ? »

Sur les vandalismes de Peter ?

« Angel Delaporte a été assassiné la nuit dernière, dit-il. Ça pourrait être un cambrioleur, mais nous n'éliminons aucune hypothèse. Tout ce que nous savons, c'est qu'il a été poignardé à mort dans son sommeil. »

Dans son lit, à elle.

Notre lit.

Tabbi est morte, ensuite elle est vivante. La dernière fois que Misty a vu sa gamine, Tabbi se trouvait sur cette même table, sous un drap, et elle ne respirait plus. Le genou de Misty est fracturé, ensuite il va parfaitement bien. Un jour, Misty est capable de peindre, et ensuite elle ne peut plus. Peut-être qu'Angel Delaporte était le petit ami de son mari, mais maintenant, il est mort.

Ton petit ami.

Tabbi prend la main de sa mère. Elle conduit Misty jusqu'à la chaise vide. Qu'elle tire, et Misty s'assied.

« Avant que nous commencions… », dit Grace. Elle se penche par-dessus la table pour tapoter la manchette de chemise de l'inspecteur Stilton et annonce : « L'exposition de peintures de Misty ouvre dans trois jours, et nous comptons sur votre présence. »

Mes peintures. Elles sont ici quelque part.

Tabbi sourit à Misty, et glisse une main dans la main de

sa grand-mère. La bague de péridot étincelant de vert sur la nappe en lin blanche.

Le regard de Grace se coule sans conviction vers Misty, et elle fait la grimace comme quelqu'un qui aurait marché dans une toile d'araignée, le menton rentré et les mains touchant l'air. Grace dit : « Il y a eu tant de choses *déplaisantes* sur l'île ces derniers temps. » Elle respire à fond, ses perles se soulèvent, puis elle soupire et ajoute : « J'espère que l'exposition artistique nous donnera à tous un nouveau départ. »

24 août… et demi

Dans une salle de bains du grenier, Grace fait couler de l'eau dans la baignoire puis elle ressort attendre dans le couloir. Tabbi reste dans la pièce pour surveiller Misty. Gardienne de sa propre mère.

Pour information, juste au cas où, sache que rien que cet été, il semblerait que des années se soient écoulées. Des années et des années. La fille que Misty a vue de sa fenêtre, en train de flirter. Cette fille, elle pourrait aussi bien être une inconnue aux doigts jaunis.

Misty dit : « Vraiment, tu ne devrais pas fumer. Même si tu es déjà morte. » Ce qu'on ne t'enseigne pas à la fac d'arts plastiques, c'est la manière de réagir quand tu découvres que ton unique enfant a comploté pour te briser le cœur. Pour l'instant, avec juste Tabbi et sa mère dans la salle de bains, peut-être que c'est la fonction d'une fille que de faire chier sa mère.

Tabbi contemple son visage dans le miroir de la salle de bains. Elle se lèche l'index qu'elle utilise pour rectifier la bordure de son rouge à lèvres. Sans regarder Misty, elle fait comme ça : « Tu pourrais peut-être faire preuve d'un peu plus de prudence, Mère. Nous n'avons plus besoin de toi. »

Elle sort une cigarette d'un paquet qu'elle porte dans la poche. Et au nez de Misty, elle allume un briquet et tire une bouffée.

La culotte trop grande qui bouffe sur les allumettes qui lui servent de jambes, Misty la fait glisser de sous sa jupe et s'en défait à petits coups de pied pour la dégager de ses chaussures, en déclarant : « Je t'aimais beaucoup plus quand tu étais morte. »

Sur sa main cigarette, la bague qui lui vient de sa grand-mère, le péridot, chatoie d'éclats verts à la lumière au-dessus du lavabo. Tabbi se penche et ramasse la jupe à carreaux ensanglantée tombée par terre. Elle la tient entre deux doigts et dit : « Mamie Wilmot m'a demandé de me préparer pour le vernissage. » Ajoutant avant de partir : « Pour *ton vernissage*, Mère. »

Dans la baignoire, les coupures et les éraflures occasionnées par le couteau à steak, elles s'emplissent de savon et piquent au point que Misty en grince des dents. Le sang coagulé transforme l'eau du bain en rose laiteux. L'eau chaude rouvre les plaies et le sang se remet à couler, et Misty bousille une serviette blanche, qu'elle tache de barbouillis rouges en essayant de se sécher.

Selon l'inspecteur Stilton, un homme a appelé le poste de police du continent, ce matin même. Il a refusé de donner son nom, mais il a déclaré qu'Angel Delaporte était mort. Il a ajouté que l'Alliance océanique pour la liberté poursuivrait ses assassinats de touristes tant que la populace continuerait à faire subir des outrages à l'environnement local.

Les ustensiles d'argenterie aussi gros que des outils de jardinage. Les antiques bouteilles de vin. Les vieilles peintures des Wilmot, rien de tout ça n'a été dérobé.

Dans sa chambre du grenier, Misty compose le numéro de sa maman à Tecumseh Lake, mais la standardiste de l'hôtel vient en ligne. Un câble s'est rompu, déclare l'opératrice, mais il devrait être bientôt réparé. Le téléphone intérieur fonctionne toujours. C'est juste que Misty ne peut pas appeler le continent.

Quand elle inspecte le dessous du tapis, son enveloppe avec l'argent des pourboires a disparu.

La bague en péridot de Tabbi. Le cadeau d'anniversaire de sa grand-mère.

L'avertissement que Misty a ignoré : « Quittez l'île avant que ce soit impossible. »

Tous les messages cachés que les gens laissent derrière eux pour qu'ils ne soient pas oubliés. Ces façons que nous avons tous de vouloir parler à l'avenir. Maura et Constance.

« Vous mourrez quand ils en auront terminé avec vous. »

Il est relativement facile d'entrer dans la chambre 313. Misty a été bonne de l'hôtel, Misty Wilmot, reine des putains d'esclaves. Elle sait où trouver le passe. La chambre est double, avec lit de cent cinquante et vue sur l'océan. Le mobilier est le même que dans toutes les chambres d'hôtes. Un bureau. Un fauteuil. Une commode. Sur le support à bagages se trouve la valise ouverte de quelque estivant. Des pantalons et des soies fleuries sont suspendus dans le placard. Un bikini s'accroche à la tringle du rideau de douche comme un chiffon mouillé.

Pour information, juste au cas où, sache que Misty n'a jamais vu de papier peint mieux posé. En plus, il n'est pas mal du tout, le papier peint de la chambre 313, rayures vert pastel alternant avec des rangées de roses cent feuilles de couleur rose. Le genre de motif qui avait déjà l'air antique le jour où on l'a imprimé. Il est teinté au thé pour lui donner la patine jaunie des années qui ont passé.

Ce qui le trahit, ce papier, c'est qu'il est trop parfait. Sans joints, parfaitement égal et rectiligne, en haut comme en bas. Les raccords ont été trop bien juxtaposés. Aucun doute là-dessus, ce n'est pas l'œuvre de Peter.

Ce n'est pas ton boulot. Doux et tendre paresseux Peter, qui n'a jamais pris l'art très au sérieux.

Quoi que Peter ait pu laisser là à l'intention des curieux, scellé à demeure à l'intérieur de cette pièce quand il a collé sa cloison de Placo sur la porte, ç'a aujourd'hui disparu. La petite capsule temporelle de Peter, sa petite bombe à retardement, les gens de Waytansea Island l'ont effacée. De la même manière que Mme Terrybone a effacé les livres de la bibliothèque. De la même manière que les maisons du continent ont toutes été incendiées. L'œuvre de l'AOPL.

De la même manière qu'Angel Delaporte n'est plus. Poignardé dans son lit, dans son sommeil.

Dans le lit de Misty. Ton lit. Sans que rien n'ait été dérobé, sans la moindre trace d'effraction.

Pour information, juste au cas où, sache que les estivants pourraient débarquer à tout moment. Et tomber sur Misty qui se cache, serrant un couteau ensanglanté dans une main.

À l'aide de la lame crantée, Misty s'attaque à un raccord et pèle une bande de papier peint. À l'aide de la pointe effilée, Misty pèle une autre bande. Toujours pelant lentement une troisième et longue bandelette, Misty peut lire :

« … amoureux d'Angel Delaporte, et je regrette, mais je ne vais pas mourir pour… »

Et pour information, juste au cas où, sache que ce n'est pas ce qu'elle voulait vraiment découvrir.

24 août… trois quarts

Maintenant que le mur est en lambeaux, toutes les roses cent feuilles et les rayures vert pâle pelées en longues bandelettes, voici ce que Peter a laissé aux curieux.

Ce que tu as laissé.

« Je suis amoureux d'Angel Delaporte, et je regrette, mais je ne vais pas mourir pour notre cause. » Rédigé en courbes et volutes sur tous les murs, ça dit comme ça : « Je ne vais pas vous laisser me tuer de la même manière que vous avez tué tous les maris des peintres depuis Gordon Kincaid. »

La chambre est jonchée de serpentins et de débris de papier peint. Tout poussiéreux de colle sèche. On entend des voix dans le couloir, et Misty attend, figée comme une statue dans la chambre complètement détruite. Elle attend que les estivants ouvrent leur porte.

Sur le mur, il est écrit : « Je me fiche désormais de nos traditions. »

Ça dit : « Je n'aime pas Misty Marie », ça dit : « mais elle ne mérite pas la torture qu'elle doit endurer. J'aime notre île, mais il nous faut trouver un moyen nouveau de sauver notre mode d'existence. Nous ne pouvons pas continuer à moissonner les gens ».

Il est écrit : « Il s'agit ici de meurtres de masse rituels, et je me refuse à fermer les yeux en leur donnant mon aval. »

Les estivants, leurs affaires sont enfouies, bagages, produits de beauté et lunettes de soleil. Enfouies sous les débris, les tas de papier en lambeaux.

« Lorsque vous découvrirez ceci, dit le texte sur les murs, je ne serai plus là. Je pars ce soir avec Angel. Si vous lisez ceci, alors, je suis désolé, mais il sera déjà trop tard. Tabbi aura un bien meilleur avenir si sa génération se trouve obligée de faire sa niche toute seule. »

Rédigé sous les lambeaux de papier peint, ça dit comme ça : « Je suis sincèrement désolé pour Misty. »

Tu as écrit : « C'est vrai que je ne l'ai jamais aimée, mais je ne la hais pas suffisamment pour mener notre plan à son terme. »

Il est écrit : « Misty mérite mieux que ça. Papa, le temps est venu pour nous de la libérer. »

Les somnifères dont l'inspecteur Stilton disait que Peter les avait avalés. L'ordonnance que Peter n'avait pas. La valise qu'il avait faite et qu'il avait mise dans le coffre. Il se préparait à nous quitter. En partant avec Angel.

Tu te préparais à partir.

Quelqu'un l'a drogué et l'a abandonné dans la voiture avec le moteur en marche, avant de fermer le garage en laissant à Misty le soin de faire la macabre découverte. Quelqu'un qui n'était pas au courant de la valise, toute prête, dans le coffre, qui n'attendait que son départ. Quelqu'un qui ne savait pas que le réservoir d'essence était à moitié vide.

« Papa », sous-entendu Harrow Wilmot. Le père de Peter,

qui est censé être déjà mort. Depuis même avant la naissance de Tabbi.

Tout autour de la pièce, il est écrit : « Ne dévoilez pas l'œuvre du diable. »

Là, il est écrit : « Détruisez toutes les peintures de Misty. »

Ce que l'on ne t'enseigne pas à la fac d'arts plastiques, c'est la manière de donner un sens à un cauchemar.

Et c'est signé *Peter Wilmot.*

25 août

Dans la salle à manger de l'hôtel, un groupe d'habitants de l'île s'affaire pour accrocher les œuvres de Misty, toutes ses peintures. Mais non pas séparément, car elles s'ajustent les unes avec les autres, papier et toiles confondus, et forment une longue fresque murale. Un collage. L'équipe s'arrange pour couvrir le mur dans son entier à mesure que se constitue la fresque, ne laissant de chaque peinture qu'un seul bord visible, juste assez pour fixer la rangée de toiles suivante. De quoi s'agit-il, impossible de savoir. Ce qui pourrait être un arbre pourrait en vérité être une main. Ce qui ressemble à un visage serait peut-être un nuage. C'est une scène de foule, ou alors un paysage, ou encore une nature morte de fleurs et de fruits. À l'instant où ils ajoutent une pièce à la fresque, les membres de l'équipe ajustent une draperie pour la couvrir.

Tout ce qu'on peut dire, c'est que l'ensemble est énorme, au point qu'il remplit le plus long mur de la salle à manger.

Grace est avec ces gens, elle dirige les opérations. Tabbi et le docteur Touchet assistent à l'opération.

Lorsque Misty s'avance pour regarder, Grace l'arrête

d'une main bleue tout en bosselures et dit : « As-tu essayé cette robe que je t'ai faite ? »

Misty veut simplement regarder sa peinture. C'est le fruit de son travail. À cause du bandeau qui lui masquait les yeux, elle n'a aucune idée de ce qu'elle a peint. De la part de son être qu'elle montre aux inconnus.

Et le docteur Touchet dit : « Ce ne serait pas une très bonne idée. » Il ajoute : « Vous les verrez le soir du vernissage, avec le reste de la foule. »

Pour information, juste au cas où, Grace déclare alors : « Nous retournons à la maison cet après-midi. »

Là où Angel Delaporte a été assassiné.

Grace dit : « L'inspecteur Stilton a donné son feu vert. » Elle poursuit : « Si tu fais tes bagages, nous pourrons y emporter tes affaires. »

L'oreiller de Peter. Ses fournitures pour artiste dans leur boîte en bois pâle.

« C'est pratiquement terminé, ma chère, dit Grace. Je sais exactement ce que tu éprouves. »

S'il faut en croire le journal intime. Le journal intime de Grace.

Tout le monde est très occupé à sa tâche, Misty se rend au grenier, dans la chambre que Grace et Tabbi partagent. Pour information, juste au cas où, Misty a déjà fait ses bagages, et elle est en train de dérober le journal intime dans la chambre de Grace. Elle porte sa valise à la voiture. Misty, elle est encore pleine de la poussière de colle à papier peint sèche. Des fragments de rayures vert pastel et de cent feuilles roses lui hérissent la chevelure.

Ce que Grace ne cesse de lire et de relire, très attentivement, ce livre à la reliure rouge avec son inscription manuscrite en lettres d'or sur la couverture, c'est censé être le journal intime d'une femme qui habitait l'île cent ans auparavant. La femme du journal intime de Grace, elle était âgée de quarante et un ans, et elle avait raté ses études d'art. Elle est tombée enceinte et a abandonné la fac d'arts plastiques pour se marier sur Waytansea Island. Elle aimait moins son mari que les bijoux anciens qu'il possédait et son rêve de vivre dans une grande maison en pierre.

Et la voilà qui tombait sur une vie faite sur mesure rien que pour elle, un rôle immédiat à endosser sur l'instant. Waytansea Island, avec toutes ses traditions et tous ses rituels. Tout s'était finalement réalisé. Les réponses à toutes ses interrogations.

La femme en question était gentiment heureuse, mais même à l'époque, un siècle auparavant, l'île se remplissait déjà de touristes aisés venus de la ville. Des inconnus grossiers, insistants, sans cesse en demande, avec suffisamment de fortune pour tout s'approprier. Au moment même où l'argent de sa famille s'amenuisait dramatiquement, son époux s'était tué d'une balle en nettoyant son fusil.

La femme en question était sans cesse la proie de migraines, elle était épuisée et vomissait tout ce qu'elle mangeait. Elle travaillait comme bonne à l'hôtel et elle était tombée dans l'escalier pour se retrouver clouée au lit, une jambe éclissée dans un plâtre massif. Prise au piège, sans rien à faire, elle s'était mise à peindre.

Exactement comme Misty, mais pas Misty. La Misty d'imitation qui écrit ceci.

Et après ça, son fils de dix ans se noie.

À l'issue des cent toiles qu'elle a peintes, son talent comme ses idées semblent avoir disparu. Elle se retrouve à court d'inspiration.

Avec son écriture, large et longue, c'est le genre de personne qu'Angel Delaporte qualifierait de grand cœur charitable. Quelqu'un qui sait donner.

Ce que l'on n'apprend pas en fac d'arts plastiques, c'est que Grace Wilmot sera toujours à tes basques en notant tout ce que tu fais. À transformer ton existence en cette variante malsaine de fiction maladive. Et voilà le résultat. Grace Wilmot rédige un roman dont le modèle est la vie de Misty. Oh, elle a bien changé quelques menus détails. Elle a donné trois enfants à la femme. Grace en a fait une bonne au lieu d'une serveuse de salle à manger. Oh, tout cela n'est que coïncidences.

Pour information, juste au cas où, sache que Misty a pris la file qui attend le ferry, et elle lit ces merdes dans la vieille Buick de Harrow.

Le livre explique comment la majeure partie du village a pris ses quartiers au Waytansea Hotel qu'elle a transformé en casernement. En camp de réfugiés pour les familles insulaires. Les Hyland font la lessive pour tout le monde. Les Burton font la cuisine. Les Petersen tout le ménage.

Apparemment, il n'y a pas dans tout ça la plus petite idée originale.

Rien qu'en lisant ces merdes, Misty va probablement faire en sorte que le rêve se réalise. À elle seule, elle va faire s'accomplir la prophétie. Elle va se mettre à vivre au quotidien l'idée qu'une autre a de sa propre existence. Mais, assise là, elle ne peut s'empêcher de continuer à lire.

Dans le roman de Grace, la narratrice tombe sur un journal intime. Le journal qu'elle découvre semble suivre sa propre vie pas à pas. Elle lit comment ses œuvres d'art réunies font l'objet d'une énorme exposition. Le soir du vernissage, les estivants se bousculent en foule à l'intérieur de l'hôtel.

Pour information, juste au cas où, sache, cher et tendre Peter, que si tu t'es remis de ton coma, ceci pourrait peut-être t'y replonger aussi vite. Par le simple fait que Grace, ta mère, écrit sur ton épouse, et en fait une pétasse alcoolo.

Ça doit être exactement ce que Judy Garland a dû éprouver quand elle a lu *La Vallée des poupées.*

Ici, dans la file sur le quai, Misty fait la queue pour le ferry, elle attend une place afin de rejoindre le continent. Assise, là, dans la voiture où Peter a failli trouver la mort, ou celle dans laquelle il a failli s'enfuir en l'abandonnant à son sort, Misty attend dans sa file d'estivants sous le soleil brûlant. Sa valise faite et placée dans le coffre. Y compris la robe blanche en satin.

De la même manière que ta propre valise se trouvait dans ton coffre.

C'est là que s'arrête le journal intime. La dernière entrée se place juste avant l'ouverture du vernissage. Après cela… il n'y a plus rien.

Uniquement pour que tu n'aies pas une trop piètre opinion de toi-même, Misty abandonne ta gamine de la même manière que tu les abandonnais toutes les deux, sa mère et elle. Tu es toujours marié à une couarde. De la même manière qu'elle était prête à tourner les talons quand elle a cru que la statue de bronze allait tuer Tabbi — le seul être sur cette île dont Misty a encore quelque chose à foutre. Pas Grace, non. Pas les estivants, non. Il n'y a personne ici que Misty ait besoin de sauver.

Hormis Tabbi.

26 août

Pour information, juste au cas où, sache que tu restes toujours un merdaillon sans valeur. Tu n'es qu'une petite merde égoïste et sans tripes, un paresseux sans couilles. Ouais, bien sûr, tu prévoyais de sauver ton épouse, mais tu allais aussi la larguer. Putain de connard stupide au cerveau démoli que tu es. Doux et tendre toi stupide.

Mais aujourd'hui, Misty sait exactement ce que tu éprouvais.

Aujourd'hui est ton cent cinquantième jour de vie de légume. Et son tout premier à elle.

Aujourd'hui, Misty effectue ses trois heures de voiture pour aller te voir et s'asseoir à côté de ton lit.

Pour information, juste au cas où, Misty te demande : « Est-ce qu'il est acceptable de tuer des inconnus pour préserver un mode d'existence uniquement parce que les gens qui le vivent sont les gens que tu aimes ? »

Enfin, que tu *croyais* aimer.

Vu les foules qui débarquent sur l'île, de plus en plus nombreuses chaque été, on voit de plus en plus d'ordures. L'eau potable est de moins en moins disponible. Mais naturellement, il est impossible de contenir la croissance. C'est antiaméricain. Égoïste. C'est tyrannique. Le mal à l'état pur. Chaque enfant a droit à une vie. Chaque individu a le droit de vivre dans un lieu à la mesure de ses moyens. Nous sommes tous en droit de courir après le bonheur partout où nos pas peuvent nous mener, sur terre, sur mer et dans les airs, pour le traquer autant que faire se peut. Trop de monde qui se précipite au même endroit, et naturellement, tout se détruit — mais c'est là le système de l'équilibre des pouvoirs, le marché qui se réajuste lui-même.

De cette façon, bousiller un endroit est la seule manière de le sauver. Il faut le faire paraître horrible aux yeux du monde extérieur.

Il n'y a pas d'AOPL. Il n'y a que des gens qui luttent pour préserver leur monde d'un trop-plein de gens.

Chez Misty, une part d'elle-même hait les individus qui débarquent ici, ces envahisseurs, ces infidèles, qui se pressent en foule pour lui bousiller son mode d'existence, et l'enfance de sa petite fille. Tous ces étrangers à ce lieu, traînant derrière eux les échecs de leurs mariages, les enfants de leurs familles recomposées, leurs habitudes de drogués, leur éthique de ruisseau, leurs symboles bidon de statut social, ce n'est pas le genre d'amis que Misty veut donner à sa fille.

Ta fille.

Leur fille.

Pour sauver Tabbi, Misty pourrait laisser se produire ce qui toujours se produit. Misty pourrait simplement laisser faire, encore une fois. Le vernissage de l'exposition. Quelle qu'en soit la nature, elle pourrait laisser le mythe de l'île suivre son cours et s'accomplir. Et peut-être que Waytansea Island serait sauvée.

« Nous tuerons tous les enfants de Dieu pour sauver les nôtres. »

Ou alors peuvent-ils offrir à Tabbi quelque chose de mieux qu'un avenir sans défis, une vie d'apaisement, calme et sans danger.

Assise, là, en cet instant, avec toi, Misty se penche et embrasse ton front rouge tout boursouflé.

Ce n'est pas grave que tu ne l'aies jamais aimée, Peter. Misty, elle, elle t'aimait.

Au moins pour avoir cru qu'elle pourrait être une grande artiste, un sauveur d'âmes. Un peu plus qu'illustratrice technique ou artiste commerciale. Et même un peu plus qu'humaine. Misty t'aime pour cela.

Et ça, tu le sens ?

Pour information, juste au cas où, sache qu'ellc regrette pour Angel Delaporte. Misty regrette que tu aies grandi baigné d'une légende aussi foireuse. Elle regrette de t'avoir jamais rencontré.

27 août — pleine lune

Grace fait une pirouette de la main dans l'air qui les sépare, ses ongles crénelés et jaunes sous leur vernis, et elle dit : « Misty chérie, tourne-toi que je puisse voir comment ça tombe dans le dos. »

La première fois que Misty affronte Grace, le soir du vernissage de l'exposition, la première chose que lui dit Grace, c'est : « Je savais *bien* que cette robe t'irait merveilleusement. »

La scène se passe dans la vieille maison des Wilmot sur Birch Street. L'encadrement de porte de son ancienne chambre est scellée derrière une feuille de plastique et des rubans jaunes posés par la police. Une capsule temporelle. Un cadeau à l'avenir. Au travers du plastique, on constate que le matelas n'est plus là. L'abat-jour de la lampe de chevet n'est plus là. Une giclure de matière sombre macule le papier peint au-dessus de la tête de lit. La pression sanguine rédigée en cursive. L'huisserie de la porte et le rebord de la fenêtre, leur peinture blanche est barbouillée de poudre noire à empreintes. De profondes traces toutes fraîches, laissées par l'aspirateur, s'entrecroisent sur le tapis. La poussière invisible de la peau morte d'Angel Delaporte, tout a été aspiré pour une analyse ADN.

Ton ancienne chambre.

Sur le mur au-dessus du lit vide se trouve la peinture du fauteuil ancien exécutée par Misty. Les yeux fermés, sur la pointe de Waytansea. L'hallucination de la statue venant la tuer. Zébrée de giclures de sang.

En compagnie de Grace maintenant, dans sa chambre de l'autre côté du couloir, Misty dit de ne rien tenter d'incongru. Les policiers du continent sont garés juste devant la maison, ils les attendent. Si Misty n'est pas sortie dans les dix minutes, ils vont débarquer, en tirant sur tout ce qui bouge.

Grace, elle est assise sur le tabouret capitonné de rose étincelant devant son énorme coiffeuse au dessus en verre garni de flacons de parfum et de bijoux étalés autour d'elle.

Les souvenirs de la fortune.

Et Grace lance : « *Tu es ravissante ce soir*[1]. »

Misty a maintenant des pommettes. Et aussi des clavicules. Ses épaules osseuses et blanches, aussi rectilignes qu'un cintre, ressortent en pointes de la robe qui, dans une incarnation précédente, était une robe de mariée. Et qui aujourd'hui tombe d'une fine bretelle sur une épaule, tache blanche drapée en plis et s'étalant en vagues, déjà trop grande depuis que Grace a pris les mesures, à peine quelques jours auparavant. Ou quelques semaines. Son soutien-gorge et sa culotte, ils sont tellement vastes que Misty a fait sans. Misty est presque aussi mince que son époux, ce squelette flétri alimenté en air et en vitamines par des machines.

1. En français dans le texte.

Aussi mince que toi.

Sa chevelure est plus longue qu'avant son accident au genou. Sa peau est blanchie par tout ce temps passé entre quatre murs. Misty a une taille et des joues creusées. Misty n'a plus de double menton, et son cou est long et noueux.

Elle est tellement affamée que ses dents et ses yeux paraissent énormes.

Avant l'ouverture du vernissage de ce soir, Misty a appelé la police. Pas uniquement l'inspecteur Stilton, elle a appelé aussi la patrouille de la police d'État et le FBI. Misty leur a déclaré que l'AOPL allait attaquer le vernissage de l'exposition de ce soir, à l'hôtel sur Waytansea Island. Ensuite, elle a contacté le service des pompiers. Elle leur a annoncé que vers dix-neuf heures, dix-neuf heures trente, ce jour, un désastre allait se produire sur l'île. Faites venir vos ambulances, leur a-t-elle dit. Après quoi elle a appelé les infos de la télévision et leur a demandé d'envoyer une équipe avec le plus gros et le plus puissant camion-relais dont ils disposaient. Misty a appelé les stations de radio. Elle a appelé tout le monde, sauf les boy-scouts.

Dans la chambre de Grace Wilmot, dans cette maison dont l'héritage de noms et d'âges était inscrit juste derrière la porte d'entrée, Misty explique à Grace comment, ce soir, tous ses plans tourneront en eau de boudin. La police et les pompiers. Les caméras de télévision. Misty a invité le monde entier, et tous autant qu'ils sont, tous ces gens seront à l'hôtel pour le dévoilement.

Et, fixant une boucle à une oreille, Grace regarde le reflet de Misty dans le miroir de sa coiffeuse et déclare : « Bien sûr que tu as fait tout ça, mais tu les avais aussi appelés la dernière fois. »

Misty dit : Qu'est-ce que Grace veut dire par *dernière* fois ?

« Et vraiment, nous aurions souhaité que tu n'en fisses rien », répond Grace. Occupée à lisser ses cheveux des paumes de ses mains bosselées, elle poursuit : « Au bout du compte, tu ne fais qu'augmenter le nombre de morts bien plus que nécessaire. »

Misty répond qu'il n'y aura pas de morts. Misty explique qu'elle a volé le journal intime.

Dans son dos, une voix lance : « Misty chérie, tu ne peux pas voler ce qui est déjà tien. »

Cette voix dans son dos. Une voix d'homme. C'est Harrow, Harry, le père de Peter.

Ton père.

Il a revêtu un smoking et coiffé ses cheveux blancs en couronne sur sa tête carrée, le nez et le menton pointus toujours aussi marqués et agressifs. L'homme que Peter était censé devenir. On sent encore son haleine. Les mains qui ont poignardé à mort Angel Delaporte dans le lit de Misty. Qui ont incendié les maisons dans lesquelles Peter a écrit des choses pour tenter d'avertir les gens de ne pas mettre le pied sur l'île.

L'homme qui a essayé de tuer Peter. De te tuer. Son fils.

Il est debout dans le couloir, et tient Tabbi par la main. La main de ta fille.

Pour information, juste au cas où, il semblerait qu'il s'est écoulé une vie entière depuis que Tabbi l'a quittée. S'est arrachée à son emprise pour aller prendre la main froide d'un homme qui, de l'avis de Misty, est un assassin. La statue dans les bois. Le vieux cimetière sur la pointe de Waytansea.

Grace, les deux coudes en l'air, les mains derrière la nuque, est occupée à attacher un rang de perles, et elle dit : « Misty chérie, tu te souviens bien de ton beau-père, n'est-ce pas ? »

Harrow se penche pour embrasser Grace sur la joue. Il se redresse et lance : « Naturellement qu'elle se souvient. »

L'odeur de son haleine.

Grace tend les mains, agrippant l'air, et fait : « Tabbi, viens me donner un baiser. Il est temps que les adultes rejoignent la fête. »

D'abord Tabbi. Ensuite Harrow. Une des choses que l'on n'enseigne pas à la fac d'arts plastiques, une de plus, c'est ce qu'il faut dire quand les gens reviennent d'entre les morts.

À Harrow, Misty lance : « N'êtes-vous pas censé avoir été incinéré ? »

Et Harrow lève la main pour consulter sa montre. Il répond : « En fait, pas avant quatre bonnes heures. »

Il ressort sa manchette de chemise pour masquer sa montre et déclare : « Nous aimerions vous présenter au public de ce soir. Nous comptons sur vous pour prononcer quelques paroles de bienvenue. »

Pourtant, dit Misty, il sait ce qu'elle va dire à qui veut l'entendre. De courir. De quitter l'île et de ne plus revenir. Ce que Peter a tenté de leur faire comprendre. Misty leur apprendra qu'un homme est mort et qu'un autre est dans le coma à cause d'une malédiction insulaire complètement débile. À la seconde où elle montera sur la scène, elle s'écriera : « Au feu ! » Elle fera tout son possible, nom de Dieu, pour faire évacuer la salle.

Tabbi s'approche et se place au côté de Grace, assise sur

le tabouret de la coiffeuse. Et Grace répond : « Rien ne nous ferait plus plaisir. »

Harrow dit : « Misty chérie, embrasse ta belle-mère. » Il ajoute : « Et je t'en prie, pardonne-nous. Nous ne t'embêterons plus après ce soir. »

27 août… et demi

La façon dont Harrow a parlé à Misty. La façon dont il a expliqué que, selon la légende de l'île, Misty ne peut pas ne pas réussir comme artiste.

Elle est condamnée à la célébrité. Son talent est sa malédiction. Vie après vie.

Elle a été Giotto di Bondone, puis Michelangelo, puis Jan Vermeer.

Ou bien Misty a été Jan Van Eyck et Leonardo da Vinci et Diego Velázquez.

Puis Maura Kincaid et Constance Burton.

Et maintenant elle est Misty Marie Wilmot, mais il n'y a que son nom qui change. Elle a toujours été artiste. Elle sera toujours artiste.

Ce que l'on n'enseigne pas à la fac d'arts plastiques, c'est comment ta vie tout entière n'est que la découverte de celui ou celle que tu étais déjà.

Pour information, juste au cas où, c'est Harrow Wilmot qui raconte tout ça. Le père de Peter, givré et assassin. Le Harry Wilmot qui se cache depuis que Peter et Misty se sont mariés. Dès avant la naissance de Tabbi.

Ton givré de père.

S'il faut en croire Harry Wilmot, Misty est à elle seule tous les plus grands artistes à avoir jamais vécu.

Il y a deux cents ans, Misty était Maura Kincaid. Il y a cent ans, elle était Constance Burton. Au cours de cette existence précédente, Constance a vu un bijou, une bague ayant appartenu à Maura, qu'arborait un des fils de l'île en train d'accomplir son grand tour d'Europe. C'est par accident qu'il l'a trouvée et l'a ramenée. Après la mort de Constance, les gens ont vu à quel point son journal intime correspondait à celui de Maura. Les existences des deux femmes étaient identiques, et Constance avait sauvé l'île de la même manière que Maura l'avait sauvée avant elle.

La façon dont son journal intime correspondait point par point au journal intime précédent. La façon dont chaque nouvelle version de son journal intime correspondra point par point au journal intime précédent. La façon dont Misty sauvera toujours l'île. Grâce à son art. C'est cela, la légende de l'île, selon Harrow. Tout est de son fait, à elle.

Cent ans plus tard — alors que leur argent commençait à s'amenuiser — ils ont envoyé les fils de l'île à sa recherche. Encore et encore, nous l'avons ramenée et forcée à répéter sa vie précédente. En utilisant les bijoux comme appâts, parce que Misty allait les reconnaître. Elle les adorait sans savoir pourquoi.

Eux, tout le musée de cire de Waytansea Island, ils savaient qu'elle serait un grand peintre. À la condition de lui infliger la torture adéquate. De cette façon dont Peter disait toujours que le meilleur art naît de la souffrance. De la façon dont le docteur Touchet dit que nous sommes à même de nous connecter à quelque inspiration universelle.

Pauvre petite Misty Marie Kleinman, la plus grande artiste de tous les temps, leur sauveur. Leur esclave. Misty, leur vache à lait karmique.

Harrow a expliqué comment ils se servent du journal intime de l'artiste précédente pour mettre en forme la vie de l'artiste à venir. Son époux devait mourir au même âge, et ensuite un de ses enfants. Ils pouvaient simuler les morts, ainsi qu'ils l'avaient fait pour Tabbi, mais pour ce qui est de Peter — eh bien, Peter leur avait forcé la main.

Pour information, juste au cas où, sache que Misty est en train de raconter tout ça à l'inspecteur Stilton qui les conduit tous les deux au Waytansea Hotel.

Le sang de Peter plein des somnifères qu'il n'a jamais pris. Le certificat de décès qui n'existait pas au nom de Harrow Wilmot. Misty dit : « Ça doit être les mariages consanguins. Ces gens sont fous à lier.

— Mais vous oubliez, lui a dit Harrow, c'est là qu'est la vraie bénédiction. »

À chaque mort, Misty oublie celle qu'elle était — mais les insulaires se transmettent l'histoire de génération en génération. Ils se souviennent de manière à pouvoir la retrouver et la ramener sur l'île. Pour le restant de l'éternité, toutes les quatre générations, au moment où l'argent commencera à se faire rare... Lorsque le monde menace de les envahir, ils la ramènent et c'est elle qui sauvera leur avenir.

« Ainsi que vous avez toujours fait, vous continuerez à faire, pour toujours », a déclaré Harrow.

Misty Marie Wilmot, reine des esclaves.

La Révolution industrielle rencontre l'ange gardien.

Pauvre d'elle, elle, la chaîne de montage des miracles. Pour l'éternité tout entière.

De plus rien à la peau sur les os en trois générations. Pour information, juste au cas où.

Harrow a précisé : « Vous tenez toujours un journal. Lors de chacune de vos incarnations. C'est de cette façon que nous pouvons anticiper sur vos états d'âme et sur vos réactions. Nous connaissons le moindre de vos gestes. »

Harrow a bouclé un rang de perles autour du poignet de Grace et attaché le fermoir, en ajoutant : « Oh, votre retour nous est indispensable afin de démarrer le processus, mais nous ne voulons pas nécessairement que vous meniez votre cycle karmique jusqu'à son terme. »

Parce que cela signifierait tuer la poule aux œufs d'or. Ouais, l'âme de Misty s'en irait vers d'autres aventures, mais trois générations plus tard, l'île serait pauvre de nouveau. Pauvre et envahie par des foules de riches étrangers.

La fac d'arts plastiques ne t'apprend pas la manière d'échapper au recyclage de ton âme.

Reconstitution historique d'époque. Sa propre immortalité fabrication maison.

« En fait, a précisé Harrow, le journal intime que vous tenez en ce moment, les arrière-arrière-petits-enfants de Tabbi le trouveront extrêmement utile quant à la manière de se comporter à votre égard lors de votre prochaine réapparition. »

Les propres arrière-arrière-arrière-petits-enfants de Misty.

Qui se serviront de son livre. De ce livre-ci.

« Oh, je me rappelle, a dit Grace. Quand j'étais toute petite fille. Toi, tu étais Constance Burton, et j'adorais ça, quand tu m'emmenais faire voler les cerfs-volants. »

Harrow a dit : « Sous un nom ou sous un autre, vous êtes notre mère à tous. »

Grace a ajouté : « Tu nous as *aimés*, tous autant que nous sommes. »

S'adressant à Harrow, Misty a dit : Je vous en prie. Dites-moi simplement ce qui va se passer. Est-ce que les peintures vont exploser ? Est-ce que l'hôtel va s'effondrer dans l'océan ? C'est quoi ? Comment sauve-t-elle tout le monde ?

Et Grace a fait glisser son bracelet de perles d'une secousse à l'entour de sa main avant de répondre : « Tu ne le peux pas. »

La plupart des grandes fortunes, explique Harrow, se fondent sur les souffrances et les morts de milliers de gens ou d'animaux. En moissonnant quelque chose. Il donne à Grace un truc en or et tend une main, en remontant la manche de sa veste.

Et Grace maintient les deux parties de chemise dans lesquelles elle insère un bouton de manchette, en concluant : « C'est juste que nous avons trouvé un moyen de moissonner les gens riches. »

27 août… trois quarts

Les ambulances attendent déjà devant le Waytansera Hotel. L'équipe des infos de la télévision est occupée à hisser une parabole de transmission sur le toit du camion. Deux voitures de police ont le nez collé aux marches du perron de l'hôtel.

Les estivants se faufilent entre les véhicules garés. Pantalons en cuir et petites robes noires. Lunettes de soleil et jupes en soie. Bijoux en or. Au-dessus d'eux, marques et logos commerciaux.

Le graffiti de Peter : « … votre sang est notre or… »

Entre Misty et tout ce peuple, un présentateur des infos se plante dans le champ de la caméra. Avec la foule qui se presse derrière lui, les gens qui montent les marches de l'hôtel et entrent dans le hall, le journaliste dit : « Nous sommes en direct ? » Il colle deux doigts d'une main à son oreille. Sans regarder la caméra, il lâche : « Je suis prêt. »

L'inspecteur Stilton est assis au volant de sa voiture, Misty à son côté. Ils suivent des yeux Grace et Harrow Wilmot qui gravissent l'escalier, Grace soulevant sa longue robe du bout des doigts d'une main. L'autre main, c'est Harrow qui la lui tient.

Misty les suit des yeux. Les caméras les suivent de leurs objectifs.

Et l'inspecteur Stilton déclare : « Ils ne tenteront rien. Pas en public, avec tout ce monde. »

La plus ancienne génération de chaque famille, les Burton, les Hyland, les Petersen, l'aristocratie de Waytansea Island, tous prennent la file, tête haute, fiers comme Artaban, derrière les foules estivales qui pénètrent dans l'hôtel.

L'avertissement de Peter : « ... nous tuerons chaque enfant de Dieu pour sauver les nôtres. »

Le journaliste en direct, il porte un microphone à ses lèvres et dit : « La police et les autorités officielles du comté ont donné leur feu vert à la réception de ce soir sur l'île. »

La foule disparaît au cœur du hall d'entrée, dans ce paysage en velours vert faiblement éclairé et la clairière forestière au milieu des troncs d'arbres cirés et vernis. Les épais rayons du soleil transpercent les ombres, pesants comme des lustres en cristal. Les canapés aux formes bosselées comme autant de gros rochers ronds, lisses et moussus. Le feu de camp, tellement semblable à une cheminée.

L'inspecteur Stilton demande : « Vous voulez entrer ? »

Misty lui répond que non. C'est trop dangereux. Elle ne va pas commettre l'erreur qu'elle a toujours commise jusque-là. Quelle que soit la nature de l'erreur en question.

S'il faut en croire Harrow Wilmot.

Le journaliste poursuit : « Tous ceux dont le nom compte sont venus ici ce soir. »

Et là, là, il y a une jeune fille. Une inconnue. L'enfant d'une autre, les cheveux noirs coupés court, en train de gravir les marches conduisant au hall de l'hôtel. L'éclair de sa bague en péridot. L'argent des pourboires de Misty.

C'est Tabbi. Naturellement que c'est Tabbi. Le cadeau que Misty fait à l'avenir. La manière choisie par Peter pour garder son épouse sur l'île. L'appât pour la prendre au piège. Un bref instant, un éclair de vert, et voilà Tabbi qui disparaît dans l'hôtel.

27 août... sept huitièmes

Aujourd'hui, dans les ténèbres de la clairière obscure de la forêt, le paysage de velours vert derrière les portes du hall, l'alarme incendie de l'hôtel se déclenche. Une longue sonnerie soutenue, qui jaillit de l'entrée avec une telle intensité que le journaliste est obligé de crier : « Eh bien, je crois entendre qu'il y a un problème. »

Les estivants, les hommes et leur chevelure coiffée tout en arrière, sombre et épaissie par quelque produit de mise en forme. Les femmes, toutes blondes. Ils crient pour se faire entendre malgré le tintamarre de l'alarme.

Misty Wilmot, la plus grande artiste de l'Histoire, elle se fraie un chemin en s'accrochant à tout ce qui se présente, elle griffe et se tracte vers la scène de la Salle à Manger Bois et Or. S'agrippant aux coudes et aux crêtes iliaques de ces gens minces comme des fils. Le mur en fond de scène est intégralement drapé d'un vaste rideau, prêt pour le dévoilement. La fresque, son œuvre toujours cachée. Son cadeau à l'avenir. Sa bombe à retardement.

Ses millions de barbouillis de peinture rassemblés ainsi qu'il se doit. L'urine de vaches se nourrissant de feuilles de mangues. Les sacs à encre des seiches. Toute cette chimie, toute cette biologie.

Sa gamine quelque part au milieu de toute cette populace. Tabbi.

Avec l'alarme qui n'arrête pas de sonner et de sonner, Misty grimpe sur un fauteuil. Misty grimpe sur une table, la six, justement, là où Tabbi gisait morte, là où elle avait appris qu'Angel Delaporte avait été poignardé à mort. Debout au-dessus de la foule dans sa robe blanche, avec les gens qui relèvent les yeux, les visages des hommes barrés d'un grand sourire, Misty ne porte pas de sous-vêtements.

Sa robe de mariée qui vient de renaître coincée entre ses cuisses osseuses, Misty hurle : « Au feu ! »

Des têtes se tournent. Des yeux se lèvent vers elle. Dans l'embrasure de la porte de salle à manger, apparaît l'inspecteur Stilton qui se met à nager parmi la foule.

Misty hurle : « Sortez ! Sauvez vos vies ! » Misty hurle : « Si vous restez ici, il va se produire une chose abominable ! »

Les avertissements de Peter. Misty les bombe et les tague à son tour au-dessus de la foule.

« Nous tuerons chaque enfant de Dieu pour sauver les nôtres. »

Le rideau se dresse comme une menace derrière elle, il couvre le mur tout entier, son propre autoportrait, tout ce que Misty ne sait pas d'elle-même. Tout ce qu'elle ne veut pas savoir.

Les estivants lèvent les yeux, leurs muscles corrugateurs contractés, leurs sourcils froncés. Leurs lèvres minces étirées vers le bas par le muscle triangulaire.

L'alarme incendie s'interrompt, et le temps qu'il faut

pour prendre une nouvelle inspiration, on n'entend plus que l'océan au-dehors, chaque vague qui siffle et claque.

Misty hurle à tout le monde de la fermer. Tout le monde, écoutez, c'est tout. Hurlant, elle sait de quoi elle parle. C'est la plus grande artiste de tous les temps. La réincarnation de Thomas Gainsborough, de Claude Monet, de Mary Cassatt. Elle leur hurle à tous que son âme a été Michelangelo et da Vinci et Rembrandt.

C'est alors qu'une femme s'écrie : « C'est elle, l'artiste. C'est Misty Wilmot. »

Et un homme s'écrie : « Misty chérie, assez de tout ce drame. »

L'homme et la femme qui crient, c'est Harrow et Grace. Entre eux deux, ils tiennent Tabbi chacun par une main. Tabbi, elle a les yeux fermés à l'adhésif.

« Ces gens », hurle Misty en montrant du doigt Grace et Harrow. Les cheveux dans la figure, Misty hurle : « Ces malfaisants, ils se sont servis de leur fils pour me mettre enceinte ! »

Misty hurle : « Ils détiennent mon enfant ! »

Elle hurle : « Si vous voyez ce qui se trouve derrière ce rideau, il sera trop tard ! »

Et l'inspecteur Stilton arrive au fauteuil. Un pas, et il grimpe à son tour. Un autre pas, et le voilà à côté d'elle sur la table six. L'énorme rideau est toujours fermé derrière eux. La vérité sur toute chose n'est qu'à quelques centimètres.

« Oui », s'écrie une autre femme. Une vieille Tupper de l'île, son cou de tortue de mer affaissé en plis au creux du col en dentelle de sa robe, elle s'écrie : « Montre-nous, Misty !

— Montre-nous », s'écrie un homme à son tour, un des vieux Woods de l'île, appuyé sur sa canne.

Stilton tend un bras dans son dos. Il dit : « Vous avez failli me convaincre que c'était vous, la saine d'esprit. » Et sa main réapparaît avec une paire de menottes. Il les referme sur Misty, il la tire et l'entraîne, il passe devant Tabbi aux yeux masqués par l'adhésif, il passe devant tous les estivants qui secouent la tête. Devant les aristocrates de Waytansea Island. Retournant vers les ombres forestières du hall d'entrée en velours vert.

« Ma petite, dit Misty. Elle est toujours là-bas. Il faut la faire sortir de là. »

Et l'inspecteur Stilton la remet entre les mains d'un adjoint en uniforme marron en disant : « Votre fille dont vous prétendiez qu'elle était morte ? »

Ils ont simulé sa mort. Tous regardent de tous leurs yeux, ce ne sont plus que des statues d'eux-mêmes. Leurs propres autoportraits.

À l'extérieur de l'hôtel, au pied des marches du perron, l'adjoint ouvre la portière arrière d'une voiture de patrouille. L'inspecteur Stilton dit : « Misty Wilmot, vous êtes en état d'arrestation pour tentative de meurtre sur la personne de votre mari, Peter Wilmot, et pour le meurtre d'Angel Delaporte. »

Elle s'était retrouvée couverte de sang le matin qui avait suivi l'assassinat à coups de poignard d'Angel Delaporte dans son propre lit. Angel, sur le point de lui voler son mari. Misty, qui avait découvert le corps de Peter dans la voiture.

Des mains puissantes la fourrent sur la banquette arrière de la voiture de patrouille.

Et depuis l'intérieur de l'hôtel, le présentateur des infos proclame : « Mesdames et messieurs, c'est l'instant du dévoilement. »

« Emmenez-la. Prenez ses empreintes. Mettez-la en cellule », dit l'inspecteur. Sur quoi il offre une claque au dos de l'adjoint et ajoute : « Je retourne à l'intérieur pour voir à quoi rime tout ce tralala. »

28 août

Selon Platon, nous vivons enchaînés à l'intérieur d'une caverne obscure. Nous sommes enchaînés de manière à ne voir que la paroi du fond de la caverne. Tout ce que nous voyons se limite aux ombres qui s'y meuvent. Ce pourrait être les ombres d'une chose se déplaçant à l'extérieur de la caverne. Ce pourrait être les ombres des gens enchaînés à nos côtés.

Peut-être que chacun de nous n'est capable de voir qu'une seule et unique chose, sa propre ombre.

Carl Jung appelait cela son travail d'ombre. Il disait que nous ne voyons jamais les autres. En leur lieu et place, nous ne voyons que des aspects de nous-mêmes qui les recouvrent. Des ombres. Des projections. Nos associations.

De la même manière que les peintres anciens se plaçaient à l'intérieur d'une minuscule pièce sombre afin de tracer l'image de ce qui se tenait à l'extérieur d'une minuscule fenêtre, illuminé par un grand soleil.

La camera obscura. La chambre noire.

Non pas l'image exacte, mais tout inversée ou cul par-dessus tête. Déformée par le miroir ou la lentille au travers desquels elle apparaît. Notre perception personnelle limitée. Notre éducation merdeuse.

À quel point le voyant commande à la vision. À quel point l'artiste est mort. Nous voyons ce que nous voulons bien voir. Nous voyons comme nous voulons bien voir. Nous ne voyons que nous-mêmes. Tout ce que l'artiste peut faire se limite à nous offrir quelque chose à regarder.

Pour information, juste au cas où, sache que ton épouse est en état d'arrestation. Mais elle l'a fait. Elles l'ont fait. Maura. Constance. Et Misty. Elles ont sauvé son enfant, ta fille. Elle s'est sauvée elle-même. Elles ont sauvé tout le monde.

L'adjoint en uniforme marron, il a reconduit Misty par le ferry sur le continent. En chemin, l'adjoint lui a lu ses droits. Il l'a remise entre les mains d'un second adjoint, qui a pris ses empreintes et son alliance. Avec Misty toujours dans sa robe de mariée, cet adjoint-là lui a pris son sac et ses hauts talons.

Tous ses bijoux de pacotille, les bijoux de Maura, leurs bijoux à elles, tout ça est retourné à la maison des Wilmot dans la boîte à chaussures de Tabbi.

Ce second adjoint était une adjointe et elle lui a donné une couverture. Une femme de son âge, au visage comme un journal intime de rides démarrant autour des yeux pour venir tisser leur toile entre le nez et la bouche. L'adjointe a consulté les formulaires que Misty était en train de remplir, et elle a dit : « C'est vous, l'artiste ? »

Et Misty a répondu : « Ouais, mais uniquement pour le restant de cette existence-ci. Après, c'est fini. »

L'adjointe l'a accompagnée le long d'un vieux couloir en béton jusqu'à une porte métallique. Qu'elle a déverrouillée, en disant : « L'heure d'extinction des feux est passée. » Elle a fait pivoter la porte métallique sur ses gonds avant d'entrer, et c'est là, juste là, que Misty a vu.

Ce que l'on ne t'enseigne pas à la fac d'arts plastiques. Cette façon dont tu es encore et toujours prise au piège.

Cette façon dont ta tête est la caverne, tes yeux son embouchure. Cette façon dont tu vis à l'intérieur de ta tête et ne vois que ce que tu veux bien voir. Cette façon dont tu ne regardes que les ombres et élabores ta propre signification.

Pour information, juste au cas où, c'était là, juste là. Dans le haut carré de lumière projeté par la porte ouverte de la cellule, rédigé sur le mur du fond de la petite cellule, et ça disait :

Si vous êtes ici, vous avez à nouveau échoué. C'est signé *Constance.*

L'écriture s'étale tout en rondeurs, une écriture aimante et tendre, qui sustente et nourrit, et tout est de sa main, sa main à elle. En ce lieu où Misty n'a jamais mis les pieds, mais où elle se retrouve au bout du compte, encore et encore, à chaque fois. Et c'est alors qu'elle entend les sirènes, longues et lointaines. Et l'adjointe lâche : « Je reviens vous voir dans un instant. » Elle sort alors et verrouille la porte.

Il y a une fenêtre en haut sur le mur, trop haut pour que Misty puisse l'atteindre, mais elle doit s'ouvrir sur l'océan et Waytansea Island.

Aux lueurs orangées qui fluctuent dans le carré de fenêtre, cette danse d'éclairs brillants et d'ombres sur le mur en béton qui lui fait face, c'est dans cette lumière que Misty sait soudain tout ce que Maura savait. Tout ce que Constance savait. Misty sait qu'elles ont toutes été trompées. De la même manière qu'elle savait comment peindre la fresque. De la même manière que Platon dit que nous savons déjà toutes choses, qu'il suffit simplement de nous les remémorer. Ce que Jung appelle l'inconscient collectif. Et Misty se remémore.

À la manière de la camera obscura focalisant une image sur une toile à peindre, à la manière d'une chambre noire photographique, la petite fenêtre de la cellule projette un foutoir de jaune et d'orange, de flammes et d'ombres qui prennent forme sur le mur opposé. On n'entend plus que les sirènes, on ne voit plus que les flammes.

C'est le Waytansea Hotel qui brûle. Avec Grace, Harrow et Tabbi à l'intérieur.

Ça, tu le sens ?

Nous étions ici. Nous sommes ici. Nous serons toujours ici.

Et nous avons de nouveau échoué.

3 septembre — lune à son premier quartier

Tout là-bas, sur la pointe de Waytansea, Misty gare la voiture. Tabbi est assise à côté d'elle, et chaque bras de Tabbi enveloppe une urne. Ses grands-parents. Tes parents. Grace et Harrow.

Assise tout à côté de sa fille sur le siège avant de la vieille Buick, Misty pose une main sur le genou de Tabbi et dit : « Chérie ? »

Et Tabbi se tourne pour regarder sa mère.

Misty lui annonce : « J'ai décidé de changer légalement nos noms. » Misty ajoute : « Tabbi, j'ai besoin d'expliquer aux gens ce qui s'est réellement passé. »

Misty presse le genou osseux de Tabbi, ses bas blancs glissant sur sa rotule, et Misty dit : « Nous pouvons aller vivre avec ta mamie à Tecumseh Lake. »

En fait, elles pourraient aller vivre où bon leur semble. Elles sont de nouveau riches. Grace et Harrow, et tous les vieux du village, ils ont laissé des millions en assurances-vie. Des millions et des millions, sans impôts à payer, bien à l'abri à la banque. Rapportant suffisamment d'intérêts pour les garder hors du besoin pour quatre-vingts années encore.

Le chien de l'inspecteur Stilton, deux jours après l'incendie, le chien s'est mis à fouiller un tas de bois carbonisé. Les trois premiers étages de l'hôtel éventrés jusqu'aux murs en pierre. Le béton vitrifié bleu-vert dans la fournaise. Ce que le chien a reniflé, clous de girofle ou café, a conduit les sauveteurs jusqu'à Stilton, mort au sous-sol sous le hall de l'entrée. Le chien, tremblant et pissant partout, il s'appelle Rusty.

Les images ont fait le tour du monde. Les corps étendus dans la rue en face de l'hôtel. Les cadavres calcinés, noirs et encroûtés, craquelés et laissant entrevoir la viande qui a cuit à l'intérieur, humides et rouges. Sur chaque photo, sur chaque plan de la caméra, quel que soit son angle, apparaît une marque commerciale.

Chaque seconde de vidéo montre les squelettes noircis étalés dans le parc de stationnement. Un total de cent trente-deux victimes pour l'instant, et au-dessus d'elles, par-dessus elles, quelque part dans le cadre, on voit une marque commerciale. Un slogan ou une mascotte tout sourire. Un tigre de dessin animé. Un vaguc slogan très mode.

« BONNER & MILLS — LORSQUE VOUS SEREZ PRÊT À NE PAS TOUT RECOMMENCER CHAQUE FOIS. »

« MEWTWORX — OÙ LE PROGRÈS N'EST PAS DE RESTER À LA MÊME PLACE. »

Ce que l'on ne comprend pas, on peut lui faire dire n'importe quoi.

Une voiture de l'île avec publicité au pochoir sur les portières est garée dans chaque bulletin d'informations télévisées. Un morceau de papier juste bon à jeter aux ordures, une tasse ou une serviette portent un nom de marque commerciale. On peut lire un panneau publicitaire. Des insulaires arborant épinglettes au revers ou T-shirt acceptent des entretiens télévisés avec, en arrière-plan, les corps encore fumants tout contorsionnés. Et maintenant les services financiers, les réseaux de chaînes télévisées câblées, les compagnies pharmaceutiques paient des dédits bien juteux pour racheter toutes leurs réclames. Pour effacer leurs noms de l'île.

Ajouter cet argent à celui des assurances, et Waytansea Island est plus riche qu'elle n'a jamais été.

Assise dans la Buick, Tabbi regarde sa mère. Elle regarde l'urne qu'elle tient au creux de chaque bras. Son grand zygomatique étire ses lèvres vers chaque oreille. Les joues de Tabbi se gonflent pour relever un tout petit peu ses paupières inférieures. Les bras enserrant les cendres de Grace et de Harrow, elle est à elle seule sa propre petite Mona Lisa. Antique et tout sourire, Tabbi déclare : « Si tu racontes, alors moi je raconte aussi. »

L'œuvre d'art de Misty. Son enfant.

Misty demande : « Et tu raconteras quoi ? »

Toujours souriant, Tabbi répond : « J'ai mis le feu à leurs vêtements. Mamie et Papy Wilmot m'ont appris comment faire, et je les ai fait flamber. » Elle ajoute : « Ils m'ont scotché les yeux pour que je ne puisse pas voir, et que je parvienne à ressortir. »

Dans les fragments d'infos vidéo qui survivent, tout ce que l'on voit se limite aux rouleaux de fumée qui sortent par les portes du hall d'entrée. La chose se passe quelques instants à peine après le dévoilement de la fresque. Les pompiers se précipitent à l'intérieur de l'hôtel et ne ressortent pas. Aucun membre de la police, aucune personne parmi les invités ne ressort. À chaque seconde de l'horloge incrustée sur l'écran de la vidéo, l'incendie fait de plus en plus rage, les flammes secouant au sortir des fenêtres des lambeaux de chiffon orangés. Un officier de police rampe sur le perron afin de jeter un œil par la fenêtre. Il s'y penche et regarde à l'intérieur. Et il se redresse. Avec la fumée qui lui souffle à la figure, les flammes qui embrasent ses vêtements et ses cheveux comme un chalumeau, il enjambe le rebord de la fenêtre. Sans ciller. Sans tiquer. Le visage et les mains en feu. L'officier de police sourit à ce qu'il voit à l'intérieur de l'hôtel et s'y avance sans un regard derrière lui.

Selon la version officielle, c'est la cheminée qui a tout déclenché. La politique de l'hôtel aux termes de laquelle le feu devait brûler sans discontinuer, en toutes saisons, même par les températures les plus clémentes, c'est comme ça que l'incendie a démarré. Les gens sont morts à un pas d'une fenêtre ouverte. Leurs dépouilles mortelles découvertes à une longueur de bras des issues de secours. Morts, ils ont été retrouvés rampant, raclant le sol, se pressant en foule vers le mur de la salle à manger où brûlait la fresque. Vers le cœur de l'incendie. Vers ce que le policier avait vu par la fenêtre du perron.

Personne n'a même essayé de s'échapper.

Tabbi fait comme ça : « Lorsque mon père m'a demandé de fuir avec lui, je l'ai dit à Mamie. » Elle ajoute : « Je nous ai sauvés. J'ai sauvé l'avenir de toute l'île. »

La tête à la vitre de la voiture tournée vers l'océan, sans regarder sa mère, Tabbi poursuit : « Alors, si tu racontes à quiconque, dit-elle, j'irai en prison. » Elle dit : « Je suis très fière de ce que j'ai fait, Mère. » Elle contemple l'océan, ses yeux suivant la courbure de la ligne de côte pour revenir vers le village et la coque calcinée de l'hôtel détruit. Là où les gens ont brûlé vifs, transfigurés par le syndrome de Stendhal. Par la fresque de Misty.

Misty secoue le genou de sa fille et supplie : « Tabbi, je t'en prie. »

Et sans même relever les yeux, Tabbi tend la main, ouvre la portière et sort. « C'est Tabitha, Mère, annonce-t-elle. Dorénavant, je te prie de m'appeler par le nom qui m'a été donné. »

Lorsque vous mourez dans un incendie, vos muscles se rétrécissent. Vos bras se rétractent, ils rétractent vos mains en forme de poings, vos poings se rétractent tout contre votre menton. Vos genoux ploient. C'est la chaleur qui fait ça. On appelle cela la « position du pugiliste » parce que vous ressemblez à un boxeur mort.

Les gens tués dans un incendic, les gens en état végétatif prolongé, ils finissent tous dans la même posture. Exactement comme le bébé attendant de naître.

Misty et Tabitha, elles passent devant la statue en bronze d'Apollon. Devant le mausolée tombant en ruine, cette banque moisie bâtie à flanc de colline, ses grilles en fer ballant ouvertes. Et les ténèbres à l'intérieur. Elles avancent jusqu'à l'extrémité de la pointe, et Tabitha — non plus sa fille, cet être désormais partie non prenante de Misty et que Misty ne connaît même pas —, cette inconnue, cette étrangère, Tabitha vide chaque urne d'une falaise au-dessus des eaux. Le long nuage gris de ce qui se trouvait à l'intérieur, la poussière et les cendres, il s'étale en éventail sous la brise. Avant de sombrer dans l'océan.

Pour information, juste au cas où, l'Alliance océanique pour la liberté n'a pas transmis de nouvelle revendication et la police n'a procédé à aucune arrestation.

Le docteur Touchet a déclaré fermée la seule plage publique de l'île pour raisons sanitaires. Le ferry a réduit son service à deux voyages hebdomadaires, uniquement pour les résidents de l'île. Waytansea Island est pratiquement fermée à l'étranger.

En revenant vers la voiture, elles passent devant le mausolée.

Tabbi… Tabitha s'immobilise et dit : « Aimerais-tu jeter un œil à l'intérieur maintenant ? »

La grille en fer est rouillée, elle est ouverte et pend sur ses gonds. Les ténèbres à l'intérieur.

Et Misty, elle répond : « Oui. »

Pour information, juste au cas où, le temps aujourd'hui est calme. Calme et résigné. Un temps de défaite.

Un, deux, trois pas dans les ténèbres, et on les aperçoit. Deux squelettes. Un gisant sur le sol, roulé sur le flanc en chien de fusil. L'autre assis, en appui contre le mur. Moisissures et mousses croissent autour de leurs ossements. Les parois brillent de l'eau qui dégouline. Les squelettes, ses squelettes à elle, les femmes que Misty a été.

Ce que Misty a appris, c'est que la douleur, comme la panique et l'horreur, ne dure qu'une minute ou deux.

Ce que Misty a appris, c'est l'ennui, un ennui à mourir. Elle en a ras le bol de passer de vie à trépas.

Pour information, juste au cas où, ton épouse sait que tu bluffais quand tu écrivais que tu t'étais collé les brosses à dents de tout le monde dans le cul. Tu essayais juste de fiche la trouille aux gens pour qu'ils reviennent à la réalité. Tu voulais juste les réveiller de leur propre coma personnel.

Misty n'écrit pas ceci pour toi, Peter. Plus maintenant.

Sur cette île, il n'existe pas d'endroit où elle puisse laisser son histoire là où elle seule pourra la retrouver. Son elle future à cent ans de là. Sa petite capsule temporelle personnelle. Sa propre bombe à retardement personnelle. Le village de Waytansea, tous ses membres s'en iront creuser et fouiller jusqu'au plus petit centimètre carré de cette île magnifique. Ils réduiront leur hôtel en menus morceaux à la recherche du secret qu'elle aura laissé. Ils ont un siècle devant eux pour creuser, démolir, fouiller avant qu'elle revienne. Jusqu'à ce qu'ils la fassent revenir. Et alors il sera trop tard.

Nous sommes trahis par tout ce que nous faisons. Notre art. Nos enfants.

Mais nous étions ici. Nous sommes toujours ici. Ce que cette pauvre gourde de Misty Marie Wilmot a à faire, c'est de cacher son histoire au vu et au su de tous. Elle la cachera partout dans le monde.

Ce qu'elle a appris, c'est qu'elle apprend toujours. Platon avait raison. Nous sommes tous immortels. Nous ne saurions mourir même si nous le voulions.

Chaque jour de sa vie, chaque minute de sa vie, si seulement elle pouvait tout simplement se rappeler cela.

10 septembre
1445 Bayside Drive
Tecumseh Lake, GA 30613

Chuck Palahniuk
c/o Doubleday
1745 Broadway
New York, NY 10019

Cher Monsieur Palahniuk,

Je pense que vous devez certainement recevoir des tas de lettres. Jamais encore auparavant je n'avais écrit à un auteur, mais je voulais vous donner l'occasion de lire le manuscrit ci-joint.

J'en ai rédigé l'essentiel cet été. Si vous l'appréciez, transmettez-le, je vous prie, à votre conseiller littéraire, Lars Lindigkeit. L'argent n'est pas vraiment mon but. Je désire simplement qu'il soit publié et lu par autant de monde que possible. Peut-être que, d'une certaine façon, il ne pourra apporter la lumière qu'à une seule et unique personne.

Je fonde l'espoir que cette histoire sera lue des générations durant, et qu'elle restera dans l'esprit des gens. Afin d'être lue par la génération suivante, et la suivante après elle. Peut-être pour être lue par une petite fille à un siècle d'ici, une petite fille qui pourra fermer les yeux et voir un lieu — et le voir clairement — un lieu où les bijoux scintillent et les jardins se parent de roses, et dont elle pense qu'il la sauvera.

Quelque part, un jour, cette petite fille ramassera un crayon de couleur et se mettra à dessiner une maison qu'elle n'aura jamais vue. Je fonde l'espoir que cette histoire changera la manière dont elle vit sa vie. Je fonde l'espoir que cette histoire la sauvera — cette petite fille — quel que puisse être son nom la prochaine fois.

Sincèrement,

Nora Adams.

Manuscrit ci-joint.

Composition Interligne
Achevé d'imprimer sur Roto-Page
par l'Imprimerie Floch
à Mayenne, le 4 avril 2005
Dépôt légal : avril 2005
Numéro d'imprimeur : 62728
ISBN 2-07-030230-X/Imprimé en France.

124492